Deutsche Erstausgabe
© Schruf & Stipetic GbR, Berlin 2013
www.schruf-stipetic.de

Titel der Originalausgabe: Geto
(AGM Zagreb 2006)
© 2006 Veselin Gatalo

ISBN: 978-3-944359-25-0

Covergestaltung: JBC

Foto: andamanec, fotolia

Alle deutschen Zitate aus P. Petrović Njegoš' "Der Bergkranz"
wurden der Übersetzung von A. Schmaus entnommen: © 1963
Verlag Otto Sagner, München

Vervielfältigung und gewerbliche Nutzung nur nach ausdrücklicher Genehmigung der Schruf und Stipetic GbR.

THERE I DROWNED WITHOUT YOU

NIKA SACHS

ROMAN

»HIER COOLES SONG-ZITAT EINFÜGEN UND SO. BLA, BLA, WAS WEISS ICH?«

Marco (synth/drums), Fury Horst

Stell dir vor, du singst in einer unbekannten Metalband mit einem echt albernen Namen.

Und mit genau dem meldet dein Bandkollege euch bei einem Radiowettbewerb an, den ihr auch noch gewinnt. Die Ereignisse überschlagen sich, ihr dürft auf einem großen Festival spielen und bekommt einen Plattenvertrag. Das klingt alles verdammt cool.
Bis auf die Tatsache, dass ihr dafür mit einer erfolgreichen Nu-Metal-Band aus den Niederlanden touren sollt, deren Frontmann du nicht leiden kannst.
Zumindest dachtest du das.

Das ist eine ziemlich komplizierte Sache.
Ich bin Nina von den Fury Horsts,
und das ist meine Geschichte.

UNTERSTÜTZE DAS CROWDFUNDING UND SICHERE DIR EXKLUSIVE EXTRAS!

STARTNEXT.COM/TIDWY

Veselin Gatalo

GETTO

übersetzt von Blanka Stipetić

SCHRUF & STIPETIC

DIE WAND

Der Fluss war grün und dunkel, wild und schnell, kalt und klar. Voller Strudel und Wirbel strömte er zwischen steilen Felswänden durch Schluchten und Spalten. Wie der Bauch eines toten Fisches tauchte ein bleiches Gesicht aus dem Wasser auf, mit leeren Augenhöhlen, umrahmt von einem Strahlenkranz aus Haaren. Dann trieb eine von Fischen angebissene Hand an die Oberfläche und schließlich schwarze Stiefel. Ein Strudel erfasste den Körper, wirbelte ihn im Kreis wie einen Derwisch im Tanz und zog ihn in die Tiefe. Kurz darauf schoss er wieder an die Oberfläche, als wollte er nach Luft schnappen, und setzte dann auf dem Bauch seinen Weg fort, das Gesicht ins grüne Wasser getaucht. Er trieb in eine Stromschnelle, drehte sich wie ein Baumstamm, drehte sich immer weiter in seinem nassen Tanz, ruderte mit den Armen wie ein Ertrinkender und schwamm schließlich, aus Gründen, die nur der Fluss kannte, weiter talwärts. Er tauchte unter, kam wieder hoch, trieb zur anderen Flussseite und stieß dort auf Beton. Das Wasser drückte ihn gegen die Wand, wo der Körper zur Ruhe kam, mit dem Rücken an die Wand gelehnt, als wollte er rasten und das gegenüberliegende Flussufer beobachten. Das Wasser wiegte seine Beine, Hände und den Kopf. Allmählich nur löste er sich wieder von der Wand und setzte seinen Weg in Richtung Abgrund fort.

Ein Mann und ein Hund beobachteten, wie die Leiche langsam flussabwärts verschwand. Als sie nicht mehr zu sehen war, wandten die beiden ihren Blick zur Wand, von der sie mehrere hundert Sprünge entfernt waren, genauso weit, wie die Wand hoch war. Auf der anderen Seite lag eine ihnen unbekannte Welt. Und hier drinnen waren sie, Vuk, der Mensch, und Chica, der Hund. Oder waren sie draußen und die auf der anderen Seite der Wand drinnen? Man erzählte sich, dass die Welt auf der anderen Seite der Wand viel größer war als die Welt, in der sie lebten. Vuks Freund Dumo sagte das. Aber auch dem konnte man nicht alles glauben.

An dieser Stelle führte der Fluss genau an der Wand entlang. Die Wand blickte von oben auf ihn hinunter, senkrecht und unüberwindbar, hoch wie die höchste Tanne. Sie verband den entfernten Himmel über dem Tal im Norden mit der Schlucht weit im Süden, wo der Fluss mit Getöse in einen riesigen Betonschlund stürzte. Direkt in die Hölle, vorbei an Fegefeuer und Jüngstem Gericht.

Schon seit dem frühen Morgen lagen Vuk und Chica im harten, stacheligen Gras und beobachteten das Wasser und den undurchdringbaren Beton. Sie waren so früh gekommen, um Freundschaft mit den Vögeln zu schließen, damit diese sie nicht verrieten, wenn die Mondsicheln kamen. Vuk blickte zu dem großen »H« auf der Wand, an der Stelle, wo sie sich öffnen und die Schwarzhelme hereinlassen würde. Es raschelte in der Nähe. Blitzartig drehte er sich um und zog eines der sechs Messer heraus, die wie Raubtierzähne an seinem Gürtel hingen.

Nur Chicas spitze Ohren und dunkle Augen unter der breiten Stirn ragten aus dem Gras. Sie leckte sich die Schnauze und versuchte eine Feder loszuwerden, die daran festklebte. Vuk knurrte wütend und die Hündin legte die Ohren an, duckte sich tiefer ins Gras und kroch zu ihm. Vuk deutete mit den Augen auf einen Rucksack, der neben seinen Füßen lag. Chica nahm den Gurt ins Maul und zog den Rucksack an Vuks Hüfte, dann legte sie sich wieder ins Gras. Sie hechelte. Die winzige Feder an ihrer Schnauze ärgerte sie gewaltig. Vuk öffnete den Rucksack und holte einen Feldstecher heraus und blickte dann zu Chica. Die Hündin erstarrte. Sie schien nicht einmal mehr zu atmen. Auch die Feder hing reglos an der Schnauze.

Chica kannte ihren Anführer besser als sonst jemand. Sie wusste, dass er sehr ungemütlich werden konnte, wenn er wütend war. Sie erhob sich ein Stück und blickte nach rechts. Vuk ließ sich noch tiefer ins Gras sinken und sah durch den Feldstecher in die gleiche Richtung. Er stellte die Linsen scharf. Er war kein Hund wie Chica, deshalb konnte er aus dieser Entfernung nicht hören, wenn sie kamen. Er brauchte das Auge aus Metall, das er gut geschützt in der Mitte seines Rucksacks aufbewahrte, in weiche Lappen gehüllt, wie das Herz eines Lebewesens in Fleisch, Knochen und Haut.

Die Mondsicheln kamen wie erwartet von rechts. Sie trugen lange ungepflegte Bärte. Ihre Tarnhosen schnitten sie gewöhnlich über den Fußknöcheln ab, unabhängig davon, ob sie Stiefel, Turnschuhe oder Sandalen trugen.

Auch Vuk trug das Zeichen der Mondsicheln, mit einem glühenden Eisen hatte man es ihm in die Haut gebrannt, als er viel jünger gewesen war. Vor langer Zeit hatten sie ihn und sein Hunderudel ins Netz getrieben, als er weder Englisch noch Einheimisch sprach. Damals war

Vuk unter dem Netz aufgesprungen und hatte einem der Mondsicheln das Ohr abgebissen. Der hatte ihn dann so verprügelt, dass er tagelang kaum atmen konnte. Ein ganzes Frühjahr und einen ganzen Sommer hatten sie ihn mit sich geführt, gefesselt, hatten ihn eingeschüchtert, mit Gewehrkolben geschlagen und ihm Pfeilspitzen in die Haut gebohrt; seine Freunde, die Hunde, hatten sie getötet und ihre Leichen den Rattenmenschen überlassen. Die Mondsicheln hatten ihn mit seltsamen Blicken angesehen und wollten ihn anfassen. Davor hatte er schreckliche Angst, mehr als vor Schlägen oder dem Tod. Ihr damaliger Anführer Faraon, der Schrecken des Gettos, hatte von ihm gehört und wollte ihn sehen. Wahrscheinlich hatten sie ihn deshalb nicht getötet. Dann war es Vuk gelungen, ein Pferd zu stehlen und zu flüchten. Er schauderte, wenn er an die Schmerzen und die Angst von damals dachte.

Um die dreißig Mondsicheln kamen langsam näher. Vuk konnte bis zwanzigmal hundert zählen. Alles was darüber lag, bezeichnete er als viel. Sich mit solchen Zahlen zu beschäftigen, war wie Sandkörner zählen. Die Mondsicheln waren zu Fuß, ohne Feuerwaffen, Pferde oder Hunde, wie es die Regeln vorschrieben. Gewehre gab es im Getto nur sehr wenige, ebenso wie Munition. In der Nähe der Humanitären Tore durfte man sie nicht tragen, schon gar nicht, wenn die Tore geöffnet waren.

Mit Chicas Nase und Ohren und seinem Feldstecher witterte, sah und hörte Vuk besser als sie. Und der Wind kam aus ihrer Richtung. Die Mondsicheln blieben stehen. Einige ließen sich nieder und legten Bögen und Pfeile ab. Der Wind trug ihre Flüche über die Entfernung von einigen hundert Wolfssprüngen zu Vuk und Chica hinüber. Zwei der Mondsicheln rempelten einander an und begannen sich zu prügeln. Der Dritte, ein kräftiger dunkler Mann, offensichtlich ein Anführer, trat einem der beiden in den Rücken. Den anderen packte er am zerzausten Haar und legte ihm ein breites Messer an den Hals. Da beruhigten sich alle.

Die einen rauchten, die anderen mischten Tabak mit Haschisch oder Marihuana, dritte zündeten sich Joints oder Filterzigaretten an. Einer versteckte sich vor dem Anführer und schnupfte weißes Pulver von einer Messerschneide. Vuk konnte durch seinen Feldstecher sogar die Pulverreste an seiner Nase erkennen. Einige schnürten ihre abgetragenen Stiefel neu. Einer von ihnen, ein schlaksiger Mann mit Augenklappe, schob sein Hosenbein hoch und kratzte hingebungsvoll eine halb verheilte Wunde am Knie, den abgepulten Grind knabberte er genüsslich.

Vuk wurde vom Anblick des Wassers und vom Geräusch des Flusses, das er mehr spürte als hörte, schläfrig. Er legte das Fernglas neben sich, nahm die verkehrt herum aufgesetzte Soldatenkappe ab, kratzte sich den kahl geschorenen Schädel und vergrub die Finger in seinem rechteckig rasierten Bart, wie ihn weder die Mondsicheln noch die Adler oder die Rotweißen trugen.

Chica blinzelte und wartete auf seinen Befehl. Wahrscheinlich erinnerte sie sich dunkel an ihr Rudel auf der Hochebene. An ihre Geschwister, tapsige Fellknäuel, die die Adler gleich dort auf der Ebene gebraten und gegessen hatten, an das helle Brustfell, den schwarzen Rücken und die dunklen Ohren ihrer Mutter, die, geschwächt vom Säugen

9

der Welpen, vergeblich versucht hatte, ihre Nachkommen zu retten. Sie lag mit heraushängender Zunge, von Pfeilen und einem Speer durchbohrt, auf der Erde. Erst als die Adler ihren Speer und ihre Pfeile aus dem Körper der Hündin herausgezogen hatten und gegangen waren, kam Chica aus ihrem Loch gekrochen. Zwei Tage und zwei Nächte hatte sie die kalte Schnauze ihrer Mutter geleckt, hatte versucht, aus den vertrockneten Zitzen Milch zu saugen, und sich schließlich neben die Mutter gelegt, um auf den Tod zu warten und von Einsamkeit, Hunger und Durst befreit zu werden. Dort hatte sie gelegen, bis Vuk sie fand und mit sich nahm. Er molk heimlich Dumos Ziege und gab dem Welpen die mit Wasser verdünnte Milch zu trinken. Über Wochen ernährte er Chica mit Fleisch, das er vorkaute und dann mit der Zunge in ihr gieriges kleines Maul schob.

Chica kroch näher an Vuk heran und beschnüffelte seine Hand. Er roch genauso wie damals, als er sie halbtot gefunden hatte: nach Menschenschweiß, Holz, Erde, Gras und nach dem Wachs, mit dem er die Sehne seines Bogens einrieb. Sie hätte diesen Geruch in einer Benzinpfütze, im Wasser und im Feuer wiedererkannt. Sie würde diesen Mann erschnüffeln, auch wenn er erfroren im Schnee lag, sie würde sich neben ihn legen und ihm in den Tod folgen. Auch jetzt würde sie in die Horde der Mondsicheln laufen, in den Pfeilhagel, wenn der Mann neben ihr es verlangte. Vuk schien Chicas Gedanken zu spüren. Er streichelte ihr über den Rücken und den Kopf. Die Vögel wurden unruhig. Unruhiger als bei der Ankunft der Mondsicheln.

Die Sirene heulte auf. Unter Getöse bewegte sich ein Teil der Wand. Das große goldgelbe »H« senkte sich über den Fluss und bildete eine Brücke. Wie auf der Burg des Jamaikaners unter dem Löwenfelsen Liotar. Nur, dass die Zugbrücke des Jamaikaners aus Holz war und an Ketten herabgelassen wurde und nicht mithilfe einer unsichtbaren Vorrichtung auf der anderen Seite der Wand.

Die Mondsicheln erhoben sich, legten ihre Waffen ab und verschränkten die Arme über ihren Köpfen. Durch den Feldstecher erkannte Vuk, dass der Anführer keinen linken Daumen mehr hatte. Instinktiv umschloss Vuk seine eigenen Daumen mit den restlichen Fingern. Wie würde er Pfeil und Bogen benutzen, wenn er keine Daumen hätte? Niemals durfte er seine Daumen verlieren. Besonders den rechten, mit dem er den Pfeil in den Bogen spannte, bevor er ihn abschoss. Er schüttelte sich, um die dunklen Gedanken zu vertreiben.

Nun wurde die andere Seite des Tors sichtbar, geriffeltes Metall glänzte in der Sonne wie die Schuppen eines Fisches. Zwei Männer von kompakter, nahezu viereckiger Form, setzten ihre Stiefel auf die Brücke. Sie trugen schwarze Kleidung, die alles Licht schluckte. Zum Schutz waren sie von Energiefeldern umgeben, die um ihre Gewehre herum Funken sprühten. Ihre stahlharten Blicke konnte man hinter den Visieren der schwarzen Helme nur ahnen. Zwischen den ersten beiden Männern tauchte nun ein dritter auf. Er hatte ein Auge auf dem Helm. Dann kamen noch zwei, die Vuk aber nicht mehr richtig sehen konnte.

Er hatte sich blitzartig zurückgezogen, und Chica hatte es ihm im gleichen Moment nachgetan. Das Auge auf dem Helm konnte durch Gras und Gebüsch hindurchsehen. Und mit den elektronischen Gewehren konnten die

Schwarzhelme Vuk so lange lähmen, dass die Wurzelfresser Zeit genug hätten, ihn in Stücke zu reißen, zu braten und rülpsend und schmatzend zu verspeisen. Oder die Mondsicheln könnten ihn gefangen nehmen und quälen. Er kroch noch ein Stück zurück.

Durch Erde konnte das Auge zum Glück nicht hindurchsehen, hinter der Hügelkuppe war er sicher. Vuk musste gar nicht weiter zusehen. Er wusste, was jetzt kam. Die Schwarzhelme brachten unzählige Pakete herein: Konserven, Zigaretten, Medikamente, Streichhölzer, Feuerzeuge, Stoffe, Kleidung, Schuhe, Werkzeug und andere Dinge, die Vuk nie benutzte. Trotzdem musste er herkommen. Dumo hatte keine Streichhölzer mehr. Dumo mochte auch Konserven, die Vuk und Chica nicht aßen. Oder nur, wenn es nichts anderes gab. Im Wald hatten sie an vielen geheimen Stellen Konserven vergraben. Man konnte nie wissen. Besser, als hungrig auf die Jagd oder in den Kampf zu gehen. Dumo brauchte auch Nadel und Faden, um seinen Mantel und Vuks zerrissene Kleidung zu flicken, und Vuk selbst konnte ein neues Hemd mit vielen Taschen gut gebrauchen.

Ein leises Knurren holte ihn aus seinen Gedanken. Das Tor schloss sich, die Brücke wurde hochgezogen und das große goldene »H« war wieder sichtbar. Vuk und Chica krochen zurück auf die Hügelkuppe. Die Mondsicheln beluden sich gegenseitig und zurrten die Gurte ihrer Rucksäcke fest. Wie üblich waren die Kleinsten und Schwächsten am schwersten beladen, sie stöhnten unter der Last von Kisten und Beuteln. Wenn einer von ihnen etwas fallen ließ, schlug ihn der Kommandant, mit seiner vierfingrigen

Hand, einer Hand, die um einen Daumen leichter und um die Erkenntnis, wie sehr ihm dieser Daumen fehlte, schwerer war. Den einen schlug er auf den Rücken, dem anderen ins Gesicht. Er selbst trug nur einen Beutel voller Fischkonserven und eine Stange Zigaretten. Einer der Mondsicheln ließ seine Last fallen und verlor seinen Köcher voller Pfeile. Vuk konnte die Federn in der Farbe jungen Grüns und die geschmiedeten Spitzen durch den Feldstecher erkennen. Eine Hand griff nach ihnen, doch der Stiefel des Kommandanten beendete den Versuch. Der zweite Stiefel traf den Mann am Oberschenkel und warf ihn fast um. Nur durch ein Wunder oder aus Angst vor dem Kommandanten blieb er auf den Beinen. Schnell bückte er sich, nahm die Kisten wieder auf und torkelte mit seiner Last weiter. Ein angenehmer Schauder durchlief Vuk. Er würde seinen Vorrat an Pfeilen auffüllen. Die Mondsicheln hatten im Tal einen guten Schmied, der die Spitzen fertigte, und einen alten Meister für die Pfeile, den sie schützten und hüteten wie ihren Augapfel.

Vuk wartete, bis sie fort waren. Die Schwarzhelme hatten auch dieses Mal keine neuen Männer gebracht. Keine neuen Soldaten für die Mondsicheln, die sie brandmarken konnten, um so zu verhindern, dass sie sich anderen Armeen anschlossen. Die Armeen töteten lieber, als Männer mit fremden Brandzeichen einzutauschen. Bevor man sie tötete, wurden sie gefoltert, sodass die Gefangenen oft nicht um ihr Leben, sondern um einen schnellen Tod bettelten.

Vuk kontrollierte noch einmal die Umgebung. Er legte sein Ohr auf den Boden. Es dauerte lange, bis die Vögel sich beruhigt hatten. Dann sah er zu Chica. Sie hatte die

Ohren gespitzt und hechelte leise. Die Luft war rein. Halb rutschte, halb rannte er den Hügel hinunter bis zum Fluss. Im seichten Wasser trank er aus der hohlen Hand von der kalten klaren Flüssigkeit. Aus der Ferne gesehen, hatte das Wasser eine eigentümliche Farbe, nahm man es aber in die Hand war es farblos und klar. Die Leiche fiel ihm ein, und er erschrak. Er hatte Angst um seine Seele. Doch aus einem Fluss zu trinken, der eine Leiche mit sich führte, war etwas anderes, als von dieser Leiche zu essen. Er trank weiter. Dann trocknete er sich die Hände an der Hose ab und ging zu den verstreut liegenden Sachen.

Der Boden war übersät mit aufgerissenen Pappkartons, Medikamentenschachteln, Plastikfläschchen mit Desinfektionsmittel, Kleidung, die niemand im Getto tragen konnte, lauter Dinge, die die Mondsicheln nicht mitnehmen wollten oder konnten. Chica schnüffelte nervös herum: Gerüche von so vielen Menschen und unbekannte Gerüche von der anderen Seite der Wand. Vuk nahm den Rucksack ab, wickelte den Feldstecher in Tücher und verstaute ihn so, dass der durch den restlichen Inhalt vor Schlägen oder Bruch geschützt war. Er holte einen Beutel aus dem Rucksack und begann, die herumliegenden Dinge genauer zu untersuchen.

Vuk nahm keine Medikamente, außer einmal, als sein Zahn schmerzte, den Dumo ihm später gezogen hatte. Wenn er sich verletzte, brauchte er auch keine Pflaster oder Verbände. Er ließ Chica die Wunden lecken, damit sie schneller heilten und sich nicht entzündeten. Das hatte er schon als Kind im Hunderudel gelernt. Vuk kannte auch die ganzen Bezeichnungen nicht, Aspirin, Andol, Antiseptikum, Analgetikum, Antidepressivum, Antibiotikum ... Doch der alte Dumo mochte Medikamente, die mit »A« begannen. Er steckte auch einige Packungen Pflaster und eine Flasche mit hochprozentigem Alkohol ein. Chica zog eine Konserve heran. Vuk tätschelte die Hündin, dann nahm er die Konserve und warf sie zum Fluss, wo sie sich im flachen Wasser in den Sand grub.

Auf einmal hob Chica den Kopf und knurrte leise. Kurz darauf krächzte eine Krähe, dann noch eine und schließlich ein ganzes Vogelorchester. Der Hündin sträubte sich das Rückenfell, die Hinterbeine waren zum Sprung bereit. Mit einer kaum wahrnehmbaren Bewegung brachte Vuk Chicas Knurren zum Verstummen. Er ging in die Hocke und starrte in die gleiche Richtung wie sie. Es blieb keine Zeit, den Feldstecher herauszuholen. Schnell kroch er zu dem Köcher, den der Mondsichel verloren hatte, sammelte die verstreuten Pfeile ein und warf sich den Köcher auf den Rücken. Ungeschickt zog er den Riemen des vollen Beutels über den Kopf und über den Bogen. Er schnaubte und deutete auf den Rucksack, der noch auf dem Boden lag. Chica packte ihn mit den Zähnen und zog ihn übers Gras in Richtung des Weidenwäldchens am Fluss, wohin auch Vuk kroch. Mann, Hund und Rucksack verschwanden zwischen Stämmen und Ästen.

Erst im Wäldchen merkte Vuk, dass der Wind flussabwärts wehte, von ihnen zu der Stelle, von der sie gerade geflohen waren. Kalter Schweiß brach ihm aus. Was, wenn Scharfzahn, die alte Leopardin, noch in der Gegend war. Vor einigen Monden hatte er ihre Spuren entdeckt. Oder einer der Panther vom Berg Makljen? Vielleicht war ein junger Wurf auf der Suche nach neuen Revieren. Es war nicht gut, sich dort aufzuhalten, wo sie ihre Pfotenabdrücke und Krallenspuren hinterlassen hatten, auch nicht dort, wo die Gepunkteten, die Leoparden aus dem Kozara-Gebirge, ihre Spuren hinterließen. Sie kletterten geschickter auf Bäume als Vuk. Er konnte kaum glauben, dass das Alte Volk sie gefangen gehalten und durch Gitterstäbe beobachtet hatte. So hatte es Dumo erzählt. Wie konnte jemand diese gefährlichen Kreaturen aus der Nähe anschauen, ohne dass ihm das Herz stehen blieb. Er verstand auch nicht, wie man sie freilassen und zulassen konnte, dass sie sich vermehrten und frei durch die Wälder streiften. Und Menschen fraßen.

Der Anführer der Adler, der Jamaikaner, hatte einen Tiger. Die Adler hatten an seinem Halsband Stangen befestigt und so führten sie ihn mit sich. Der Tiger fürchtete nur einen Menschen, die Wilde Olena. Sie war die Frau des Jamaikaners und hatte eine mechanische Hand, mit der sie Köpfe zerquetschte wie Dumo mit einer Zange Nüsse knackte. Man erzählte sich, sie habe mit dieser Hand einen Kommandanten erwürgt, der abfällig über sie gesprochen hatte. Im Magen des Tigers landeten die Ungehorsamen, gefangene Mondsicheln und Rotweiße, die niemand kaufen wollte. Doch der Jamaikaner war noch verrückter als der Tiger. Er war wahnsinnig. So waren sie wohl, die aus dem Alten Volk.

Vuk zeigte auf einen abgebrochenen Ast, der ins Wasser hing. Chica sprang auf, nahm das trockene Ende ins Maul und zog den Ast ins Gebüsch. Vuk kramte im Rucksack und holte Klebeband heraus. Aus einer Gürteltasche zog er zwei lange Wurfmesser, legte sie parallel neben das Astende und umwickelte alles fest mit Klebeband. Nun hatte er einen Speer. Scharfzahn würde schon sehen, mit wem sie es zu tun hatte, sollte sie sich blicken lassen. Noch einmal überprüfte er, ob die Messer gut befestigt waren. Der Speer mit der Doppelspitze gab ihm sein Selbstvertrauen zurück.

Die alte Leopardin griff Menschen und Hunde an, sie mochte ihr Fleisch. Auch die Schwarzen aus dem Romania-Gebirge würden, wenn sie im Rudel jagten, Mensch und Hund anfallen. Sie hassten Menschen und Hunde, vor allem seit den letzten Treibjagden der Adler. Aber Vuk war nicht irgendein Mensch. Und Chica war nicht irgendein Hund.

Ein leises Knurren unterbrach Vuks Gedanken. Er sah den Fluss entlang und lächelte verächtlich. Menschliche Gestalten in Lumpen rannten den Hügel hinunter. Wurzelfresser. Sie bewegten sich völlig chaotisch, ohne irgendeine Ordnung, ohne Späher, Vorhut oder ernst zu nehmende Waffen. Sie trugen Bretter und Äste und keiften sich gegenseitig an. Ab und zu drangen Wortfetzen oder ein Fluch zu Vuk und Chica herüber. Zwischen wirren Haaren und Bärten funkelte der Wahnsinn in ihren Augen.

Chica wartete auf Vuks Befehl. Ihr Unterkiefer bebte vor Verlangen, in Lumpen, Fleisch und Knochen zu beißen. Sie liebte Blut. Besonders das Blut der Wesen, die vor ihren Augen ihre Brüder und Schwestern gegessen und ihre Mutter getötet hatten. Vuk aß kein Menschenfleisch. Einige Mondsicheln, Adler und Rotweiße taten es. Die Wurzelfresser und die Rattenmenschen fraßen sich sogar untereinander, sobald sich die Gelegenheit bot. Chica sollte kein Menschenfleisch fressen. Dumo sagte immer, wer Menschenfleisch esse, komme nicht ins Paradies. Und es wäre doch schön, wenn Chica auch im Paradies bei ihm sein könnte. Sie würden gemeinsam über himmlische Weiden streifen und mit den Engeln über Wolken springen.

Ungefähr sechs oder sieben Wurzelfresser, von denen Vuk sicher war, dass sie nie in den Himmel gelangen würden, öffneten Medikamentenschachteln und fraßen gierig den Inhalt. Das Ganze begossen sie mit dem Inhalt der braunen Fläschchen. Einige fielen auf die Knie, trommelten sich mit den Fäusten auf die Brust und rissen an ihren schmutzigen Bärten und Haaren. Einer entblößte seine Brust und man konnte das Zeichen der Adler erkennen.

Vuk war besorgt. In Ermangelung des weißen Pulvers, das sie in den Wahnsinn geführt hatte, würden sie alles in sich hineinstopfen, was ihnen in die Finger kam, jede Tablette und jedes Pulver, das sie fanden, genau wie die Rattenmenschen. Hatten sie genug geschluckt, würden sie durchdrehen und gefährlich werden. Wenn sie es nicht so schon waren. Er konnte nicht warten, bis sie verschwanden. Vuk hatte Hunger. Großen Hunger. Und er hatte nur ein Stück trockenes Brot dabei. Und Chica hatte in den letzten zwei Tagen auch nur ein Stück Dörrfleisch und einige kleine Vögel gefressen, die Feder zitterte immer noch an ihrer Schnauze. Vuk zog das Stück Brot aus seiner Hosentasche, zögerte, seufzte und gab es schließlich der Hündin. Chica verschlang es mit zwei Bissen und stupste Vuk dankbar mit der Schnauze an den nackten Ellenbogen.

Eine Möglichkeit gab es aber. Vuk legte einige Pfeile der Mondsicheln neben sich. Sie waren etwas kürzer als seine eigenen, was bedeutete, dass er seinen großen Bogen damit nicht so stark spannen konnte. Vorsichtig zog er aus seinen Pfeilen, die er den Rotweißen gestohlen hatte, die Federn mit dem blutroten und schneeweißen Schachbrettmuster heraus und verstaute diese sorgfältig in einer Außentasche des Rucksacks. Dann schob er die lindgrünen Federn, die er von den gefundenen Pfeilen entfernt hatte, soweit es ging in den Spalt und hoffte, dass sie von alleine, ohne Klebstoff oder Harz, halten würden. Vuk kreuzte die Beine, legte einen Pfeil in die Sehne und spannte den Bogen. Der Pfeil schoss fast senkrecht nach oben. Die Sehne vibrierte noch, als er einen neuen Pfeil einlegte und den Bogen erneut spannte, so schoss er fünf Pfeile der Mondsicheln ab, zunächst im spitzen Winkel, dann immer flacher und mit weniger Kraft. Der letzte flog fast waagerecht.

Chica beobachtete, mit welcher Schnelligkeit dieser Mann, der schnellste und stärkste, den sie kannte, Pfeil und Bogen handhabte. Die Pfeile fielen fast gleichzeitig in die Gruppe der Wurzelfresser. Einer schrie auf. Der Pfeil der Mondsicheln hatte seinen Fuß durchbohrt. Beim Versuch, ihn herauszuziehen, zerriss er sich die Sehnen und verletzte den Knochen. Er kam gar nicht auf die Idee, den Pfeil abzubrechen und durch den Fuß hindurch zu schieben, die einzige Art, ihn ohne weitere Schäden zu entfernen. Die anderen starrten entgeistert auf die Pfeile, die im harten Boden steckten.

Die Wurzelfresser konnten sich mit keiner der drei Armeen messen. Und sechs Pfeile der Mondsicheln bedeuteten sechs Soldaten, die sie gefangen nehmen und zu Tode foltern würden. Im besten Fall würde man sie vor den Pflug spannen, und wenn sie auf einem Kartoffelacker zusammenbrachen, würde man sie den Hunden zum Fraß vorwerfen. Gnade konnten nur die erwarten, die das Zeichen der Mondsicheln am Oberarm trugen, Sichelmond und Stern, die würden die Mondsicheln nur anspucken und verprügeln. Sofern sie guter Laune waren. Gründe genug für jeden elenden Wurzelfresser, die Beine in die Hand zu nehmen und im dichten Wald unterzutauchen. Der Ärmste mit dem Pfeil im Fuß war der Letzte, er jammerte und schrie wie ein verwundeter Eber.

Chica setzte ihnen mit dem Geruch des Blutes in der Nase nach. Erst Vuks Knurren brachte sie dazu umzukehren. Er packte sie am Halsband und schüttelte sie. Chica fand das in Ordnung, wie immer, wenn sie etwas ohne Befehl getan hatte. Eine gute Eigenschaft ihres Freundes Vuk war, dass für ihn eine Strafe ihr Vergehen aufhob. Sie leckte ihm die Hand, Vuk tätschelte den schwarzen Rücken des Hundes und alles war wie vorher.

DER REPORTER

Sie liefen die ganze Nacht. Düstere Gedanken furchten Vuks Stirn. Der alte Dumo würde wütend sein. Er hatte weder Nadel noch Faden für ihn gefunden. Aber Dumos Augen waren schlecht, Vuk würde schon noch irgendwo im Haus eine Nadel finden. Vielleicht hatte Dumo eine in seinen Wintermantel gesteckt und dort vergessen ... oder im Schrank, neben dem Gewehr. Oder irgendwo an der Feuerstelle. Auch Streichhölzer hatte er nicht aufgetrieben. Die hatten die Mondsicheln alle mitgenommen.

Vuk verlangsamte seinen Lauf. Chica war weit vor ihm und verschwand zwischen den Bäumen. Schließlich blieb er stehen und setzte sich. Aus seinem Rucksack holte er ein Wildgänschen, das er letzte Nacht auf dem Weg eher zufällig erlegt hatte. Er entfachte ein kleines Feuer, das er sorgfältig hinter großen Steinen verbarg und begann den Vogel zu braten. Chica kam angerannt und blieb hechelnd vor ihm sitzen, den Blick fest auf Vuks kastanienfarbene Augen gerichtet.

Wie schön wäre es, Brot und Salz zu haben, dachte Vuk. Er drehte dem Vogel die Schenkel heraus und warf den Rest ins Gras. Der Hund verschlang ihn gierig. Wie immer wunderte sich Vuk über Chicas Appetit. Erst vor ein paar Stunden hatte sie eine Wachtel verschlungen, die aus dem Nest gefallen war. Und noch immer war Chica hungrig.

Als Vuk die Keulen verspeist hatte, steckte er die Knochen in ein Astloch, damit Chica sie nicht erreichen konnte. Einmal hatte der Kleinohrige aus dem Zjenica-Rudel einen Hühnerknochen gegessen und war qualvoll daran gestorben. Er hatte gejault und sich gewunden als würde ihm das Fell abgezogen.

Aus dem Rucksack holte er eine Flasche, die zur Hälfte mit Wasser gefüllt war, und roch daran. Dumos Wasser war gut. Er schauderte bei der Erinnerung an die kalte Quelle hinter Dumos Hütte, zu kalt, um einen Menschen darin zu taufen. Er trank zehn Schlucke. Chica hob den Kopf und leckte sich erwartungsvoll die Schnauze. Vuk hielt ihr den Flaschenhals ins Hundemaul und Chica trank gierig. Sie ließ erst los, als die Flasche leer war. Vuk packte sie am Metallhalsband und schüttelte sie, doch es war zu spät. Das Wasser war weg. Nun würde er nach der kostbaren Flüssigkeit suchen müssen, die es entweder in Unmengen oder gar nicht gab. Dumo lebte weit weg, tief im Gebiet der Rotweißen. Sie würden drei Tage und zwei Nächte brauchen, um seine Hütte zu erreichen.

Es war Sommer, Regen war noch lange nicht zu erwarten. Chica hielt es lange ohne Wasser aus, weil sie nicht schwitzte und selten Wasser ließ. Morgens leckte sie den Tau auf. Nicht so Vuk, er musste oft Wasser trinken. Kurz verspürte er den Wunsch, den Hund härter zu bestrafen, aber er überlegte es sich anders. Hunde konnten nur kurz vorausdenken. Außerdem ersetzte ihm Chica Nase und Augen, Nase und Augen wie er sie nie haben würde. Ohne Chica wäre er allein, auf der Jagd und im Kampf.

Er kannte die Einsamkeit. Seit der Zeit im Hunderudel war er meistens allein gewesen und viel schwächer als jetzt mit Chica. Der Gescheckte, der Anführer des Zjenica-

Rudels, war ein starker Hund gewesen, und klug. Die erste Hündin des Rudels, die Gelbe, hatte seine Wunden geleckt, als er von der Eiche gefallen war, wo er Vogeleier für das Rudel holen wollte. Dann hatten die Mondsicheln Vuk gefangen genommen und ihm beide Sprachen beigebracht, Einheimisch und Englisch, die vorherrschende Sprache im Getto. Sie hatten ihm den Namen Vuk gegeben, was auf Einheimisch Wolf hieß, wegen seiner Schnelligkeit und der Fähigkeit, mit den Hunden zu sprechen.

Vuk lernte schnell, sog Wissen über das Menschenrudel auf wie ein Schwamm. Er sah, wie die Menschen ihre eigene Art verrieten und fraßen, wie sie sich grundlos töteten, mehr Wild erlegten, als sie essen konnten, sich Wunden zufügten und sie einander nicht leckten. Je besser er die Menschen kennenlernte, desto mehr schätzte er das Hunde- und Wolfsrudel. Sich und Chica sah er eher als Hundepaar denn als Mensch und Hund. Manchmal fragte er sich, ob auch ein Rüde ihm so ergeben wäre wie Chica. Im Hunderudel hatte er sich immer auf die Leithündin verlassen können. Die Anführerrüden waren unnahbar und stolz und somit nutzlos.

Vuk hatte noch nie ein menschliches Weibchen gesehen, zumindest nicht in Wirklichkeit, nur auf Bildern. Als Kind hatte er gehört, wie die Mondsicheln über rätselhafte *Jungfrauen* sprachen, die an einem Ort lebten, der *Harem des Faraon* hieß. Wenigstens eine, wünschte er sich zu treffen, und zwar so eine wie auf den verblichenen Bildern aus den Magazinen des Alten Volkes, auch wenn Dumo sagte, sie seien alle, das ganze weibliche Geschlecht, dem Höllenfeuer entstiegen. Diese Bilder ließen Vuks Blut aus dem

Kopf unter den Gürtel strömen. Dann konnte er lange nicht einschlafen. Zum wiederholten Male in diesen Tagen kam ihm der verwerfliche Gedanke, dass Dumo log. Für ihn war alles Höllenfeuer und göttliche Strafe. Schon immer hatte er Chica *Satansbrut* genannt, der Teufel selbst in Gestalt eines Hundes, den Vorhöfen der Hölle entstiegen. Ein Hund dürfe nicht denken wie ein Mensch, und Vuk dürfe auf keinen Fall mit Hunden sprechen, mit Wölfen oder Füchsen, das sei Teufelswerk.

Vuks Augen suchten Chica. Ohne dieses Tier könnte er sich im Wald nie entspannen, geschweige denn irgendwo im Freien schlafen. Wie hatte er früher, bevor sie zu ihm kam, überhaupt überlebt, als Krieger, Jäger und Dieb?

Chica hatte ihren Durst und Hunger gestillt und nun zog und zerrte sie einen Gegenstand aus grünem Stoff über die Erde. Vuk deutete auf den Gegenstand und schnaubte. Chica brachte ihn zu ihm. Aufmerksam betrachtete er den Stoff und erkannte eine Socke. Er roch daran. Benutzt. Aber fast neu. Er suchte den Boden erfolglos nach der zweiten ab. Er hielt die Socke unter Chicas Nase und kläffte. Sie schnüffelte und lief witternd in den Wald.

Chica sollte Vuk zu der Stelle führen, an der dieser Geruch stärker war. Sie brannte darauf, ihm den Wunsch zu erfüllen. Sie erinnerte sich an den Ort, wo sie den Gegenstand gefunden hatte. Erst als sich Geruch, Bild und der Befehl des Menschen verbanden, zog sie die kürzeste Linie zwischen den beiden Punkten und lief los. Nach dreißig Sprüngen für den Menschen und zwanzig für sie, etlichen Kratzern von Zweigen auf den Armen des Mannes, fand sie die zweite Socke.

In Vuks Welt waren Socken ebenso wertvoll wie Pfeile. Man konnte nie genug davon haben. Im Sommer machten sie die Stiefel bequemer und im Winter wärmten sie. Für einen Jäger, Krieger und Dieb wie Vuk waren Socken wichtig. Deshalb steckte er sie in eine der Außentaschen seiner Hose. Der Geruch in den Socken war stark. Die Füße, die sie getragen hatten, konnten ganz in der Nähe sein, gleich hier im Wald. Und da waren vielleicht auch neue Stiefel, oder gar ein Hemd, das groß genug war und an dem er nicht die Ärmel abreißen musste, damit es passte. Vielleicht fanden sich da auch Nadel und Faden für Dumo, Streichhölzer, ein Feuerzeug.

Im Getto warf man keine Socken weg. Man ging sorgfältig mit ihnen um und flickte sie. Der Mann, der diese Sachen weggeworfen hatte, besaß vielleicht noch mehr Dinge, die er nicht mehr brauchte. Möglicherweise war er so reich, dass er seine eigene Quelle besaß, wie Dumo. Vuk konnte sich anschleichen und seine Wasserflasche füllen. Das Jagdfieber packte ihn. Er schnaubte durch die Nase, wie ein Wolf oder wie die Schlittenhunde, die nie bellten.

Chica winselte vor lauter Eifer und begann sofort, nach dem flüchtigen Hauch zu schnüffeln. Sie roch einen Cocktail aus menschlichen Ausdünstungen, den Geruch von Baumwolle, Leder, synthetischem Gewebe, verbranntem Tabak und Papier, dazu den verwirrenden Geruch nach Benzin und Gummi. Und Gerüche, die Chica in den drei Jahren ihres Lebens noch nie gerochen hatte. Ein wenig, nur ein ganz klein wenig, fürchtete sie sich davor. Die einzigen Gerüche, bei denen sich ihr vor Angst das Fell sträubte, waren die der haarlosen Bluthunde, die von den Rotweißen und Adlern gezüchtet wurden. Gegen sie würde Chica nur kämpfen, wenn Vuks Leben davon abhing.

Mit einem kaum hörbaren Knurren brachte Vuk die Hündin zum Stehen, hob den Zeigefinger und sah sie fragend an. Chica senkte den Kopf, schnüffelte noch einmal und gab einen überzeugten Laut von sich. Vuk war zufrieden. Der Mann ohne Socken war allein. Sie gingen langsam weiter, ohne Mühe und ohne Hast. Es gab im Getto keinen Mann, der allein gegen einen Jäger und einen Hund angekommen wäre.

Die Spur führte immer tiefer in den Wald, der sie mit knorrigen Ästen und dichtem Gestrüpp davon abhalten wollte, seine Ruhe zu stören. Vuk holte ein rotes gepunktetes Tuch aus dem Rucksack, das er um seine rechte Hand wickelte. Mit der linken Hand und den Zähnen verknotete er die Enden. Er drückte mit der umwickelten Hand und den Füßen Gestrüpp und stachlige Zweige beiseite, während Chica sich geschickt hindurchwand. Ihre ruhige Zielstrebigkeit zeigte Vuk, dass die Beute noch Stunden entfernt, aber dennoch in Reichweite war.

Nach einer Weile hätte Vuk der Fährte ohne Chicas Hilfe folgen können. Der unachtsame Wanderer hatte eine Vielzahl von Spuren hinterlassen: abgeknickte Zweige, abgeriebenes Moos, niedergedrücktes Gras.

Am späten Nachmittag hatten sie ihn eingeholt, viel früher als Vuk gehofft hatte. Er lag unter einem Baum am Ende des zweiten Waldes. Und schlief. Nicht einmal die Vögel, die aufgescheucht von Vuks und Chicas Ankunft in die Luft stoben, weckten ihn. Aus sicherer Entfernung beobachtete ihn Vuk durch den Feldstecher und begriff nicht, wie jemand so unvorsichtig sein konnte. Das grenzte schon an Wahnsinn. Es erinnerte ihn an die Mauersegler, die im Spätherbst versuchten, über die Wand zu fliegen, und verkohlt zu Boden fielen, obwohl doch alle Vögel wissen mussten, dass dies ein tödliches Unterfangen war. Die Wurzelfresser sammelten die verkohlten Vögel auf, rupften und aßen sie genüsslich, mitsamt Innereien, ungesalzen und ohne Brot. Einem Raben würde das nie passieren, der Rabe war ein kluger Vogel.

Dieser Pechvogel schlief wie ein Toter, der darauf wartete, verspeist zu werden. Sein Rucksack lag einen Schritt weit entfernt. Vuk gab dem Hund ein Zeichen. Chica kannte die Vorgehensweise. Fünfzig Menschenschritte weit trabte sie, dann lief sie geduckt. Die letzten Meter überwand sie kriechend, nur ein Teil ihres Kopfes und Rückens ragten aus dem Gestrüpp, während sie sich der schlafenden Beute näherte. Sobald sich der Atem des Mannes änderte, verharrte Chica, sie war eine erfahrene Diebin.

Die Hündin nahm den Gurt des Rucksacks ins Maul und versuchte ihn zu tragen. Er war zu schwer. Dann zog sie ihn mit kurzen ruckartigen Bewegungen zu Vuk, der erfreut aufsprang. Es gefiel ihm, Beute zu machen, ohne sich einer Gefahr auszusetzen. Er setzte sich zwischen zwei Buchenstämme und öffnete neugierig den Rucksack. Da war ein Behälter mit Wasser. Fast andächtig stellte er ihn an die Seite. Einige Paar Socken, Unterhosen, eine Weste ... es waren viele Sachen in dem Rucksack. Er nahm die Weste heraus und stellte enttäuscht fest, dass sie zu klein war. Dann waren da noch einige Fläschchen. Er öffnete eine und roch daran. Er schnaubte angeekelt und warf sie hinter sich.

Das war diese bittere Flüssigkeit, die ihn einmal fast den Kopf gekostet hätte, er hatte davon getrunken und alle Vorsicht vergessen, danach hatte er sich geschworen, nie wieder etwas zu sich zu nehmen, was die Sinne betäubte. Er überlegte es sich und sammelte sie wieder ein. Vielleicht konnte er Dumo damit eine Freude machen. Dann wühlte er weiter im Rucksack, holte verschiedene Schachteln und Platten heraus, längliche und runde Gegenstände, zylindrische Kristalle. Plötzlich hielt er inne. Fast hätte er den ursprünglichen Besitzer der Sachen vergessen.

Er hob seine Hände und Arme, als würde er ein Gewehr anlegen. Der Hund winselte leise. Dann streckte Vuk Daumen und Zeigefinger aus. Der Hund winselte wieder. Chica hatte bei dem Mann weder Gewehr noch Revolver gesehen. Vuk legte Zeige- und Mittelfinger aneinander und streckte sie aus. Die Hündin hatte nicht erkennen können, was sich in den Taschen am Gürtel des Fremden befand. Sie wusste nicht, ob der Mann ein Messer hatte.

Vuk überlegte. Sollte er zu dem Mann zurückgehen und nachschauen, was er noch dabei hatte, oder sich mit seiner Beute auf den Weg zu Dumos Hütte machen? Dann würde er nie erfahren, wer der Fremde war. Sollte er ihn töten? Er brauchte ihn nur am Hals zu treffen. Das war leicht. Vuk seufzte. Entscheidungen zu treffen, war ihm schon immer schwer gefallen. Etwas flog dicht über seinen Kopf hinweg. Er war so in seine Gedanken versunken, dass er nicht einmal sagen konnte, was es gewesen war.

Vuk machte eine kaum wahrnehmbare Bewegung zu dem schlafenden Mann hin. Der Hund kroch langsam durchs Gebüsch bis zum Kopf des Fremden und legte sich dort hin. Er war gespannt wie ein Bogen, jederzeit bereit in den Hals zu beißen, sollte der Mann überraschend aufwachen und ihn oder seinen Freund angreifen.

Vuk betrachtete den Schlafenden und den Hund neben ihm. Er nahm seinen Bogen ab und zog einen langen Pfeil aus dem Köcher. Er spannte die Sehne und näherte sich vorsichtig. Als er nur noch einen Schritt entfernt war, spannte er die Sehne noch stärker und zielte auf den Hals. Chica blickte auf die Stelle, wohin der Pfeil zielte, auf die Ader, durch die das Leben selbst floss. Sie tänzelte nervös, begierig, menschliches Blut zu lecken. Vuk ließ den Pfeil los und er bohrte sich zu einem Drittel in die Erde, direkt neben dem Hals des Schlafenden, der die Augen aufschlug. Als er einen Mann vor sich sah, der bereits mit einem zweiten Pfeil die Sehne spannte, entfuhr ihm ein Röcheln. Er drehte den Kopf und blickte in ein aufgerissenes Maul. Der Mann wurde bewusstlos. Er war ungefähr so gefährlich wie ein Regenwurm, dachte Vuk.

Für alle Fälle durchsuchte er die Taschen des Bewusstlosen und zog einen seltsamen schwarzen Gegenstand heraus. Er versuchte, ihn aufzubrechen. Das ging nicht. Er war hart und fest wie die Wand ums Getto. Vuk wühlte einen Stein aus der Erde und dann noch einen. Auf den ersten legte er den Gegenstand und mit dem anderen schlug er darauf ein. Schließlich zerbrachen Keramik und Plastik, und rabenschwarze Teilchen flogen in alle Richtungen. Vuk hasste elektronische und fast alle Feuerwaffen, wahrscheinlich, weil er sie nicht zu bedienen wusste. Und weil diese Waffen, so wie das Gewehr *Kalaschnikow* Schwächlinge stark und böse machten.

Er war erst zufrieden, als er das Gerät völlig zerstört hatte. Dann beugte er sich über den Mann und tastete die Taschen an seinem Gürtel ab, da war aber nichts. Er sah zum Hund und lauschte auf die Stimmen der Vögel. Ihr Zwitschern hatte sich nicht verändert. Er legte sich den fremden über die Schulter und trug ihn mühelos in den Wald hinein, wo er ihn zu Boden gleiten ließ. Seine Beine lehnte er gegen einen Strauch und unter den Kopf legte er eine Tasche. Dann holte er die restlichen Dinge aus dem Rucksack. Da war noch mehr Kleidung, für Vuk zu klein, seltsame Geräte, deren Zweck er nicht erkennen konnte. Das ärgerte ihn. Der Fremde bewegte sich und Chica knurrte. Der Mann stützte sich auf und griff in seine Tasche. Die Leere an der Stelle, wo er den rätselhaften Gegenstand erwartet hatte, trieb ihm Tränen in die Augen. Chicas Anblick ließ in zittern. Die Hündin reichte aus, um den Mann unter Kontrolle zu halten.

»Wer bist du?«, fragte Vuk.

Der Mann guckte, als hätte ihn der Leibhaftige persönlich angesprochen.

»Luka. Ich heiße Luka Cvijic. Ich bin ...«

Vuk trat zu ihm und riss ihm den linken Ärmel vom Hemd. Auf dem Oberarm war kein Brandzeichen. Zum ersten Mal sah Vuk einen gut angezogenen und ausgerüsteten Mann ohne das Brandzeichen einer der drei Armeen.

»Ich bin Reporter«, sagte der Besitzer des zerrissenen Ärmels.

»Was ist ein Reporter?«, fragte Vuk.

Luka Cvijic starrte ihn ungläubig an und Vuk hätte schwören können, seine Gedanken zu kennen. Der Reporter war überzeugt, in die Hände eines Schwachsinnigen und einer Bestie geraten zu sein. Er fluchte leise.

»Reporter ist ein Beruf. Ich schreibe für den *Herald Electronic*. Ich habe Paragraph 81a des Strafgesetzes übertreten und mir droht eine lange Haftstrafe. Aber Artikel 131 und 144a sowie die achte Regel über die Aufdeckung von Unregelmäßigkeiten und die Postulate des Journalistenkodex ...«

»Du schreibst auf Papier«, unterbrach ihn Vuk. »Mit Bildern. Jetzt weiß ich es. Ich weiß so einiges. Frauen? Hast du Bilder von Frauen?«

»Ich komme von drüben, von der anderen Seite der Wand. Das Züricher Büro ...«

»Ich habe dich was gefragt«, unterbrach ihn Vuk.

»Entschuldige. Was hast du gefragt?«

»Frauen. Hast du Bilder von Frauen?«

»Nein, Fotografen machen Bilder, ich schreibe. Letztes Jahr habe ich einen Preis bekommen, für meinen Artikel über den Einfluss von angereichertem Uran auf den Virus der Rattenpest. Den Christian-Schulz-Preis für Journalismus habe ich auch bekommen.«

Der Reporter griff wieder in seine Tasche. Vuk zog zwei Messer aus dem Gürtel und sprang in die Hocke, Chica knurrte aus tiefster Kehle.

»He, immer schön langsam«, sagte der Reporter und zog ein umwickeltes Bündel aus der Tasche. Vuk beobachtete, wie er eine Folie auseinander rollte, bis sie flach und glatt war wie der Spiegel, in dem Dumo den Platz vor seiner Hütte beobachtete, kein Knick und keine Falte waren zu erkennen.

Der Reporter setzte sich auf und deutete auf die Fläche. Bilder und Schrift tauchten auf und verschwanden wieder. Immer wenn er mit dem Finger den größer geschriebenen Textteil berührte, veränderten sie sich. Er zeigte Vuk, wie man die Bilder aus der Oberfläche herausheben konnte, so, dass sie nicht nur lang und breit, sondern auch tief waren; sie sahen wirklich aus, nur kleiner. Man sah auch ein Bild, das Luka mit lächelndem Gesicht und einer goldenen Figur in der Hand zeigte, zufrieden, als hätte er gerade vorzüglich gespeist.

»Siehst du ... Wie heißt du noch einmal?«, fragte Luka unvermittelt.

»Ich heiße Vuk«, sagte er, freundlicher als beabsichtigt.

»Komischer Name ... Schau, wenn du auf das drückst, was dich interessiert, erscheinen Text und Bilder ... Und so machst du ein Hologramm daraus.«

Vuk beugte sich sichtlich beeindruckt über die Folie. Er konnte lesen, und Englisch verstand er gut. Doch noch lieber las er auf Einheimisch, der Sprache des Alten Volkes. Da wurde jeder Buchstabe auch ausgesprochen.

»Hast du da auch Frauen?«, fragte er.

»Na klar. So viele du willst. Es gibt Zeitschriften, in denen sind nur Frauen.«

Ermutigt durch Vuks Interesse, bewegte der Reporter seinen Zeigefinger, und auf dem Bildschirm erschienen zwei Frauen in kurzen glänzenden Kleidern. Sie schienen lebendig. Vuk berührte sie mit dem Finger, fühlte aber nur die glatte Oberfläche der Folie.

»Kommt dieses Gerät aus der Hölle?«, fragte Vuk mit ernstem Gesicht.

»Nein. Das hier ist die Hölle. Was hast du angestellt, dass du hier gelandet bist. Du siehst nicht aus wie ein Krimineller. Eher wie ein Junge vom College oder ein Sportler von der Uni.«

»Muss man etwas tun, um hierher zu kommen? Was heißt College, oder Uni? Ich bin hier geboren, du Trottel. Aber wer bist du? Du bist weder Mondsichel, noch Rotweißer, noch Adler. Kommst du von der anderen Seite der Wand? Wir hast du es geschafft, drüber zu steigen? Haben dich die Schwarzhelme hierher gebracht, so wie die anderen?«

Vuk hatte so viele Fragen. Doch der Reporter auch.

»Du bist wirklich hier geboren?«, fragte er ungläubig.

»Ich stelle hier die Fragen«, fauchte Vuk. Er entriss dem Reporter die Folie, rollte sie zusammen und steckte sie in eine der Außentaschen an seiner Hose.

»Da sind nur die Nachrichten bis gestern drauf, als ich reinkam. Offiziell dringt hier kein Signal durch. Bis zu einer Höhe von fünfzehn Meilen über dem Getto blockieren Energiefelder jeden Empfang. Das Getto wird nicht einmal überflogen. In dieser Folie sind nur die letzten dreihundert Ausgaben des Magazins. Neue kann ich hier nicht empfangen. Ich habe einen Locator, einen Empfänger, Sender, Tracker, alle Codes ...Ich habe alles. Wenn du wirklich hier geboren bist, was eigentlich kaum zu glauben ist, dann bist du kein Krimineller. In den letzten vierzig Jahren ist hier keine Frau reingekommen, die nicht vorher sterilisiert wurde, seit fünfzehn Jahren überhaupt keine Frau mehr. Wenn du kein Krimineller bist, kann ich dich nach den angelsächsischen Strafbestimmungen hier herausholen. Es muss einen Ort geben, von dem aus ich senden kann, sie können ja schlecht jeden Winkel abdecken. Du kannst mir helfen, einen guten Ort zum Senden zu finden. Du wirst die Nachricht sein, meine Rettung. Ein Wunder. Für dich bekomme ich den Amanpour-Preis. Wir werden Stars sein, Götter! Hilf mir nur ...«

Vuk fühlte sich verspottet. Er nahm den Bogen von der Schulter, spannte einen Pfeil ein und zielte auf die Brust des Reporters. »Du bist verrückt. Das Pulver hat dein Hirn zerfressen. Verrückt wie ein Wurzelfresser. Zieh dein Hemd aus«, sagte er.

»Aber ... Hör doch, wir sollten das Gespräch nicht so beenden. Wir müssen nur hoch genug hinauf, um ein Signal zu bekommen. Alles ist vorbereitet, wir müssen nur ...«

Vuk spannte den Bogen noch stärker, presste die Lippen aufeinander, worauf der Fremde schnell sein Hemd auszog. Der Hund bellte. Ein Blick von Vuk ließ ihn verstummen.

»Die Hose auch«, befahl er.

»Aber ...«

Vuk zielte auf den Hals. Schließlich stand der Reporter in Unterhosen vor ihm. Er war knochig wie Dumos Ziege, nachdem sie sie abgezogen hatten, um sie dann zu Ehren von Jesu Geburt zu verspeisen. Vuk hob die olivgrüne Hose auf und stellte begeistert fest, dass sie mehr Taschen hatte als seine. Dann gab er dem Hund ein Zeichen, den vorherigen Besitzer der Hose noch aufmerksamer zu bewachen. Er zog seine Hose von zweifelhafter Sauberkeit aus, warf sie ins Gebüsch und zog die Hose des Reporters an. Die Beine waren hochgekrempelt. Er krempelte sie runter und steckte die Enden in seine Stiefel. Vuk war zufrieden, die Hose war nur etwas zu kurz. Dumo würde ihn nicht mit den Mondsicheln vergleichen. Er zog sein Hemd aus und versuchte, das des Reporters anzuziehen. An den Schultern war es zu eng und die Ärmel waren zu kurz. Er riss sie einfach ab.

»Zieh die Stiefel aus«, befahl er.

Der Reporter zog wortlos seine Stiefel aus. Vuk band die Schnürsenkel zusammen und warf sich die Schuhe über die Schulter. Zweiundvierzig war Dumos Größe, er würde sich freuen. Im Winter würde er sie brauchen, da konnte er nicht mit Sandalen durch den Schnee laufen.

»Hast du Nadel und Faden?«, fragte er.

»In der Hosentasche sind sechs Nadeln und zwei Fadenrollen. Ich habe auch Verbindungspulver. Du musst es nur befeuchten und ...«

»Hast du Streichhölzer?«, unterbrach ihn Vuk.

Der Reporter schüttelte den Kopf.

»Ein Feuerzeug?«

»Zwei. Ein antikes Zippo in der oberen Tasche und ein elektrisches in der unteren.«

Vuk holte einen länglichen Gegenstand aus der Tasche und warf ihn weit in den Wald hinein. Er mochte dieses neumodische Zeug nicht, diese Höllengeräte. Er entzündete das antike Feuerzeug und steckte es zurück in die Tasche.

Während der Hund den Reporter bewachte, steckte Vuk alles, was ihm nützlich und interessant erschien, in seinen Beutel. Dumo würde sich über die Folie mit den Texten und Bildern freuen.

»Ich danke dir. Viele von deinen Sachen sind sehr nützlich. Jetzt bedanke du dich.«

»Wieso?«, fragte Cvijic.

Vuk betrachtete ihn verwundert. »Weil ich dich nicht getötet habe. Wir sind quitt. Sagst du jetzt danke?« Vuk hob die Augenbrauen.

»D...Danke«, stammelte Luka.

»Ich gebe dir einen Rat. Wenn du nicht von den Mondsicheln, den Rotweißen oder den Adlern gefangen werden willst, dann bleib im Wald. Wenn du auf Wurzelfresser, Rattenmenschen, Hunde oder Wölfe triffst, lass sie nicht merken, dass du Angst hast. Mach einen Bogen um die Städte. Die Städte töten langsam. Lass dich von Tieren und Stadtmenschen nicht beißen. Und wenn du auf die alte Leopardin triffst – sie heißt Scharfzahn. Ich habe ihre Spuren erst kürzlich gesehen.«

»Und was soll ich tun, wenn diese Scharfzahn auftaucht?«, fragte Luka. Seine Lippen hatten sich vor Angst blau gefärbt. Er zitterte.

»Ich weiß nicht. Kletter auf einen Baum. Wenn der Schwarze vom Berg Makljen kommt oder der Gefleckte von der Kozara, dann hilft dir auch kein Baum. Aber du stirbst schnell. Der Schwarze vom Makljen ist ein Panther. Er reißt dir den Hals auf und das Herz heraus. Die alte Scharfzahn frisst dich bei lebendigem Leib.«

Schon seit Monaten hatte Vuk nicht mehr so viel gesprochen. In den letzten sieben Tagen hatte er sich nur mit Chica verständigt. Nach diesem Gespräch fühlte er sich fast so müde wie in jenem Sommer, als er durch das schwere Wasser des pannonischen Salzsees gerannt war, um eines der köstlichen Pelztiere zu fangen, die im Wasser lebten. Vor Müdigkeit war er zusammengebrochen und hatte das eklige Wasser geschluckt. Er ärgerte sich, dass er den größten Teil dessen, was der Reporter gesagt hatte, nicht verstand. Gleichzeitig mochte er den Fremden irgendwie. Mager und knochig wie eine gehäutete Ziege, hilflos wie ein junger Welpe gleich nach der Geburt.

»Am besten suchst du gleich eine der Banden. Sprichst du Einheimisch?«, fragte Vuk.

»Einheimisch? Was ist das? Ein Dialekt?«

Vuk sagte in der alten Sprache: »Einheimisch. Die Sprache des Alten Volkes.«

»Ja. Ich habe sie gelernt. Mein Vater war Dinare aus ... von denen, die du das Alte Volk nennst. Das war einmal eine slawische Sprache, die von drei Völkern ... und das heißt jetzt Einheimisch? Sehr interessant. Hilfst du mir, das ...«

»Nein«, sagte Vuk ärgerlich. »Du sprichst Einheimisch. Wenn dich einer erwischt, der sich für die Geschichte des Alten Volkes interessiert, wird er dich vielleicht nicht töten. Wenn du Bewaffnete siehst, flieh. Sie töten dich, wenn du Glück hast. Wenn nicht, wirst du langsam und qualvoll sterben. Du bist kein Krieger und kein Jäger. Du kannst Wurzelfresser sein oder Rattenmensch ... Jäger und Krieger wie ich kannst du nicht sein. Das kann nur ich. Ich bin schnell und stark und habe einen guten Hund. Nicht jeder kann Vuk sein und alleine jagen und kämpfen. Du bist weich und weiß. Wenn du nicht dünner wirst, fressen sie dich, sobald sie dich haben.«

Der Mann fing an zu weinen. Wie ein Wurzelfresser, der sich in Ermangelung eines besseren Gifts an den Beeren satt gegessen hatte, die die Schwarzhelme durch die humanitären Öffnungen hinaustrugen. Vuk zog den Wasserbehälter aus seinem Beutel und goss die Hälfte des Inhalts in eine Plastikflasche. Die Flasche stellte er vor den halbnackten Mann. Dann nahm er die Stiefel von der Schulter und warf sie dem Reporter vor die Füße.

»Ich habe dir mein Hemd dagelassen. Es hat nur zwei Taschen, ansonsten ist es gut. Auch meine Hosen sind noch gut. Du hast Stiefel und...« Vuk holte aus seinem Beutel ein großes, scharf geschliffenes Messer und rammte es in einen Baumstamm. »So ... Jetzt besitzt du so viel wie ich, als ich von den Mondsicheln geflohen bin. Mehr sogar. Und ... du bist jetzt auf dem Gebiet der Mondsicheln. Sie nehmen gerne Neue auf. Sag ihnen, dass du Mustafa heißen willst und dass du mit ihnen gegen die Christen kämpfen willst. Ich gehe jetzt. Erfolgreiche Jagd, Reporter.«

Luka Cvijic, berühmter Reporter des *Herald Electronic* blickte hilflos auf die herumliegenden Teile seiner Ausrüstung. Er putzte sich die Nase und wischte sich die Augen trocken. Er sah müde aus. Müde und verängstigt. Vor allem müde, aber ihm war auch deutlich anzusehen, dass er wahrscheinlich nie wieder ruhig einschlafen würde.

Der Himmel war auf einer Seite blutrot und auf der anderen blau wie Lukas Lippen. Die ersten Sterne zeigten sich. Wie zwei Geister verschwanden der Mann und der Hund im Wald und verschmolzen mit den Schatten der Bäume.

DUMO

Das erste, was Vuk hörte, war das Bellen von Salvatore, Dumos gelbem Hund, der sein Dasein angekettet fristete. Sein Bewegungsraum war auf eine kleine Aluminiumhütte mit der Aufschrift *FRISKIES* und ein paar Meter darum herum beschränkt. Noch bevor Salvatore sie sehen konnte, witterte er Chicas Geruch. Er liebte die Hündin, sprach und spielte mit ihr. Aber niemals leckte er Chicas Schnauze oder ihre Läufe in Dumos Anwesenheit. Denn Dumo hasste Chica aus tiefstem Herzen, was sich weder Vuk noch Salvatore erklären konnten. Schon aus weiter Entfernung heulte Vuk auf und Salvatore antwortete mit Winseln und freudigem Bellen.

Voller Stolz blickte Vuk auf den zwanzig Schritt breiten Minengürtel, der Dumos Hütte umgab. Jedes Mal, wenn er auf seinen Beutezügen weitere dieser explosiven Geräte fand, verbreiterte er das Feld. Als er Dumo kennenlernte, war da nur ein schmaler Minengürtel gewesen. Jetzt lagen hier Minen mit Drähten, mit schmetterlingsförmigen Zündern, Springminen, Minen, die nur ein schweres Fahrzeug zur Explosion bringen konnte. Er hatte sie selbst eingegraben, nur er kannte sich aus. Inzwischen hatte er den Teil des Feldes erreicht, wo die Minen so dicht lagen, dass er einige Schritt Anlauf nehmen und mit einem weiten Satz darüberspringen musste, um danach auf sicherem Boden zu stehen. Überall lagen menschliche und tierische Gebeine. Totenschädel grinsten ihn an.

An dieser Stelle hatte er auch gestanden, nachdem er auf einem alten klapprigen Pferd von den Mondsicheln geflohen war. Todmüde und ohne sich der Gefahr bewusst zu sein, hatte er das Pferd zur Quelle hinter Dumos Hütte geführt. Als Dumo das kaum verheilte Brandzeichen auf seinem Oberarm erkannte, wollte er ihn gleich erschießen. Stattdessen hatten sie lange miteinander gesprochen, auch wenn es nicht leicht war zu sprechen, während man in einen Gewehrlauf blickte. Schließlich hatte Dumo in Vuk einen Engel erkannt, den Gott allein unbeschadet durch die Minen geführt haben konnte. Der alte Mann stand zu der Zeit ständig unter der Wirkung der Flüssigkeiten, die er in Flaschen unter der Erde aufbewahrte. Bei Dumo hatte Vuk zum ersten Mal Apfelstrudel und Blaubeerkuchen gegessen. Dumo hatte ihn nur gelegentlich geschlagen, wenn er etwas Dummes gesagt oder ohne Erlaubnis etwas gegessen hatte. Bei den Mondsicheln waren Prügel an der Tagesordnung gewesen. Wenn Vuk einen neuen Buchstaben oder ein neues Gebet gelernt hatte, hatte Dumo ihn sogar mit Süßigkeiten belohnt. Doch jetzt war Vuk groß und stark und niemand hätte mehr gewagt, ihn zu schlagen.

Auf der Rückseite der Hütte war das Minenfeld nicht so dicht und man kam leichter durch. Doch Vuk hatte keine Lust, einen Umweg zu laufen. Er holte das Fernglas aus dem Rucksack und zog den Riemen über Kopf und Schulter so eng, dass er ihm in die Haut schnitt. Den Rest der Sachen warf er in weitem Bogen auf sicheren Boden. Chica hatte das Feld auf einem nur ihr bekannten Pfad durchquert, saß schon auf der sicheren Seite und sah ihn fragend an. Sie bellte. Vuk ging vorsichtig einige Schritte zurück, scharrte mit dem Stiefel über den Boden, nahm in einem kleinen Bogen Anlauf und sprang so weit er konnte. Er landete in der Hocke.

Aufgeschreckt von Chicas Bellen trat ein alter Mann mit lichtem Haar aus der Hütte. Er trug eine erdfarbene Kutte mit Kapuze und darüber ein Tuch aus Leinen, das seine ganze Brust bedeckte. Um den Bauch hatte er eine dicke Kordel mit Quasten an den Enden gebunden. Seine dicken Zehen zappelten nervös in einfachen Ledersandalen. Er kratzte sich am Doppelkinn, während eine leichte Brise mit den Resten seines schlohweißen Haares spielte. Dumo.

»Hast du Streichhölzer mitgebracht?«, fragte er anstelle eines Grußes.

»Gelobt sei Jesus Christus«, grüßte Vuk in der Sprache des Alten Volkes.

Dumo nannte diese Sprache *Kroatisch*. Jetzt fielen Vuk die Worte des Reporters wieder ein. Die Mondsicheln nannten die Sprache *Bosnisch*. Drei Sprachen. Für einen Moment bedauerte er, nicht etwas länger mit dem Reporter gesprochen zu haben.

»Und die heilige Jungfrau Maria. Hast du Streichhölzer?«, wiederholte der Alte.

»Ich habe ein Feuerzeug. Eins von den alten, und Benzin.«

»Gut. Was hast du mir noch mitgebracht?«, fragte der Alte ungeduldig.

Er hätte zumindest warten können, bis Vuk sich ausgeruht hatte. Das nächste Mal würde er sich erst irgendwo in der Nähe ausschlafen, bevor er zu Dumo ging. Er packte seinen Rucksack aus und legte dem Alten alle Schätze direkt in die Hände. Zufrieden wackelte der Alte in die Hütte. Und kam gleich darauf wieder heraus. Dumo bedankte sich nie, auch wenn er von Vuk ständig Dank verlangte. Vuk packte weiter aus und bald waren die Hände des Alten wieder voll. Seine Backen glänzten rot vor Freude. Dann gingen Vuk und Dumo in die Hütte, Chica blieb vor der Tür liegen.

Drinnen roch es nach verkohltem Holz und frischgebackenem Brot. Außerdem erschnüffelte Vuk in Wein geschmorten Hasen und gedünsteten Mangold. Seine Nase vermisste nur noch Kartoffeln. Dumo deutete auf einen Stuhl und Vuk setzte sich. Sogleich standen auf dem Tisch zwei Teller, Löffel, Gabeln und silberne Messer, die ganz offensichtlich nicht hierher passten. Mitten auf dem Tisch stand ein Korb mit frischem Brot. Vuk streckte die Hand nach dem Brot aus, doch Dumo schlug ihm, schneller als man es von dem alten Mann erwartet hätte, mit einem Holzlöffel grob auf die Finger.

»Du Teufel, noch hast du deinem Schöpfer nicht für die Gaben gedankt und willst sie schon essen.«

Vuk stütze den Kopf auf seine Hand. Der Alte wurde mit den Jahren immer nerviger und kleinlicher. Er kannte den alten Dumo. Oder nicht? Alle nannten ihn nur Dumo. Niemand kannte seinen richtigen Namen.

»Gegrüßt seist du Maria voller Gnade...«, sprach Vuk in der Sprache des Alten Volkes. Danach aßen sie schweigend. Von Zeit zu Zeit blickte Vuk in den Rückspiegel eines Lasters, der an der Außenseite des Fensterrahmens angebracht war, und sah darin das verzerrte Bild zweier Hunde. Sorgfältig stapelte er die Knochen seines Hasenbratens am Tellerrand auf, er achtete darauf, an jedem Knochen noch etwas Fleisch zu lassen. Chica mochte Hasenfleisch. Im Grunde mochten Chica und er das Gleiche.

»Wem hast du diese Sachen gestohlen?«, fragte Dumo mit vollem Mund.

»Einem Mann.«

»Mondsichel? Adler?«

»Er war nicht von hier. Von der anderen Seite der Wand.«

Dumo verschluckte sich und rang nach Atem. Seine blauen Augen wurden riesengroß und drohten aus den Höhlen zu springen. Vuk bekam Angst um Dumos Leben. So wie damals, als Dumo sich am Wildschweinbraten überfressen und so viel von seinen stinkenden Obst- und Weizendestillaten getrunken hatte, dass sein Herz fast stehengeblieben war. Danach hatte er seinen Arm eine Zeitlang nicht mehr bewegen können.

»Wie hieß er?«, presste er schließlich hervor, nachdem sich sein Atem beruhigt hatte.

»Reporter Cvijic«, antwortete Vuk.

Dumo stieß das silberne Messer, mit dem Vuk sonst nicht einmal die Knochen abschaben durfte, mit Wucht in den Holztisch.

»Du Volltrottel! Warum hast du ihn nicht hergebracht?«

»Wieso hätte ich das tun sollen. Du hast doch nichts davon gesagt.«

»Du Idiot! Muss ich dir denn alles sagen?!«, zischte der Alte.

Vuk schob seinen Teller von sich und stand auf. Ihm war die Lust auf Essen vergangen und auf diesen alten

Mann auch. Er verließ die Hütte und stieß ein kehliges Knurren aus, auch wenn er wusste, dass der Alte es nicht mochte, wenn er solche Laute von sich gab. Dumo kam ihm keuchend hinterher. Vuk sammelte langsam seine Sachen vom Boden auf, den Rucksack, den Bogen, die Pfeile.

»Verzeih mir, Vuk. Bitte, du musst mich verstehen. Seit fünfzehn Jahren habe ich mit niemandem von draußen gesprochen. Dieser Reporter könnte uns sehr nützlich sein. Dir, dir kann er sehr nützlich sein.«

»Gut«, sagte Vuk. »Aber zuerst muss ich noch mehr essen und schlafen.«

»Und wenn unsere Morlocks ihn in die Finger bekommen, während du schläfst? Wenn er auf dem Luftweg durch die Energiefelder gekommen ist, haben sie das bemerkt und sicher suchen sie ihn schon. Vuk, er ist hereingekommen, also weiß er auch, wie man wieder herauskommt. Wenn er das weiß, dann ...«

Vuk ließ seinen Rucksack fallen und unterbrach den Alten. »Ich breche morgen bei Sonnenaufgang auf. So oder gar nicht.«

Dumo biss sich auf die Lippen. Er konnte sehen, dass Vuk müde war, um sofort aufzubrechen. Das Leben außerhalb des Minengürtels, den Dumo schon dreißig Jahre nicht überquert hatte, war schwer und gefährlich. Es war ein Wunder, dass Vuk in dieser Welt bisher überlebt hatte.

»Du hast recht. Schlaf dich aus. Ich werde Brot backen und Kuchen, ich werde auch Fleisch für dich braten.«

»Ich brauche kein Fleisch. Ich bin Jäger. Machst du mir Apfelstrudel?«

»Und Blaubeerkuchen. Und du ruhst dich aus.«

Vuk strahlte bei der Aussicht auf Kuchen und Strudel. Hätte Dumo nicht gewusst, wie oft dieser Mann schon getötet hatte, hätte er geglaubt, einen Engel mit geschorenen Haaren vor sich zu haben.

»Keine Sorge, Dumo. Ich bringe dir den Reporter«, sagte Vuk. Dann fiel ihm ein, dass er etwas vergessen hatte. Aus der Seitentasche seiner Hose holte er die gefaltete Folie. Dumo riss sie ihm aus der Hand und schrie entzückt auf. Er kniete sich auf den Boden und entfaltete die Folie. Mit dem Finger wischte und tippte er darauf herum. Immer weiter vertiefte er sich in den Gegenstand in seinen Händen, während ihm die Sonne auf den kahlen Schädel brannte. Ohne aufzublicken fuhr er sich mit der Hand über die rosa glänzende Kopfhaut und zog die Kapuze über den Kopf. Vuk schien es, als wäre der Alte im Gebet versunken.

Chica beobachtete den Alten mit gesenktem Kopf. Ihr Blick war auf die rosafarbenen Fersen, die aus den Sandalen ragten, gerichtet und sie sah aus, als würde sie am liebsten hineinbeißen.

Vuk ging in die Hütte und legte sich auf eins der beiden Eisenbetten. Seine Hand fuhr unter die Matratze und tastete herum, bis sie auf das Gesuchte stieß. Der Katechismus war noch da, mit seinen Bildern, die zeigten, wer was gesagt hatte, und den blauen Wölkchen. Es war lange her, dass Dumo ihm damit das Lesen beigebracht hatte. Er konnte nicht sofort einschlafen und betrachtete die Bilder des gekreuzigten Erlösers, des heiligen Georg, wie er den Drachen tötete, der Jungfrau Maria mit dem noch kleinen Erlöser. An den Holzwänden hingen außerdem noch zahlreiche

Kreuze und Rosenkränze zwischen den Schimmelflecken. Sogar der massive Holzschrank, in dem Dumo sein Werkzeug und ein Gewehr aufbewahrte, war beklebt mit Bildern von Heiligen und der Jungfrau Maria. Es gab auch ein Bild von einem alten weißgekleideten Mann, der sich an einem gebogenen Stab festhielt und von dem Dumo gesagt hatte, er hieße Johannes Paul der Erste. Das Gerät, mit dem man abends Radio hören konnte, stand wie hingeworfen neben dem Schrank, zahlreiche Kabel und Drähte ragten heraus. Es passte in die Hütte wie der Teufel ins Gebet.

Vuk bekreuzigte sich und betrachtete den gekreuzigten Erlöser. Es fiel ihm schwer zu verstehen, warum ein so mächtiger Mann es zugelassen hatte, dass man ihn kreuzigte. Einmal hatte er Dumo diese Frage gestellt, worauf dieser ausgerastet war und ihn mit einem Beil durch die Hütte gejagt hatte. Er seufzte. Im Grunde war Dumo gut. Meistens. Nicht so gut wie die Gelbe aus dem Zjenica-Rudel, nicht gut wie Chica, nicht so weise wie der Gefleckte. Wenn der Alte nur nicht so verrückt wäre. Vuk schlief mit dem Gedanken an Apfelstrudel und Blaubeerkuchen ein.

Gegen Mitternacht kam Dumo in die Hütte und lehnte sich an den Pfosten, der mitten im Raum in die festgestampfte Erde eingelassen war und das Dach hielt. Vuk stellte sich schlafend. Der Alte ging zum Kamin und entzündete das vorbereitete Holz, dann trat er an Vuks Bett und zog ihm zärtlich die Decke bis zum Kinn. Die Bewegungen des Alten erinnerten Vuk an jemanden, der ihn vor langer Zeit zugedeckt hatte, an jemanden mit langen seidigen Haaren und zarten Fingern, die nach Wiesenblumen dufteten. Manchmal glaubte er, dass es die Mutter des kleinen Jesus war, doch er hatte nie gewagt, Dumo danach zu fragen. Wahrscheinlich würde der alte Gnom aus der Haut fahren und sein Gewehr aus dem Schrank holen.

Dumo trug am Oberarm das Zeichen der Rotweißen. Eingebrannt mit einem glühenden Eisen und mit farbigen Nadeln vollendet, zeigte es ein rotweißes Schachbrett auf einem Wappenschild. Doch auch die Rotweißen nannte Dumo Gottlose und Morlocks. Aber er hasste sie etwas weniger als die Adler und vor allem als die Mondsicheln. Für Vuk waren sie alle gleich. Alle wollten sie ihn töten oder unterwerfen. Sogar die verdreckten Wurzelfresser und die stinkenden Rattenmenschen aus den verseuchten Städten waren ihm lieber als die Rotweißen, die Adler und die Mondsicheln. Sie folterten wenigstens nicht. Sie töteten und fraßen einen. Das war das Schlimmste, was man von ihnen zu befürchten hatte.

Aus halb geöffneten Augen sah Vuk, wie Dumo die Kerosinlampe löschte und wie danach nur noch der Mond die Hütte erhellte. Vuk fragte sich, warum Dumo nie die Lampe aus dem Keller holte, die man in die Sonne stellte und die danach die ganze Nacht lang alles erleuchten konnte.

Der Alte setzte sich seufzend auf das andere Eisenbett, zog langsam die Sandalen aus und kippte aufs Bett, das laut quietschte. Er musste doppelt so schwer sein wie Vuk. Das kam vom Wein und den anderen stinkenden und bitteren Getränken, die der Alte in rostigen Fässern und kupfernen Röhren zubereitete und im Keller hortete. Hinter geschlossenen Lidern sah Vuk das Innere der Hütte. Auf dem Tisch standen duftender Apfelstrudel und Blaubeerkuchen. Der angenehme Duft schwebte über dem Tisch und vermischte sich mit dem leisen Knurren des Hundes von draußen. Dann kam eine Wolke, so weiß wie das Innere eines Weißbrotes, in die Hütte und lächelte Vuk zu. Sie nahm ihn an die Hand und führte ihn auf eine Wiese voller Hunde. Der Gefleckte, die Gelbe, der Humpelnde, die Blinde, der Schnelle, Luna, Kleinohr, Schlappohr, satt und ausgeruht warteten sie auf ihn, alle, die in den Netzen der Mondsicheln gefangen worden waren, waren hier und wollten mit ihm um die Wette rennen durch das junge Gras der endlosen Wiese.

DIE FÄHRTE

Vuk erwachte bei Sonnenaufgang. Auf dem Tisch stand kein Apfelstrudel. Auch kein Blaubeerkuchen. Wenn der Alte ihm nächstes Mal diese Leckereien nicht backte, würde er ihm keine Sachen mehr mitbringen und auch dieses bescheuerte Fahrrad nicht mehr treten, damit der Alte Radio hören konnte. Dumo schnarchte wie der riesige Traktor mit den mannshohen Rädern, mit dem der Jamaikaner und seine Wilde Olena in den Kampf zogen. Zwischendurch schnaubte er ähnlich wie Chica, wenn sie von einer Biene in die Schnauze gestochen wurde. Wie damals, als sie auf dem Berg Jabuka Honig aus einem hohlen Baum geholt hatten, den die Mondsicheln *Allahs Faust* und die Rotweißen *Fünffinger* nannten. Chica war damals gerannt, als wären alle Luchse der Heiligen Berge hinter ihr her.

Er ging hinaus, strich die Schnurrbarthärchen glatt, die sich im Laufe der Nacht aufgerichtet hatten, zog seine Stiefel an und ging in die Hocke, um die Schnürsenkel festzuziehen. Chica leckte seinen Ellenbogen und wartete darauf, von Vuk gestreichelt zu werden, so wie immer, wenn er gerade aufgestanden war. Vuk setzte den Rucksack auf, schnallte den Gurt zu, hängte sich Köcher und Bogen um, überprüfte, ob alle Messer am Gürtel hingen, setzte die Mütze auf und machte sich auf den Weg, gefolgt von Chica. Salvatore zog an der Kette und winselte leise. Vuk ging noch einmal zurück und goss aus einem Plastikkanister Wasser in Salvatores Schüssel. Der Hund trank gierig.

Nach einem langen Sprung durchquerte Vuk auf dem nur ihm bekannten geschlängelten Pfad das Minenfeld. Dabei achtete er darauf, das Gras nicht niederzutreten, um ungebetenen Gästen nicht den Weg zu verraten. Salvatore beobachtete, wie Vuk und Chica den Minengürtel hinter sich ließen und im Wald verschwanden. Er winselte und bellte ihnen nach. Dann legte er sich hin und blickte mit dem Kopf auf den Pfoten in die Richtung, in die sie verschwunden waren. In diesem Moment kam der Alte aus der Hütte und strich sich über das Doppelkinn. Salvatore näherte sich ihm, soweit es die Kette zuließ, und leckte ihm einen Fuß. Dumo trat ihm mit voller Wucht in die Seite. Der Hund jaulte auf und verkroch sich in seine Hütte.

Der Wald sprach zu Vuk in einer Sprache, die nur wenige Menschen verstanden. Die Vögel verkündeten allen Tieren, die durch den Wald flogen, krochen und sprangen, dass Fremde ihn betreten hatten, dass sie ihre Jungen verstecken und ihre Nester bewachen und die Botschaft von den zwei Fremden, die auf sechs Beinen den Frieden des Waldes störten, weitertragen sollten.

Vuk fühlte sich im Wald nicht wohl. Der Wald behinderte sie auf ihrem Weg, das Gestrüpp zwang ihnen ein langsames Tempo auf, und das Blattwerk verstellte den Blick. Es war nicht gut, mit schnellen Schritten durch den Waldes zu eilen. Menschen und Tiere in Eile waren unachtsam und verursachten Geräusche. Vuk wollte den Reporter lebend erreichen. Und sich die Belohnung aus süßem Teig und Obst holen, die Dumo ihm versprochen hatte. Nach einigen Stunden hatten sie den Wald durchquert und nach einigen weiteren Stunden die unsichtbare Grenze zwischen den verfeindeten Armeen erreicht. Sie betraten das Land der Mondsicheln.

Die Stelle, an der sie den Reporter zurückgelassen hatten, war noch einen ganzen Tagesmarsch entfernt. Sie machten nur kurz Rast, um zu jagen und zu schlafen. Dann näherten sie sich der Lichtung in einem eingespielten Manöver: Getrennt voneinander umgingen sie sie in einem großen Bogen, Mann und Hund in hundert Schritt Entfernung voneinander, durch einen dichten Hain und mit dem Wind. Schnüffelnd und winselnd fanden sie einander wieder, einige hundert Meter entfernt von der Stelle, wo vor zwei Tagen der Mann namens Cvijic vor ihnen gelegen hatte. Schließlich gelangten sie zu der kleinen Lichtung mit den vier Eichen. Der Reporter war nicht mehr da, genau wie Vuk es erwartet hatte. In der Nähe, am dicksten Baum, sah Vuk eine Stelle, an der das Gras bewegt worden war. Er hob einige Grasbüschel an und fand darunter in Nylon eingewickelt die Sachen des Reporters, die Vuk nicht mitgenommen hatte. Die meisten. Er rief Chica, drückte sanft ihren Kopf auf die Sachen, damit sie ausgiebig daran schnüffelte. Chica schnaubte und hob selbstbewusst den Kopf.

Vuk sprang auf. Er fühlte eine Schwere in den Gliedern, ging einige Schritte weiter und pinkelte in die Büsche. Als er aufsah, stellte er fest, dass der Himmel zwischen den Baumkronen schon dunkel wurde, und spürte, wie die Müdigkeit seinen ganzen Körper ergriff. Während Chica weiter schnüffelnd den Boden untersuchte, zog Vuk eine Plastikfolie aus dem Rucksack und faltete sie auseinander. Sie bestand aus vielen eng aneinanderliegenden Bläschen, die sich beim Auseinanderfalten mit Luft füllten. Er legte die Matte auf den Boden, streckte sich darauf aus und schlief im gleichen Moment ein. Chica schnüffelte noch einige Male um ihn herum, lief ein Stück in den Wald, umrundete einmal die Lichtung und legte sich schließlich eng an Vuks Rücken gedrückt hin. Dann schlief auch sie, den Schlaf, in dem sie alles hörte und alles sah, in dem die Schnauze immer wieder nach Gefahr schnüffelte. Ihre Ohren stellten sich regelmäßig auf und fischten nach Geräuschen, die der Westwind herantrug. Die Dunkelheit und der Sternenhimmel deckten Mann und Hund zu. Vuk lächelte im Schlaf.

DER HAARLOSE

Chica weckte Vuk im grauen Licht kurz vor Sonnenaufgang, als der Morgennebel sich in Tau verwandelte, lange bevor der Tag sonnig und warm wurde, lange bevor der Schweiß sich in den Barthärchen und den Augenbrauen sammeln würde. Eine kalte Schnauze und heißer Atem waren das Erste, das Vuk an diesem Morgen spürte. Dann legte sich eine Pfote schwer auf seine Brust. Er gähnte, rieb sich die Augen und strich mit der Hand über die Haarstoppeln auf seinem Kopf. Aus der Hosentasche holte er die Klinge aus Ultra-Stahl und zog sie über seinen Kopf, Bart und Schnurrbart ließ er, wie sie waren. Mit der Hand fühlte er nach, ob er alle Haare erwischt hatte. Er wollte sicher sein, dass sein Äußeres zu keiner der drei Armeen passte. Er trank einige Schlucke Wasser und hielt die Plastikflasche dann Chica hin, die jedoch den Kopf abwandte. Es war zu früh, als dass sie ihren Durst mit Tau gestillt haben konnte, sie musste bereits in der Nacht getrunken haben. Irgendwo in der Nähe war ein Tümpel oder eine Quelle. Wenn er einmal mehr Zeit hatte, würde er diese Quelle suchen.

Er zog das Messer mit der Sägeklinge aus dem Hosenbund und hieb auf den nächsten Baumstamm ein, bis sich ein Stück der dicken Rinde löste. Dann prägte er sich den Wuchs und das Geäst des Baumes ein, der von Weitem zu sehen war. So würde er die Stelle wiederfinden.

Sie gingen im leichten Schritt von Fährtensuchern und folgten dem Geruch, den Chica ab und an verlor und dann wiederfand. Die Fährte führte meist durch Wald. Der Reporter hatte Vuks Rat, nur durch bewaldetes Gebiet zu gehen, streng befolgt. Gerüche nach Urin von Hunden und Wölfen, Spuren von Füchsen, Wildkatzen und Hirschen und von zahlreichen Wildschweinen, die zu jagen den Mondsicheln verboten war, verwirrten Chica einige Male und führten sie auf eine falsche Fährte. Dichtes Gestrüpp trennte sie zuweilen von Vuk. Der Hund konnte nicht immer den gleichen Weg nehmen wie der Mensch. Dann umlief Chica das Gestrüpp und suchte die Fährte erneut. An einem Dorn fanden sie einige Fasern von Vuks alter Hose, die er dem Reporter gegeben hatte. Danach einige Fäden aus seinem Hemd. Der stärkste Wegweiser war für Chica der Geruch der Gummisohlen von den Schuhen des Reporters.

Nach einiger Zeit erkannte Vuk, dass der Mann, den sie verfolgten, im Kreis ging. Gegen den Uhrzeigersinn. Wie ein Mensch, der keine Erfahrung darin hatte, sich in unbekanntem Gelände fortzubewegen, der sich keine Orientierungspunkte suchte und sich den Weg nicht in Etappen einteilte. Sie verfolgten einen Rechtshänder, wie auch Vuk einer war und die Mehrheit der Menschen. Mit dem rechten Bein schritt er unmerklich weiter aus und trug seinen Körper damit immer weiter nach links. Nach einer gewissen Zeit würde sich der unerfahrene Wanderer am Ausgangspunkt seines Weges wiederfinden.

Auf einmal benahm Chica sich merkwürdig. Sie schnüffelte in verschiedene Richtungen und beachtete Vuk nicht mehr. Sie wollte auch nicht mehr gestreichelt werden. Scheinbar willkürlich untersuchte ihre Schnauze die Erde und das Gras auf einer Breite von einem Fuß. Alle zehn Schritte ging sie ein oder zwei Schritte zurück, dabei winselte sie leise. Vuk ging in die Hocke und streichelte ihr über die Stirn und den silbernen Hals und blickte ihr fest in die Augen. Dann hob er einen Finger, zwei, drei und schließlich fünf. Chica reagierte nicht. Sie saß auf ihren Hinterläufen und hechelte mit heraushängender Zunge. Erst als Vuk alle zehn Finger in die Luft streckte, gab der Hund Laute von sich und vergrub die Schnauze in Vuks Hand. Er strich ihr liebevoll über den Kopf.

Der Reporter war also in Begleitung mehrerer Leute. Mehr als fünf, vielleicht sogar zehn. Mondsicheln. Mondsicheln hatten den Reporter gefangen genommen. Aber da war noch etwas anderes. In den Augen des Hundes hatte er Furcht gesehen, und er wusste, dass seine Chica noch nie Angst vor einem Menschen gezeigt hatte. Vuk fluchte. Verfluchte das Schicksal in der Sprache des Alten Volkes, wie es auch Dumo manchmal tat. Aber Dumo dachte auch in der Sprache des Alten Volkes und nicht auf Englisch wie Vuk und die Mehrheit der Gettobewohner.

Wie könnte es ihm gelingen, den Reporter aus den Händen der Mondsicheln zu befreien und unbeschadet zu Dumo bringen? Entweder er schaffte es, oder es würde keinen Apfelstrudel geben, stattdessen nur Zorn und Vorwürfe, solange Dumo lebte.

Als die Dämmerung anbrach, stießen Vuk und Chica in einem Wäldchen auf eine erloschene, von großen Steinen eingefasste Feuerstelle. Genauso versteckte auch Vuk sein Feuer, wenn er auf feindlichem Gebiet Nagetiere briet. Doch warum versteckten sich die Mondsicheln? Chica schnüffelte an der Feuerstelle herum. Vuk verscheuchte sie mit einer Handbewegung. Er wollte nicht, dass Chicas Nase durch die beißenden Gerüche von Benzin, mit dem das Feuer entzündet und menschlichem Urin, womit es gelöscht worden war, betäubt wurde. Vuk untersuchte sehr genau das niedergetrampelte Gras um die Feuerstelle herum. Es waren zwischen sechs und zehn Mondsicheln, die hier geschlafen hatten. Genau wie Chica es ihm gesagt hatte.

Im Gras fand er halb abgebrannte Streichhölzer, an manchen Stellen roch es nach Benzin, das die Männer um sich verteilt hatten, um sich vor Schlangen und Skorpionen zu schützen. Im Gebüsch lagen vier sorgfältig ausgekratzte Gulaschdosen und einige leere Plastiktütchen. An manchen Stellen waren deutlich Stiefelabdrücke im Gras zu erkennen, doch den Stiefelabdruck des Reporters konnte Vuk darunter nicht ausmachen. Er versuchte, sich an das genaue Profil der Stiefel zu erinnern und verfluchte sich, dass er wie immer nicht besser auf Details geachtet hatte. Andererseits hinderten einen Details oft daran, den Überblick zu behalten.

Der Geruch des kalten Feuers war stark. Es war weniger als einen halben Tag her, dass es gebrannt hatte. Sie würden die Gruppe in weniger als einem Tag einholen. Plötzlich winselte Chica so laut, dass Vuk zu seiner Waffe griff. Doch sie schnüffelte nur an einem Baum, in ungefähr einem Fuß Höhe. Vuk kniete sich vor den Baum und hielt die Nase an den Stamm. Es roch stark nach Urin. Ein Stück weiter unten, fast schon an der Wurzel, erkannte er tiefe Kratzspuren. Und nur ein Stück weiter sah er schließlich auf dem

Boden Pfotenabdrücke. Die Mondsicheln hatten einen Hund bei sich. Der Höhe des Uringeruchs und der Größe der Pfotenabdrücke nach, war es ein nicht allzu großer Rüde. Vuk stieß ein Bellen aus und hob einen Finger in die Luft, Chica knurrte, also nur ein Hund. Dann winselte sie wieder.

Vuk nahm seine Kappe ab und kratzte sich am Kopf. Er war ratlos. Seine Chica, die ein Wildschwein in die Flucht schlagen, einen Hirsch reißen konnte, die im letzten Frühjahr einen Luchs erlegt hatte, Chica, die mit ihm durch einen Pfeilhagel gelaufen war, als sie in einen Kampf zwischen Adlern und Rotweißen geraten waren, die sich dem Traktor des Jamaikaners entgegengestellt hatte. Chica hatte Angst vor einem Hund, der kleiner war als sie. Vuk seufzte, doch dann begriff er und hätte am liebsten selbst aufgejault.

Sie hatten einen dieser haarlosen Höllenhunde dabei, und an einen Hund konnte man sich nicht anschleichen. Nicht einmal an diesen Haarlosen, obwohl sein Geruchssinn viel schwächer war als Chicas. Und wenn dieser Hund zubiss, bekam man seinen Kiefer nicht mehr auseinander, er biss so fest und so lange zu, bis Ober- und Unterkiefer wieder aufeinander lagen.

Vuk hasste diese Hunde, so wie er alles hasste, was ihm Angst machte und was er nicht verstand. Die Höllenhunde starben einen langen Tod. Eine Hündin dieser Rasse konnte nicht natürlich werfen, man musste sie aufschneiden und meistens starb sie am Blutverlust, deshalb gab es in der Regel nur einen Wurf. Die Welpen überlebten nur, wenn man ihnen kontinuierlich irgendwelche Mittel injizierte, die von den Schwarzhelmen ins Getto gebracht wurden. Die ausgewachsenen Tiere brauchten auch ständig Injektionen und waren unfähig zur Jagd. Meist wurde ein Haarloser von zwei Männern an gespannten Eisenketten geführt, oder von einem Mann, dann allerdings an einer Eisenstange oder einem beschlagenen Holzstab, der aber so dick sein musste, dass der Hund ihn nicht durchbeißen konnte. Ein Höllenhund konnte Pferdeknochen zermalmen. Er biss auch noch im Sterben.

Vuk hatte einmal einen Höllenhund gesehen, den ein Hieb in der Mitte zerteilt hatte, mit zertrümmertem Schädel, aus dem das Hirn quoll, war er weiter gekrochen im unermüdlichen Versuch, so viele Menschen zu beißen und zu zerreißen wie möglich, bevor alles Blut aus seinem halben Körper geflossen war. Wenn der Höllenhund keine Fremden beißen und sich an ihrem Fleisch satt fressen konnte, wandte er sich gegen seinen Besitzer, der ihn aufgezogen hatte. Ein völlig irrer Köter, gezüchtet von völlig irren Menschen. Vuk schüttelte die dunklen Gedanken ab. Wenn überhaupt, wollte er dieser haarlosen Bestie nur begegnen, wenn Bäume in der Nähe waren, auf die er sich flüchten konnte.

Als die Bäume sich lichteten und immer mehr Wiesen zu sehen waren, drehte sich Chica immer häufiger zu ihm um. Sie näherten sich der Gruppe, die sie verfolgten. Vuk fürchtete den Moment des Aufeinandertreffens, denn er hatte noch keine Ahnung, was er tun sollte.

Die Spuren waren nun sehr deutlich und sie liefen in leichtem Trab. Erst kurz vor dem Ziel fielen sie wieder in Schrittgeschwindigkeit. Und dann zog Vuk sein Messer heraus und ging geräuschlos und zur Erde gebeugt langsam weiter, während Chica den Kopf gereckt hielt, damit ihr kein Geruch und kein Geräusch entging. In diesem Moment wünschte Vuk, den Mann namens Reporter niemals getroffen zu haben.

DIE TRUPPE

Am Fuß des Berges glänzte der Fluss und trennte das Land der Mondsicheln von dem der Adler. Hier versteckten sich Vuk und Chica in einem Nadelwald, der vom sauren Regen gezeichnet war. Von hier aus erblickten sie eine kleine Kolonne. An der Spitze, oder genauer gesagt zehn, fünfzehn Yards voraus, lief ein großer schlanker Schwarzer mit geschorenem Kopf und langem verfilzten Bart. Etwas an seinem Gang ließ Vuk an die Panther vom Berg Makljen denken. Zehn Schritte hinter ihm ging ein untersetzter Mann um die vierzig, sein Bart war einen Fuß lang, er trug fingerlose schwarze Handschuhe und eine Soldatenkappe. An einer Metallstange, die er mit beiden Händen fest umklammert hielt, führte er einen hässlichen gedrungenen Hund. Den Reporter führte ein Asiat mit schütterem Haar. Auch er hatte einen strähnigen langen Bart. Der Hals des Reporters steckte in einer Schlinge, seine Hände waren mit Metalldraht brutal auf dem Rücken gefesselt, an den Füßen trug er ungeschnürte Schuhe, die ihm offensichtlich zu groß waren. Seine eigenen Stiefel trug jetzt der Untersetzte mit dem Hund, der offensichtlich der Anführer war. Ebenso offensichtlich war der Schwarze an der Spitze der Kolonne der Späher. Es handelte sich um erfahrene Krieger, die vielleicht am besten ausgerüstete und stärkste kleine Truppe, die Vuk je gesehen hatte.

Jedes Mal wenn der Reporter langsamer wurde, zog sich die Schlinge um seinen Hals zu und er wurde daran erinnert, dass die Gruppe immer nur so schnell war wie der Langsamste und Letzte.

Insgesamt waren es sieben Männer, die dem Flusslauf folgten, mit dem Gefesselten acht, und es waren keine Mondsicheln. Ihre Hosenbeine waren nicht über den Fußknöcheln abgeschnitten und sie hatten sich nicht die Schnurrbärte abrasiert. Alle trugen gut erhaltene Tarnuniformen und waren bis an die Zähne bewaffnet. Jeder hatte eine Armbrust, bei der man die Pfeile nicht einzeln nachlegen musste, bei jedem Spannen fiel automatisch ein Pfeil in die Kerbe. Einer von ihnen trug ein antikes Repetiergewehr M-48 mit Zielfernrohr und Nachtsichtvorrichtung und mindestens zwei hatten Pistolen. Der Untersetzte und der Schwarze hatten sogar antike Kalaschnikows, ein Gewehr von tödlicher Präzision, mit dem auch Vuk umgehen konnte und vor dem er einen Heidenrespekt hatte. Die Kalaschnikow des Schwarzen hatte einen Schaft aus Metall, so eine hatte auch Dumo. Die anderen trugen Repetiergewehre und eine Vielzahl von Granaten am Gürtel. Vuk bevorzugte seinen lautlosen Bogen und die spitzen Pfeile.

Adler. Adler auf dem Gebiet der Mondsicheln. Deshalb gingen sie durch dieses unwegsame Gelände und versteckten ihr Feuer. Der schwarzhäutige Kundschafter änderte immer wieder das Tempo, ständig ging sein Blick zum sandigen Ufer auf der gegenüberliegenden Flussseite. Einige Male watete er in den Fluss hinein, bis ihm das Wasser an die Hüfte reichte. Dabei hielt er Armbrust und Kalaschnikow mit ausgestrecktem Arm in die Luft. Es schien, als wüsste er nicht, an welcher Stelle man den Fluss überqueren konnte, oder er hatte es vergessen.

Der Untersetzte mit dem Hund war ungeduldig und zog ständig an der Metallstange, an der der Hund festgemacht war. Vergeblich kratzte der Hund mit seinen plumpen Pfoten, um die Kontrolle über die eingeschlagene Richtung zu übernehmen. Das Tier zerrte an der Stange, seine Zunge hing zwischen den Reißzähnen, die mindestens einen halben Fuß lang waren. Es schnüffelte über den Boden als spüre er den Schmerz nicht, den das Halsband bestimmt verursachte. Es war aus Metall und hatte Stacheln, die wie Strahlen einer grausamen Sonne in alle Richtungen ragten.

Aus sicherer Entfernung beobachtete Vuk, wie die Männer stehen blieben. Mit leisen Stimmen besprachen sie etwas. Mimik und Gesten verrieten, dass sie unterschiedlicher Meinung waren. Der Untersetzte packte den Schwarzen an der Schulter und deutete auf das andere Flussufer. Dann zeigte er auf sein Gewehr und die Granaten, die er am Gürtel trug. Er will nicht schwimmen, dachte Vuk, er will nicht, dass seine Waffe und die Munition nass werden. Der Jüngste unter den Kriegern zog eine Dose aus der Hosentasche und pulte mit dem Finger darin herum, um sich schließlich etwas in die Nase zu reiben. Der Anführer riss ihm die Dose aus der Hand und warf sie ins Wasser. Eine dünne weiße Staubfahne zog flussabwärts.

Das Wasser war zu tief, um durch den Fluss waten zu können. Tagelang hatte es geregnet. Warmer schmutziger Regen aus dem Norden. Und an manchen Stellen in den Bergen schmolz noch der Schnee. Vuk dankte Gott und bekreuzigte sich. Aus dem Rucksack holte er ein kleines Holzkreuz und küsste es. Er hatte genügend Zeit gewonnen, den Reporter zu befreien. Gott hatte ihm ein Zeichen gegeben. Wahrscheinlich hatte Dumo in der Hütte vor dem gekreuzigten Erlöser gebetet.

Chicas Rücken war gespannt wie eine Bogensehne. Sie lag auf dem Boden, bereit aufzuspringen und auf das erste Zeichen von Vuk hin anzugreifen, in ein Bein, eine Hand, die Kehle eines Menschen zu beißen. Ihre nach hinten gezogenen Lefzen ließen die weißen, scherenartig gewachsenen Reiß- und Backenzähne sehen. Mit den einen konnte sie Muskelgewebe zerreißen, mit den anderen Sehnen und Knochen zerbeißen. Auch die der Adler. Sie war nervös, wie immer, wenn sie sich versteckten und jemanden verfolgten. Danach kam immer Aktion, Kampf und Raub.

Vuk entschloss sich, ein Stück flussabwärts zu gehen und ans andere Ufer zu schwimmen. Auf der anderen Seite würde er zurückkommen und ihnen eine Falle stellen. Er hätte gerne gehört, worüber sie sprachen. Dann wüsste er, wohin sie gingen, und alles wäre leichter. Was konnte ihr Ziel sein? Sieben starke, gut bewaffnete Krieger und ein Gefangener. Sie hatten keine gestohlenen Pferde dabei oder anderes Diebesgut. Nur Waffen und Ausrüstung.

Der Gefangene. Der Reporter. Er musste sehr wichtig sein. Das hatte auch Dumo gesagt. Die Adler waren nicht auf einem Raubzug durch das Land der Mondsicheln. Ihr Anführer, der Jamaikaner, wollte keinen Krieg mit den Mondsicheln, nicht jetzt, denn er lag im Streit mit Herzeg, dem Anführer der Rotweißen. In letzter Zeit brachten sich die Rotweißen und die Adler immer häufiger gegenseitig um und stahlen Pferde, die sich in Grenznähe aufhielten. Die Mondsicheln waren zahlreich. Wie Äste an den Bäumen. Wie Laub im Wald. Sie nahmen jeden auf, der etwas höher stand als ein Wurzelfresser. Deshalb waren sie so zahlreich. Die Adler waren besser ausgebildet und hatten bessere Waffen, aber sie waren viel weniger an der Zahl. Die Adler hätten sich mit den Rotweißen verbünden und locker die Mondsicheln schlagen können. Aber danach hätten die Adler die Rotweißen niedergemetzelt. Deshalb paktierten die lieber mit den Mondsicheln, weil die starken Adler sie ständig bedrohten. Der alte Dumo nannte das Politik. Von solchen Gedanken bekam Vuk Kopfschmerzen. Viel lieber hinterließ er Pfeile mit den Federn der Rotweißen im Fleisch der Adler und Mondsicheln. Seine Vorräte an Waffen und Pfeilen erneuerte er im Chaos, das auf ihre Grenzkämpfe folgte. Dumo nannte auch das Politik und sagte, Vuk sei ein guter Stratege.

Der Wind änderte seine Richtung, sie mussten ihre Position aufgeben, sonst konnte der Wind ihre Gerüche zu dem Hund tragen und er würde anschlagen. Sieben Männer und ein Höllenhund waren zu viel für nur einen Mann und einen Hund. Vom Reporter konnte er im Kampf kaum Hilfe erwarten. Er war nicht zu gebrauchen, weil er die Zeichen an Bäumen und auf der Erde nicht lesen konnte. Selbst der Höllenhund allein war zu viel für ihn und Chica. Dann lieber doppelt so viele Männer gegen sich, als den Hund.

Fast kriechend gelangten Vuk und Chica zum Flussufer. Hinter Büschen verborgen nahm Vuk seinen Rucksack ab, hängte ihn an einen Weidenast und schnallte ihn mit den Gurten am Stamm fest. Er verteilte Zweige und Blätter, bis der Rucksack nicht mehr zu sehen war.

Inzwischen trug der Wind ganze Wörter und zwischendurch einen Fluch heran. Sie sprachen über Pferde. Am anderen Flussufer, in ausreichender Entfernung von den diebischen Mondsicheln, warteten Pferde auf sie. Sie waren auf einer sorgfältig geplanten Mission. Ganz offensichtlich waren sie nicht unterwegs, um Pferde oder Vieh zu stehlen, um Kokain zu erbeuten und die Koka- und Marihuanafelder der Mondsicheln niederzubrennen. Sie waren nur wegen eines Mannes hier. Wegen des Reporters.

Ein Schauer durchlief Vuk, wie wenn ihn das Jagdfieber packte. Der Gefangene der Adler musste ein wichtiger und mächtiger Mann sein. Andernfalls wäre auch Dumo nicht so aufgeregt gewesen. Auf der anderen Seite der Wand gab es bestimmt viele wunderschöne Frauen. Warum sonst wollten alle, dass der Reporter ihnen zeigte, wie man die Wand überwinden konnte. Denn genau das hatte der alte Dumo gesagt. Dass der Reporter einen Weg hinüber kannte. Für einen Niemand hätte der Jamaikaner nicht das Leben von sieben Kriegern riskiert. Vuk musste sich den Reporter schnappen. Ärgerlich biss er sich auf die Unterlippe, weil er ihn schon gehabt und dann weggejagt hatte. Wenn er klug gewesen wäre, hätte er ihn für einen ganzen Wald voller Pfeile oder hundert Pfund Pulver, mit dem man wunderbar handeln konnte, eintauschen können. Er war so dumm gewesen wie eine der gefleckten Kühe der Rotweißen.

Der Wind trug einen Geruch in Chicas Nase, auf den sie nicht vorbereitet war. Einen Geruch, den sie vor langer Zeit gerochen hatte, vor so langer Zeit, dass sie ihn mit keinem Wesen und keinem Ereignis aus ihrem Gedächtnis verbinden konnte. Es war einer der ersten Gerüche, die sie in ihrem Leben kennen gelernt hatte, gleich nach dem Geruch ihrer goldhaarigen Mutter und dem Geruch ihrer Geschwister aus dem Nest unter dem steilen Felsen. Ein Geruch, der ihr in die Nase gestiegen war, als die zweibeinigen Wesen, vor denen ihre Mutter sie hatte retten wollen, den kleinen Fellknäueln die Haut abgezogen und sie dann gebraten hatten.

Chica wollte keine Rache, sie wusste nicht wie ihr geschah, aber auf diesen Geruch gab es nur eine Antwort.

Vuk vernahm ein leises Geräusch von der Hündin. Eine kaum merkliche Muskelbewegung an ihrem Rücken und ein leises Knurren ließen ihn unwillkürlich die Hand nach Chicas Halsband ausstrecken. Doch es war zu spät.

Hundertfünfzig Pfund Muskeln, Knochen, Fell und Zähne rasten auf die fremden Krieger zu. Mit großen Augen verfolgte Vuk Chicas pfeilschnellen Lauf. An ihren Hinterläufen wehten Haare wie Fahnen, der Schwanz mit dem gesträubten Fell verschwand zwischen den hinteren Sprunggelenken.

Alles geschah schnell, viel zu schnell für die Adler, zu schnell als dass eine menschliche Hand eine Waffe hätte entsichern können. Schneller als ein erfahrener Krieger einen Pfeil in die Armbrust spannen oder ein Messer aus dem Gürtel ziehen konnte. Chica hatte einen der Adler zu Boden geworfen, stand mit den Vorderläufen auf seinem Brustkorb, knurrte und biss ihn. Sein Körper und seine Ausrüstung rochen wie drei Winter zuvor, als Chica die einzige Überlebende aus dem Rudel auf der Hochebene gewesen war. Der Körper des Mannes wand sich, seine Beine zuckten und seine Finger verkrampften sich im Todeskrampf. Mit unglaublicher Kraft und ungebremstem Willen zerbiss Chica Sehnen im Hals und am Rückgrat des Mannes, riss an seinem Torso, sodass die bereits toten Extremitäten zuckten und hüpften, als wären sie aus Gummi. Der Mann stieß ein letztes Röcheln aus und danach hörte man nur noch Chicas wütendes Knurren, das dem eines Wolfes ähnelte, der seinen Hunger an einem erlegten Hirschen gestillt hat und alle um sich herum warnt, näher zu kommen.

Der Untersetzte fasste sich als Erster. Er ließ die Stange los, an der er den Hund führte, und stellte einen Fuß darauf, dann griff er nach seinem Gewehr und entsicherte es. Danach hörte man, wie weitere Waffen entsichert wurden. Mit einer Handbewegung bedeutete der Untersetzte den anderen, nicht zu schießen. Er zielte auf die gelbschwarze Bestie, die weiter in den Oberkörper und das Gesicht des Toten biss, als wäre sie allein auf weiter Flur.

Die Gewehrsalve ertönte im gleichen Augenblick, in dem der Untersetzte spürte, wie ihm der Boden unter den Füßen weggezogen wurde. Seine Kugeln flogen weit über dem blutigen Maul des Hundes in die Luft.

Chica spürte wie die Schüsse über sie hinwegzischten und dann hörte sie ein leises Klirren, als der Höllenhund sich losriss und seinen Herrn zu Fall brachte. Er raste vor Verlangen, das Wesen zu Tode zu beißen, das sein Rudel angegriffen hatte. Fünfzig Pfund geballter Kraft und Mordlust stürzten sich auf Chica, die sich gleich nach dem Zusammenprall aufrappelte und den Berg hinauf und in den Wald raste. Der Höllenhund setzte ihr nach, die

Metallstange hinter sich herziehend, was ein Geräusch machte wie die Glocke des Leithammels aus der Herde des alten Hirten Gérard. Dichtes Gestrüpp zwischen dicken Baumstämmen verschluckte beide Tiere. Man hörte noch Schüsse, bis der Untersetzte schrie: »Hört auf zu schießen. Ihr könntet Rocky treffen. Verdammt nochmal, wir sind auf feindlichem Terrain, ihr Idioten!«

Der Reporter starrte mit offenem Mund. Auf seinem linken Hosenbein erschien ein Fleck, der sich nach unten vergrößerte. Er hatte das wilde Tier erkannt, das ihm nur einige Tage zuvor direkt ins Gesicht gehechelt hatte, und jetzt sah er, wie es einen wesentlich größeren und stärkeren Mann, als er selbst einer war, zugerichtet hatte. Vielleicht hatte sich Luka Cvijic, der berühmte Reporter des *Herald Electronic*, auch vor lauter Glück in die Hose gemacht, dass da ein anderer mit zerrissener Kehle lag und nicht er. Bestimmt war der Wilde, der sich Vuk nannte, ganz in der Nähe. Wie gern hätte er an seiner Stelle Ivan oder Babel gesehen. Hiervon hatten sie nichts gesagt, als sie über diese wahnsinnige Mission gesprochen hatten. Aber im Grunde war er selber schuld, die Idee mit dem Heißluftballon hatte er gehabt.

Der Wilde namens Vuk lag im hohen Gras und hatte alles beobachtet. Verwirrt biss er sich in den linken Daumen und versuchte zu begreifen, was sich gerade vor seinen Augen abgespielt hatte. Noch nie hatte er Chica so gesehen. Die Wege des Herrn waren vielleicht unergründlich, aber das war zu viel, es passte nicht zu den Erfahrungen und Beobachtungen, die er jahrelang in seinem kahlen Schädel gesammelt hatte.

Die Adler blickten in die Richtung, aus der das Ungeheuer gekommen war und in nur wenigen Augenblicken einen tapferen Krieger getötet hatte. Vuk presste sich auf den Boden. Das junge Gras kitzelte ihn an der Nase. Er robbte langsam rückwärts, in Richtung Fluss.

DER STREIT

Der große Schwarze wandte sich an den Anführer: »Jovan, die Mondsicheln haben bestimmt die Schüsse gehört. Wir sollten verschwinden. Lass uns hier und jetzt ans andere Flussufer schwimmen. Später können wir weitersuchen. Der Köter hatte ein Halsband. Es könnte gut sein, dass ...«

»He«, unterbrach ihn Jovan mit tiefer Stimme. »Der Anführer bin immer noch ich. Wenn du's nicht glaubst, frag doch den Jamaikaner.« Er löste das Magazin aus seinem Gewehr. Aus der Gürteltasche holte er zwei weitere Magazine und steckte sie sich unter die Achsel. Mit einem metallischen Klicken schob er zwei Messingpatronen ins Magazin, holte aus einer Gürteltasche fünf weitere Patronen und lud auch diese ins Magazin. Er umwickelte die drei Magazine mit Klebefilm. Nun hatte er dreimal neunundzwanzig Schuss, sorgfältig gepflegt und bereit, sich jederzeit in menschliches oder tierisches Gewebe zu bohren, das sich Jovan in den Weg stellte. Dennoch musste er sich schweren Herzens eingestehen, dass der Schwarze dieses Mal recht hatte. Aber Rocky, sein Gefährte in unzähligen Kämpfen gegen Menschen und Tiere, war mehr wert als die Worte des Schwarzen, mehr als logische Überlegungen und vielleicht sogar mehr als der Wille von Germain Williams, dem Jamaikaner selbst.

»Befehl ausführen!«, sagte Jovan in der Sprache des Alten Volkes, wie der Sitte nach jeder Befehl bei den Adlern eingeleitet wurde. »Ihr wartet auf mich auf der anderen Seite, auf unserem Gebiet. Eine Stunde Fußmarsch vom Ufer entfernt.

»Wie lange, Oberst?«, fragte ein Mann mit nahezu weißen kurzen Haaren und nordischen Gesichtszügen.

»Bis ich mit Rocky zurückkomme, Hauptmann. Wenn er den großen Hund erledigt hat, wird er fressen und danach warten, so wie ich es ihm beigebracht habe. So wie ihr auf mich warten werdet. Auf mich oder das Jüngste Gericht. Andernfalls kommen der Jamaikaner und der Tiger. Ohne Rücksicht darauf, wie gerne dich Olena hat. Oder gerade deswegen.«

Der Schwarze trat an ihn heran und aus der Höhe von sechseinhalb Fuß blickte er auf den Oberst hinunter und sagte: »Jovan, du bist ein großer Krieger und entstammst dem Alten Volk, aber du gefährdest die Mission. Das Jüngste Gericht und der Tiger des Jamaikaners gelten auch für dich. Die Russin hat damit nichts zu tun. Wir haben einen Auftrag.«

Jovan senkte den Blick und nahm das Gewehr von der Schulter. Er entsicherte, lud durch und sicherte es wieder. Seine linke Hand mit der klobigen Taucheruhr lag um die hölzerne Verkleidung des Gewehrlaufs, die rechte am Griff nahe beim Abzug. Er sprach mit einer Stimme, die so tief war wie die Schluchten, durch die der Fluss im Norden floss: »Vorsicht, Nigger. Pass auf, was du sagst. Mein Volk war schon hier, noch bevor deins überhaupt entdeckt wurde. Mein Volk hat mit Besteck gegessen, bevor deins seine Hände zu benutzen verstand. Mein Volk hat dieses Gewehr hier gebaut. Dein Volk hat vor hundertfünfzig Jahren gerade mal gelernt, wie man es benutzt. Ich komme zurück. In ein paar Stunden bin ich wieder hier. Für denjenigen, der nicht auf mich wartet, werden es die letzten Stunden seines Lebens gewesen sein. Dafür werden Rocky und ich sorgen. Hör mir jetzt gut zu. Befehl ausführen! Samuels Leiche werft ihr in den Fluss, über den Blutfleck streut ihr Sand. Dann schwimmt ihr durch den Fluss, lauft eine Stunde. Und dann wartet ihr. Haltet euch mit dem Schnupfen zurück, bis ich wieder bei euch bin. Helmut, du kümmerst dich um meine Ausrüstung. Ich bin früher wieder zurück, als ihr glaubt.«

Dann verschwand Jovan im Gebüsch, in das kurz vorher auch die beiden Hunde eingetaucht waren. Der Schwarze spuckte auf den Boden und begann, die Taschen des Toten zu leeren: ein blutverschmierter Tabakbeutel, ein Taschenmesser, Zündsteine, eine Taschenlampe und andere Kleinigkeiten kamen zum Vorschein. Er stopfte alles in seine eigenen Taschen. Dann ergriff er die Leiche an den Stiefeln und zog sie zum Fluss. Der tote Körper hinterließ eine blutige Schleifspur zurück. Der nordisch aussehende Mann ergriff die Arme des Toten, sie schaukelten ihn, bis der Körper genug Schwung hatte, und warfen ihn in den Fluss. Er klatschte laut aufs Wasser.

Zwei aus der Gruppe beobachteten das Ufer. Die anderen schoben mit den Füßen Sand auf die Blutspur. Der Asiat nahm ein Seil und schlug dem Gefangenen damit auf die Beine, worauf dieser der Länge nach auf die spitzen Steine des Flussufers fiel. Als er sein aufgeschürftes Gesicht hob, lief aus Nase und Oberlippe Blut und rann über den Kragen des Hemdes, das früher einmal Vuk gehört hatte.

Der Asiat zog ihn am Kragen hoch, bis er sicher auf seinen Beinen stand. Dann sprach er ihn in schlechtem Englisch an: »Wegen dir ist ein guter Krieger tot. Wegen dir will der Verrückte Jovan unseren schwarzen Kumpel und auch uns umbringen. Wir alle könnten unseren Kopf verlieren, weil ein Idiot wie du ohne Not ins Getto eingedrungen ist. Pfui.«

»Ksiao, es reicht«, rief der Schwarze. »Wir haben Wichtigeres zu tun. Hansen schwimmt als Erster. Er nimmt das Seil mit und bindet es drüben um einen Baum. Danach ist der Gefangene dran, mit einem Seil um den Bauch. Pass auf, denn wenn er ertrinkt, bekommst du's mit mir zu tun, noch bevor dich der Jamaikaner in die Finger kriegt. Helmut geht als Letzter, er löst das Seil und schwimmt rüber. Haben wir uns verstanden?«

Ohne auf eine Antwort zu warten, nahm er das dicke Seil von der Schulter und knotete ein Ende um den Stamm eines wilden Apfelbaums. Er überprüfte den Knoten und rief dann: »Befehl ausführen. Los.«

Hansen sprang ins reißende Wasser. Es sah aus, als würde er flussaufwärts schwimmen, doch in Wahrheit schwamm er in einem sehr spitzen Winkel zum Ufer, weil die Kraft des Wassers ihn nach links zog. Die anderen Adler beobachteten, wie er gegen die Strömung kämpfte. Helmut und der Asiat stritten sich, wer seinen Rucksack bekommen würde, wenn ihn der Fluss forttragen und gegen die Klippen schmettern würde.

WILDE TIERE

Nachdem er eine halbe Meile zwischen sich und die Adler gelegt hatte, rieb Vuk mit der Kappe über seinen rasierten Schädel und fragte sich, was er tun sollte. Alles lief schief. Chica hatte den Verstand verloren. Jetzt war sie auf der Flucht vor dem Haarlosen und versuchte, sich zu retten. Der Höllenhund war hartnäckig. Er würde sie jagen, bis sie umfiel. Und dann würde er sie zerreißen wie ein Wolf eine Ente.

Oder auch nicht. Chica war ein kluger Hund. Sie würde ihn in eine Situation bringen, in der er ihr nichts tun konnte. Sie würde ihn an eine Klippe führen und dazu bringen hinunterzustürzen. Sie würde ihn irgendwohin führen, wo sich die Metallstange verklemmen würde und da würde er bleiben, bis er vor Hunger und Durst krepierte. Oder sie würde ihn in einen Pfeilhagel der Mondsicheln führen, würde sich ins Dickicht schlagen, aus dem der Haarlose nicht mehr so leicht herauskäme.

Vuk ließ seinen Rucksack am Baum hängen. Den Rucksack mit seinem Metallauge, durch das seine Augen wie die eines Falken wurden, mit der gemütlichen Bläschenmatte, mit den Handgranaten. Und ohne Chica konnte er nicht mehr so gut riechen, kein Hundeohr erlauschte mehr nahende Gefahr, er hatte keinen Freund mehr, den er zum Kundschaften ausschicken konnte oder um Sachen für ihn zu stehlen. Vielleicht war Chica toll geworden, wie die Hunde und Füchse, die nachts mit verschleimten Mäulern aus den Städten kamen und schnell starben. Wie die Hunde, vor denen sich die Rattenmenschen in der Kanalisation versteckten.

Irgendwann musste Dumo ihm noch erklären, was es mit der sekundären Verstrahlung, mit der Norton-Krankheit und der Kontamination auf sich hatte, was Uran, Chemie-Paranoia und radioaktiver Staub waren, warum die Rattenmenschen nicht alt wurden und warum ein Leben in den Großstädten für normale Menschen unmöglich war. Vielleicht wusste auch Dumo es nicht. Genauso wie er nicht wusste, warum die Stadt Tula im Salzsee versunken war und warum nur noch die spitzen Dächer der Häuser aus dem Wasser ragten und Salzwasserotter ihre Nester in den Fluren der untergegangenen Häuser bauten.

Hauptsache, Chica überlebte den Höllenhund. Er wollte ihr schwarzes Maul und ihren muskulösen Rücken wieder um sich haben. Nie wieder würde er sie am Halsband packen und schütteln. Nie wieder würde er essen, während sie Hunger hatte, nie wieder würde er sie auf gefährliche Raubzüge schicken. Vuk nahm die Kappe ab und kniete nieder. Er bekreuzigte sich von links nach rechts, wie es die Rotweißen taten. Er sprach ein Vaterunser. Aus der Hosentasche zog er einen Rosenkranz mit weißen Plastikperlen und einem kleinen Kreuz und presste die Lippen darauf. Mit seinem Holzkreuz machte er das Gleiche. Dann stand er auf, klopfte sich den Sand von der Hose und setzte seine Kappe wieder auf. Chica würde überleben. Gott wusste, dass Vuk nur betete, wenn er einen guten Grund dafür hatte. Jetzt musste er irgendwie über den Fluss kommen, den Reporter befreien und ihn zu Dumo bringen.

Aber wie sollte Chica ihn finden? Wenn er durch den Fluss schwamm, würde sie seine Spur verlieren.

Er musste am Ufer eine starke Spur hinterlassen. Er setzte sich in den Sand und zog die Stiefel aus. Seine Fußsohlen berührten den feinen Sand. Dann zog er auch die Socken aus und hüpfte auf und nieder. Und dann musste er eine noch stärkere Spur hinterlassen, eine Spur, durch die sich jedes Tier von jedem anderen unterschied. Er drehte sich zum Fluss und knöpfte seine Hose auf. Der dünne Urinstrahl befeuchtete den Sand und zog eine Spur bis zum Wasser, wohin Vuk mit langsamen Schritten gegangen war. Wenn Chica sehen würde, dass die Spur zum Wasser führte, würde sie verstehen, dass Vuk hinübergeschwommen war und ihm folgen. Chica war schneller und stärker als das Wasser.

Hinter sich hörte er Zweige brechen und das Geräusch von Metall auf Stein vermischte sich mit dem Rauschen des Flusses. Mit einer geübten Bewegung griff er nach seinem Bogen, legte einen Pfeil ein und spannte die Silikonsehne mit aller Kraft, die er aufbieten konnte. Er zielte in Richtung der Geräusche. In dem lauter werdenden Getöse raste Chica heran, mit angelegten Ohren und zwischen die Hinterläufe gezogenem Schwanz, jaulend und winselnd vor Angst. Sie raste auf den Anführer ihres Rudels zu, um von ihm vor dem haarlosen Ungeheuer gerettet zu werden. Vuk stellte sich etwas breitbeiniger hin und grub die Fersen fest in den Sand. Die Sehne spannte er noch einige Zentimeter weiter.

Wer war schon dieser Haarlose? Nur ein Hund, halb so groß wie die kluge und starke Chica. Ein Hund so dumm, dass er die Hand biss, die ihn fütterte. Er zielte auf die muskulöse Brust des Höllenhundes, der gemeinsam mit Chica so schnell wie ein geworfener Stein herangeschossen kam. Als der Haarlose bis auf dreißig Fuß herangekommen war, ließ Vuk den Pfeil los, der sich mit voller Wucht ins Muskelgewebe bohrte.

Der Höllenhund strauchelte und spießte sich mit seiner ganzen Kraft auf den Pfeil, dessen Spitze sich an seinem Rücken wieder an die Luft bohrte. Er blieb stehen, als wäre er gegen eine Wand gelaufen. Aus seinem Maul tropfte Blut. Mit kleinen Augen sah er zu Vuk. Dann raste er auf ihn zu. Instinktiv hob Vuk seine rechte Hand. Nur der Bogen trennte seinen Hals vom aufgerissenen Maul des Hundes. Weder Fell noch eine Kette schützten ihn. Die Metallstange, die der Hund noch immer hinter sich herzog, klapperte über Sand und Stein wie ein geflickter Kessel. Als Vuk schon glaubte, den stinkenden Atem des Hundes zu riechen, sprang Chica den Angreifer von der Seite an und brachte ihn zu Fall. Der Haarlose rappelte sich wieder auf und wandte sich Chica zu.

Ein Kampf zwischen den beiden Hunden konnte nur auf eine Art ausgehen. Und das durfte Vuk nicht zulassen. Er warf seinen Bogen von sich, und mit einem wilden Satz griff er nach der Metallstange, die mit einer dicken kurzen Kette am Halsband des Haarlosen befestigt war. Damit hielt er ihn auf ungefähr zwei Fuß Entfernung. Chica kämpfte wie ein Wolf, sprang heran, biss den Haarlosen in Hals und Rücken und entfernte sich wieder. Der Höllenhund schien sie überhaupt nicht wahrzunehmen. Sein Ziel war der Mensch. Er zog und zerrte an der Metallstange, heulte, fletschte die Zähne. Chica riss ihm Fell und Hautfetzen aus, ganze Stücke Muskelfleisch. Dann biss sie ihm den Schwanz ab, zerfleischte seine Ohren. Doch all das und auch der Pfeil, der noch in dem Tier steckte, machten keinen Eindruck auf ihn.

Statt sich wie sonst mit Chica in der Hundesprache zu verständigen, rief Vuk in der Sprache des Alten Volkes: »Chica, genug!« Er hatte ihr einige Befehle beigebracht, weil manchmal in der Dunkelheit Blicke und kleine Bewegungen nicht zu erkennen waren.

Chica gehorchte. Sie entfernte sich einige Schritte und setzte sich auf ihren Schwanz. Sie war nicht tollwütig, an ihrer Schnauze war Blut aber kein weißer Schaum. Vuk zog die Stange mit dem wütenden Hund zum Fluss. Er ging bis zur Hüfte ins Wasser und drückte dann die Stange nach unten, sodass der Kopf des Haarlosen untertauchte. Die Vögel in den Weiden konnten beobachten, wie ein Mensch einen Hund tötete, so wie sie kurz zuvor und einige Yards flussaufwärts hatten beobachten können, wie ein Hund einen Menschen tötete. Nach einer Weile bewegte sich die Metallstange nicht mehr. Vuk wartete noch etwas. Und noch etwas länger. Er hatte keine Angst, er wollte nur ganz sicher gehen. Er zog den toten Hund ans Ufer. Chica kam heran und grub ihre Zähne in den Hals ihres Gegners. Vuk schob sie weg, griff an ihr Halsband und schüttelte sie.

Zum ersten Mal sah er diese Bestie aus nächster Nähe. Er kannte niemanden, der alleine einen Höllenhund getötet hatte. Und auch noch ohne Feuerwaffe. Nur mit einem Pfeil und den bloßen Händen. Vuk war ein großer Krieger. Seine Finger strichen über die glatten Muskelflächen und den breiten Kopf. Er respektierte Kraft, bei Mensch wie Tier. Und er bewunderte sie. Was hier vor ihm lag, war bis eben noch pure Kraft gewesen, Muskeln, scharfe Zähne und Krallen. Er bewunderte das riesige Gebiss des Tieres. Er zog sein Messer aus dem Gürtel und pulte mit viel Mühe die Eckzähne aus dem Kiefer. Er wunderte sich, dass ein Hund, der nur halb so groß war wie Chica, doppelt so große Zähne hatte. Die noch blutigen Zähne steckte er in seine Hemdtasche und wischte das Messer am Fell des Hundes ab. Nun würde Dumo ihn keinen Lügner schimpfen können, wenn er ihm erzählte, wie er den Höllenhund getötet hatte. Wie er und Chica ihn getötet hatten.

Er zuckte zusammen. Für einen Moment hatte er völlig den Reporter vergessen. Er verlor Zeit, pulte Zähne aus einem Hundegebiss, während die Adler schon zu ihren Pferden unterwegs waren. Wenn sie ihre Gäule erreicht hatten, würden sie in Richtung Sonnenaufgang reiten und niemand war so schnell wie ein Pferd. Mit sechs, sieben Kriegern war leichter fertig zu werden als mit Hunderten von Kriegern in der Festung des Jamaikaners unter dem Liotar-Gebirge, wo die Adler kreisen.

Vuk bohrte die Metallstange fast senkrecht in den Sand, sodass der obere Teil des Haarlosen in die Luft gehoben wurde und er aussah, als säße er auf seinen Hinterbeinen und beobachte etwas auf dem Boden. Die Geier würden sich erst dann über den Kadaver hermachen, wenn sie keinen Zweifel mehr daran hatten, dass er tot war. Bis dahin würde der Haarlose nachdenklich im Sand sitzen, und sein Schatten würde andere Tiere die ans Wasser kamen, vertreiben.

Vuk schüttelte sich den Sand von der Hose, nahm Anlauf und sprang in den Fluss, Chica hinterher. Er schwamm diagonal zum Ufer und trotzte der Strömung. Chica wurde von der Strömung ebenfalls mitgerissen und einige Fuß von ihm entfernt ans Ufer geworfen. Aufgeregt, außer Atem und tropfnass jagte sie auf Vuk zu. Sie trafen sich auf dem Abhang und kurze Zeit später verschluckte sie der Wald.

JOVAN

Jovan, der große, starke Mann mit dem verwilderten Bart, folgte mit dem Gewehr in der Hand der Hundespur. Er musste nicht auf den Boden blicken, die beiden Tiere hatten eine Spur hinterlassen, der auch der blinde Spielmann des Jamaikaners hätte folgen können. Jovan schenkte der Umgebung mehr Aufmerksamkeit als dem Boden, so wie es sich für einen Krieger der stärksten und am besten ausgerüsteten Armee des Gettos ziemte. Er fürchtete nicht um Rockys Leben. Im direkten Kampf mit einem Höllenhund hatte kein Tier eine Chance. Hauptsache, Rocky drängte den großen Hund nicht in die Enge, denn dann würde der Große einen Kampf auf Leben und Tod führen.

Aber das würde Rocky nicht tun. Jovan kannte die Rasse des Großen. Ein Deutscher Schäferhund. Schwarzer Rücken, spitze Ohren, silberner Hals und Gold am Bauch und am Hals. Aber warum war er so riesig? Vielleicht ein Mutant? Hauptsache, er biss Rocky nicht. Und Rocky musste rechtzeitig seine Spritze mit Vitaminen und Steroiden bekommen, die für die Höllenhunde lebenswichtig waren. Seit der letzten Spritze waren bereits achtzig Stunden vergangen. Eigentlich musste er alle zweiundsiebzig Stunden eine bekommen. Aber vielleicht existierte auch dieser schwachsinnige Wilde wirklich, von dem der Gefangene gesprochen hatte. Seine Beschreibung eines Riesen und eines Ungeheuers hatte für Gelächter gesorgt. Jovan hatte sich vor Lachen den Bauch gehalten, als der Gefangene erzählte, die Mondsicheln hätten einen Krieger, sechseinhalb Fuß groß und stark wie ein Elefant. Und dass dieser Krieger Halbmond und Stern auf den Oberarm tätowiert hatte. Lächerlich. Wenn er etwas taugte, trüge er das Zeichen der Adler oder zumindest der Rotweißen. Er wäre nicht bei den Mondsicheln, die nur mutig waren, wenn sie zehnfach in der Überzahl waren. Das hatte Jovan gedacht. Doch nun dämmerte ihm, dass die Geschichte vom Riesen und dem Ungeheuer kein bisschen zum Lachen war. Besonders der Teil mit dem Ungeheuer. Der Schwachsinnige, wenn er denn wirklich existierte und so stark war, wie der Gefangene behauptet hatte, konnte Rocky ernsthaft verletzen.

Jovan lief den steinigen Abhang hinunter, von dem der Fluss und saurer Regen alle Pflanzen und alle Erde weggespült hatten. Dann blieb er stehen, zog alle Gurte fest, damit sie keine Geräusche machten. Er wollte nicht den Mondsicheln in die Hände fallen. Schon gar nicht in dieser Gegend, wo man ihn in schlechter Erinnerung hatte. Er hatte viele Männer getötet oder ihnen Waffen und Pferde abgenommen. Nicht wenige Mondsicheln hatten geschworen, sich mit Jovans Nase oder seinen Ohren zu schmücken. Vielleicht würden sie ihm aber auch anbieten, sich beschneiden zu lassen und ihren Glauben anzunehmen. Oder sie hätten nur einen schmerzhaften Tod für ihn. Er brauchte nicht zu hoffen, dass der Jamaikaner ihn freikaufen würde. Dann würde der blöde Schwarze endlich vom Major zum Oberst befördert werden.

Er fiel in einen für seine Statur überraschend schnellen Laufschritt. Die Spur führte durch ein kümmerliches Wäldchen am Berghang. Und dann hoch zur Hügelkuppe und wieder hinunter zum Fluss, über spitze Felsen und durch stacheliges Gestrüpp.

Der große Hund war nicht dumm, so wie auch seine Verwandten, die Deutschen Schäferhunde. Er versuchte Rocky dazu zu bringen, von einem Felsen zu stürzen oder sich zu verletzen und zu verbluten. Aber da kannte er Rocky schlecht. Wenn auch nur ein Fitzelchen des Höllenhundes überlebte, würde er laufen und beißen. Auch wenn es nur sein Schwanz wäre.

Als er den Hügel hinunterlief, erzitterte Jovan vor Freude. Sein Hund saß erstaunlich ruhig am Ufer, nur einige hundert Yards von ihm entfernt. Er sah aus, als würde er fressen oder etwas im Sand beobachten.

Jovan schnallte sich das Gewehr quer über die Brust. Er würde beide Hände brauchen, um die Metallstange zu ergreifen und den Hund unter Kontrolle zu bringen. So schnell wie möglich musste Rocky seine Spritze bekommen. Das Medikament legten die Soldaten der Außenwelt bei den humanitären Toren ab, weil sie glaubten, es gäbe im Getto Menschen mit der Alzheimer Krankheit, die mit Anabolika und Steroiden in Kombination mit Vitaminen der neueren Generation geheilt wurde. Diese Spritzen hielten die Höllenhunde bis zu sechs oder gar acht Jahre am Leben und bei guter Laune. Erst als er sich ihm auf zehn Yards genähert hatte, erkannte Jovan, dass sein Hund keine Spritze mehr brauchte.

Langsam trat er an Rocky heran. Aus der Brust des Tieres ragte ein Pfeil, verziert mit roten und weißen Federn. Er hob die Schnauze des Hundes und strich ihm liebevoll über die zerfleischten Ohren. Sanft drückte er das Fleisch vom

Gebiss weg und sah, dass Rocky keine Reißzähne mehr hatte, dass jemand sie mit einem Messer herausgeschnitten hatte. Er löste die Kette vom Metallstab und der Hund kippte zu Boden. Jovan zog den Metallstab aus dem Sand. Es war ein hervorragend geschmiedetes Stück Metall und konnte als Waffe im Nahkampf oder Führstange für einen neuen Hund dienen. Er untersuchte die Spuren am Ufer. Stiefelabdrücke. Außerdem Spuren von Lederschuhen oder weichen Mokassins, auf jeden Fall unbesohltes Schuhwerk. Außerdem gab es noch Spuren von nackten Füßen.

Jovan spuckte auf den Boden. Mondsicheln. Die beteten barfuß zu ihrem Gott. Und in Rockys Brust steckte ein Pfeil der Rotweißen. Das Böse und das Schlechte. Nun musste der Jamaikaner etwas unternehmen. Wenn er nichts unternahm, müsste der Rat einberufen werden, um einen neuen Anführer zu wählen, einen jüngeren und fähigeren. Sie hatten sich also wieder vereint, wie am Anfang der Kriege des Alten Volkes und wie viele Male danach. Mindestens drei kräftige Männer und ein riesiger Hund. Wahrscheinlich der gleiche Hund, der Samuel getötet und Rocky in die Falle gelockt hatte. Das bezeugten gelbe, schwarze und silbern schimmernde Fellbüschel, die im Sand lagen. Eine der Fußspuren stammte mit Sicherheit von dem Riesen, von dem der Reporter gesprochen hatte. Doch nur die Stiefelabdrücke führten zum Wasser. Die Spur eines jungen Mannes mit Militärstiefeln an den Füßen. Das könnte der Mann sein, von dem der Reporter gesprochen hatte. Und die Spuren des Hundes. Die anderen, so schien es Jovan, waren tiefer ins Gebiet der Mondsicheln vorgedrungen.

Mit seinem Messer und bloßen Händen grub Jovan ein Loch in den Sand. Die sengende Sonne und sein Kettenhemd ließen ihm schon bald den Schweiß die Nase entlang laufen. Weinen hielt Jovan für den Gipfel der Geschmacklosigkeit. Schon eine Beerdigung war für ihn nichts anderes als verlorene Zeit und vergebliche Worte.

Als er fertig war, legte er die Überreste seines Hundes in die Grube. Er neigte den Kopf und bekreuzigte sich. Er gelobte, mit Rockys Zähnen wiederzukommen, und wenn er alle Schwachsinnigen, Rotweißen und Mondsicheln des Gettos töten müsste, um sie zu finden. Rocky war in den letzten Jahren wahrscheinlich sein einziger Freund gewesen. Ein Freund, wie Jovan ihn unter den Menschen nie gehabt hatte. Er begann: »Herr, empfange deinen Diener ...«

Es war das Gebet eines der alten Völker, in einer Sprache, die älter war als das Alte Volk selbst. Er beendete das Gebet für die Seele seines Hundes, bekreuzigte sich von rechts nach links, blickte sich um, schob den Sand zurück in Rockys Grab, klopfte ihn mit den Händen und dann mit den Füßen fest, schulterte sein Gewehr, nahm Anlauf und sprang in den Fluss. Am gegenüber liegenden Ufer flogen Krähen auf. Er schwamm mit fest aufeinandergepressten Lippen gegen den Strom. Sein Bart und das Gewehr waren durchnässt. Er schwamm kraftvoll, als würden ihn sein vollgesogenes Hemd und die Waffen nicht nach unten ziehen. Seine Augen unter den struppigen Augenbrauen waren dunkel und feucht.

LIEDER

Auf der anderen Flussseite bewegten sich Vuk und Chica nach Osten. Bergauf gingen sie im Schritttempo, bergab und in der Ebene fielen sie in leichten Trab. Sie machten einen Bogen um die Ruinen des Wasserturms des Alten Volkes und das verfallene Gebetshaus der Vorfahren der Mondsicheln, graue Mauern und daneben die Reste von Häusern, alles von Efeu überwuchert. Vuk mochte keine Straßen, überhaupt mochte er nicht dorthin gehen, wo Menschen waren, er mochte nicht einmal Orte, wo früher Menschen gelebt hatten. Der Rest des Weges führte über Wiesen und von Obstbäumen bewachsene Hügel, die von den Adlern nur in der Zeit der mageren Ernte aufgesucht wurden. Vuk war glücklich, dass Gott seine Gebete erhört und ihm Chica zurückgebracht hatte. Außerdem ging er ohne die gewohnte Last seines Rucksacks. So fand er genügend Kraft und Atem, um beim Gehen ein Kinderlied auf Einheimisch vor sich hin zu summen und zu murmeln, das ihm der alte Dumo beigebracht hatte.

Zähl die Schäflein, Söhnchen mein,
wichtig ihre Zahl wird sein.
Und beim Zählen sei du selbst,
und für Christus führ dein Schwert.

Christus führe deine Hand
im Gebet sowie im Kampf.

*Wenn es dann ans Sterben geht,
wenn es donnert, wenn es blitzt,
sieht herab Er aus der Höh,
mit der Jungfrau dich beschützt.*

*Christus führe deine Hand
im Gebet sowie im Kampf.*

*Mein Sohn, den Teufel fürchte nicht,
Auch Christus fürchtete ihn nicht.
Glaube ist keine Kleinigkeit,
Christus gab er Barmherzigkeit.*

*Christus führe deine Hand
im Gebet sowie im Kampf.*

Chica ging mal rechts, mal links von ihm, verschwand hinter ihm im Gebüsch und tauchte vor ihm wieder auf. Ihr Fell war noch verkrustet von Blut, das nicht einmal der Fluss hatte abspülen können. Vuk fühlte sich leicht und stark, als könnte er alles vollbringen. Er und sein Hund. Er war auf dem Weg zu der Stelle, an der die Pferde auf die Adler warteten.

Als die langen Schatten verschwunden waren, wurde Vuk müde. Er setzte sich unter einen Baum und lehnte sich an den Stamm. Mit dem Zeigefinger beschrieb er einen Kreis in der Luft und Chica verschwand im Gebüsch. Vuk seufzte. Der leichte Abendwind war erfüllt von den Gerüchen der Dämmerung, dem Dunst der Pflanzen, die ihre Blüten schlossen und sich auf die Nacht vorbereiteten.

Irgendwo in der Nähe summte noch eine Biene. Am Himmel konnte er durchs Geäst den Vollmond sehen. Er hatte die Farbe von Hundeblut. Welches der zehn Gebote verbot das Töten? Kam es vor oder nach dem Gebot *Du sollst nicht begehren deines Nächsten Weib?* Dumo war ihm der Allernächste. Er gehörte dem Glauben der Rotweißen an und durfte keine Frau haben. Und selbst wenn er gedurft hätte, konnte er nicht. Im Getto gab es fast keine Frauen. Die Anführer hielten sie versteckt vor den Augen ihrer Krieger, hieß es. Nur die Befehlshaber und diejenigen, die die meisten Feinde getötet hatten, durften sie sehen. Es hieß, die Frauen der Anführer der Mondsicheln lebten verhüllt wie Larven, man könne nur ihre Augen sehen. Wie sollte man dann eine Frau begehren, fragte er sich. Und eine aus den Magazinen des Alten Volkes durfte er ja wohl kaum begehren. Doch nur da gab es sie in großer Zahl.

Inzwischen war Chica von ihrem Erkundungsgang zurückgekehrt. Mit Lauten gab sie ihm zu verstehen, dass es etwas zu berichten gab. Es war gut, dass Dumo sie so blutverschmiert, wie sie war, nicht sah. Er hätte sie als Dämon beschimpft und töten wollen. Was Vuk niemals zulassen würde. Er sah Chica mit hochgezogenen Augenbrauen an. Sie bewegte die Ohren und wedelte mit dem Schwanz. Dann drehte sie sich nach Südwesten, spitzte die Ohren und machte sich sprungbereit. In dieser Richtung war etwas, das gefährlich werden konnte. Aber nicht unbedingt. Gefahr kam für Chica nur von Menschen, Höllenhunden oder großen Raubkatzen. In den letzten Tagen hatte er keine Spuren von Tigern oder Leoparden entdeckt, nicht einmal die Kratzspuren eines Luchses. Was auch immer es war, es kam nicht näher und wusste nichts von ihnen, sonst hätte Chica aufgeregter reagiert. Sie forderte ihn auch nicht zur Jagd auf, es ging also nicht um ein Tier.

Vuk streckte einen Finger in die Luft. Dann zwei, worauf der Hund leise bellte. Zwei Adler, die nicht in Bewegung waren, sonst hätte Chica an seinem Hosenbein gezerrt, um ihn aufzufordern, sie zu verfolgen, oder sich zu verstecken und auf sie zu warten. Das mussten die beiden Adler mit den Pferden sein. Vuk bellte und sah Chica fragend an. Nein, sie hatten keinen Hund. In der Ferne hörte man den Schrei einer Eule, die zur nächtlichen Jagd aufbrach. Es war besser, als er gehofft hatte. Morgen, noch vor Tagesanbruch, würde er zwei Adler töten und die Pferde verjagen. Damit vergrößerte er seine Chance, den Reporter in seine Gewalt zu bringen, noch bevor sie die Stadt des Jamaikaners erreichten. Sie mussten zu Fuß gehen. Und menschliche Füße waren langsam. Sie würden nur tagsüber laufen, so wie man eben lief, wenn man auf eigenem Territorium war. Und als Herren ihres Landes würden sie nachts schlafen, mit nur einer Wache, die mehr schlafen als wachen würde. Und wer nachts tief schlief, erlebte manchmal den Morgen nicht mehr. Ein lautloser Pfeil oder ein scharfes Messer bohrten sich häufig in die Kehle eines solchen Schläfers. Wer nachts schlafen will, sollte einen Hund haben, so wie Vuk Chica hatte. Aber die Adler hatten keinen Hund mehr.

Noch vor Tagesanbruch würde er aufstehen, Chica würde ihn wie immer wecken, in der Stunde, wenn der Nebel sich als Tau auf die Erde legt. Dann würde er die beiden töten, die die Pferde bewachten. Die Pferde würde er losbinden und verjagen. Dann würde er auf die anderen Adler und den Reporter warten, ihnen folgen und einen nach dem anderen töten.

Was mochten sie in diesem Moment tun? Vielleicht spielten sie Karten um Munition oder um weißes Pulver. Sie waren ganz nah, Chica hatte sie schnell gefunden und war zurückgekommen. Sie sangen nicht, sonst hätte er sie gehört. Vuk selbst summte ein Lied vor sich hin, das er einige Male aus dem Gerät gehört hatte, welches Dumo durch Pedale treten mit Strom versorgte:

Gebt mir den alten Glauben,
nur den alten Glauben,
nur den alten Glauben,
mir ist er gut genug.

Er war gut für unsere Mütter,
er war gut für unsere Mütter,
er war gut für unsere Mütter,
auch mir ist er gut genug.

Er lässt mich jeden lieben,
er lässt mich jeden lieben,
er lässt mich jeden lieben,
das ist mir gut genug.

Adler, Rotweiße und Mondsicheln hatten ihre eigenen Lieder. Manchmal hallten sie langgezogen durch die Berge. Dumo sagte, das Alte Volk hätte früher so gesungen und dass diese Lieder *Gange* genannt wurden. Sie tanzten auch.

Die Adler bildeten einen Kreis und legten sich gegenseitig die Arme um die Schultern, dann sangen sie und machten Schritte zu den Liedern, meist um ein großes Feuer. Die Rotweißen stellten sich im Halbkreis auf und hüpften. Beide tanzten zur Musik eines Spielmanns, den sie *Guslar* nannten. Er spielte auf einem Instrument, das aussah wie eine Gitarre mit einer Saite, nur kleiner und runder. Es quietschte wie ein winselnder Hund. Und der Spielmann strich mit einem Bogen über die Saite und sang lauter als die anderen. Auch der Jamaikaner hatte einen Spielmann. Einen halbblinden Schwindsüchtigen, der neben der Wilden Olena der einzige war, der dem Jamaikaner Dinge sagen konnte, wofür der schwarze Krieger anderen den Kopf abschneiden und auf einem Spieß zur Schau stellen würde. Die Mondsicheln spielten auf einer Gitarre mit vier Saiten, die sie *Saz* nannten und sagen dazu mit merkwürdig hoher Stimme. Sie tanzten nie im Kreis. Außer denen, die Kleider anzogen und sich im Kreis drehten, bis sie umfielen. Die in den Kleidern liefen auch manchmal in Trance über glühende Kohlen, ungerührt, als würden sie über eine kühle Gebirgswiese laufen. Vuk tanzte nie. Chica auch nicht, weil Hunde ja nicht tanzen. Aber Bordercollies imitierten mit ihrem Bellen den Gesang ihrer Herren.

Die Sterne bevölkerten schon den Himmel über Vuk und Chica und ein vernarbter Vollmond leuchtete frech. Es war hell genug, um sich schnell fortzubewegen, aber nicht hell genug, dass ein Mann ohne Hund einer auch noch so frischen Spur hätte folgen können. Eine gute Nacht für einen Kampf oder zum Ausspähen. Aber nicht gut für eine Verfolgung. Chica schob ihre Schnauze in Vuks Hand und winselte. Vuk kniete sich hin, bekreuzigte sich und bat Gott um Vergebung für den Gesang, den er gleich anstimmen würde, einen gotteslästerlichen Gesang ohne Worte, den Gesang fellbewachsener Kehlen und scharfer Zähne. Er versprach Gott zur Wiedergutmachung zehn Vaterunser und zwanzig Gegrüßt-seist-du-Marias. Sobald er die Zeit dazu fand.

Chica hatte sich auf die Hinterläufe gesetzt. Beide schauten sie zum Mond hoch. Die Angewohnheit aus dem Zjenica-Rudel war geblieben, auch wenn Dumo mit Höllenqualen und Fegefeuer drohte. Das gemeinsame Heulen konnte auch Dumo ihm nicht verbieten, schon gar nicht, wenn er weit weg war und es nicht hören konnte. Vuk und Chica sangen in dieser Vollmondnacht das Lied des Rudels.

DIE WACHE

Eine halbe Meile entfernt legte sich der mehrfache Mörder Janosch Nandor auf ein Bett aus Gras und Laub und konnte sich nicht entscheiden, ob er Rücken oder Gesicht zum Feuer drehen sollte. Antonio Sekura, der Mann, der für eine Million Euro einen instabilen Deuterium-Tritium-Nukleus ins Theater von Sydney geschmuggelt und damit Tausende von Menschen getötet hatte, machte sich fertig für die Wache. Er mochte die Stimmen nicht, die durchs Gebirge hallten.

»Verflucht seien sie«, murmelte er und spuckte ins Feuer.

»Wer?«, fragte Nandor.

»Die Wölfe.«

»Das sind keine Wölfe. Nur zwei wilde Hunde, die den Mond anheulen. Der Lautstärke nach müsste jeder der beiden an die hundert Kilo wiegen. Das ist alles. Schau nach den Pferden. Vor allem nach dem hellen mit den dunkelgrauen Flecken. Und gib ihm Hafer. Der gehört Jovan.«

»Na und? Wen interessiert schon der Fiese Jovan? Von mir aus kann es auch der Gaul des Jamaikaners sein«, schnaubte der Spanier.

»Warum nennen sie ihn *fies*? Was soll das verflucht nochmal heißen?«, fragte Nandor.

»Unbrauchbar, du weißt schon. Das war eine schlimme Beleidigung bei dem Volk, aus dem er stammt. Wie wenn du die Russin Wilde Olena nennst.«

»Pah«, schnaubte der Ungar und kroch in seinen Schlafsack. »Aber er beschwert sich nicht, wenn man ihn den Verrückten Jovan nennt. Stammt er wirklich aus dem Alten Volk?«

»Ja. Obwohl er nicht hier geboren wurde. Ich habe mal gehört, dass er in Berlin aufgewachsen ist«, antwortete Sekura. Er nahm seine Armbrust und einige Handgranaten. »Bei einem der drei Völker war das eine tödliche Beleidigung.«

»Was?«

»Na, dieses *fies*.«

»Waren die alle verrückt wie Jovan?«

»Alle«, bestätigte Sekura. »Deshalb hat man doch diese Wand hochgezogen und das ganze Land in ein Gefängnis verwandelt, für Bastarde wie uns. Hier ist nur der Abschaum geblieben, die, die keiner haben will.«

Nandor hatte vermutlich die letzten Worte nicht gehört, da er bereits eingeschlafen war. Er schlief wie ein Mensch, der nicht einmal daran dachte, einen anderen Menschen zu töten oder ihm etwas zuleide zu tun. Sekura ging zu einem der Pferde und hängte ihm einen Hafersack um den Hals. Zehn Pferde schnaubten im Mondlicht, aufgeschreckt durch diesen Mann und das Heulen in der Ferne. Als der Graue anfing zu fressen, boxte Sekura ihm aufs Maul. Das Pferd schnaubte und stieg, um Sekura mit den aneinander gebundenen Vorderläufen zu treffen. Dabei schlug es mit dem Kopf gegen den Ast über sich. Sekura wich geschickt aus und lachte über das Tier, das vor Wut schäumte.

Ein Heulen aus zwei Kehlen hallte in den Bergen wieder, es war so furchterregend, dass sogar den Pferden das

Blut in den Adern gefror, ein Heulen, das auch der Verrückte Jovan in zwei Meilen Entfernung noch hörte, als er zu einer Lichtung hochstieg. Die Büsche auf seinem Weg nahmen auf einmal die Umrisse seltsamer menschlicher und tierischer Gestalten an. Als würden Armeen des Schreckens ihn erwarten, um sich auf ihn zu stürzen, jetzt, wo er zu Fuß unterwegs war und keinen Rocky neben sich hatte, der jedes Ungeheuer angegriffen hätte, das sich ihnen in den Weg stellte.

Er hatte keine Angst vor Werwölfen, obwohl er schon einmal einen gesehen hatte. Er hatte wie Warlock aus den Geschichten seines Vaters ausgesehen, mit einem großen Maul voll scharfer Zähne, buckligem Rücken, Krallen an den vierfingrigen Händen und mit riesigen Hundetatzen statt Füßen, mit glühenden Augen und spitzen Wolfsohren. Er war in der Stadt Nürnberg in einem Käfig zur Schau gestellt worden, als Produkt von Gen-Engineering. Offiziell galt er als zurückgeblieben und war gezüchtet worden, um Minenfelder in schwer zugänglichen Gebieten zu räumen. Das war, bevor die Minen anzeigenden Pflanzen gezüchtet worden waren und bevor endgültig alle zoologischen Genetik-Experimente verboten worden waren. Bevor das Wesen geflüchtet, sich mit seinesgleichen zusammengerottet und getan hatte, was in seiner Natur lag.

Antonio Luis Oscar Carlos Olaja Munoz Sekura saß auf einem bemoosten Baumstamm. Vor ihm grasten zehn wohlgenährte Pferde mit aneinandergebundenen Vorderläufen. Er fragte sich, warum ausgerechnet Nandor den Beinamen *der Sadist* bekommen hatte, wo er doch an den gleichen Sachen Spaß fand.

Der große Graue zog an den Zügeln, die um einen Baum gebunden waren. Er wieherte und stieg im fahlen Mondlicht. Antonio Sekura hob einen Stein auf und zielte auf das Pferd. Der Stein traf die Kuppe und das Tier wieherte vor Schmerz. Antonio bekreuzigte sich von links nach rechts, wie er es als Kind gelernt hatte. Es war nicht klug, die Pferde aufzuscheuchen, während er Wache hielt. Sonst konnte er nicht hören, wenn jemand kam. Und auch die Pferde konnten die Gefahr nicht wittern. Sie waren einen Fußmarsch von nur wenigen Stunden vom Gebiet der Mondsicheln entfernt. Die stahlen in letzter Zeit häufiger ihre Pferde. Sie waren frech geworden, der Jamaikaner hingegen war mit den Jahren verweichlicht. Man sollte ein Gesetz erfinden, das Anführer, die älter als fünfundfünfzig waren, bei Strafe verbot. Es war wissenschaftlich erwiesen, dass Menschen im Alter weich wurden.

Sekura atmete auf, als das Bellen und Heulen der Hunde verstummte. Einer hatte so laut geheult, dass sich Sekuras Nackenhaare sträubten. Auch die Pferde beruhigten sich und nur ab und zu hörte man sie schnauben und mit den Hufen scharren.

Die Richter hatten Sekura für voll zurechnungsfähig erklärt. Er hatte seine Verbrechen in vollem Bewusstsein verübt. Sie wollten ihn von keiner einzigen Anklage freisprechen. Er habe kein Gewissen, hatten sie gesagt. Aber wozu brauchte er hier im Getto ein Gewissen? Es würde nur stören.

Mama, verzeih, ich hab's nicht so gemeint ... Leise sang er einen alten Ohrwurm vom Anfang des einundzwanzigsten Jahrhundert, danach einen Jingle für Trockenwaschpulver, das in den damaligen fünfziger Jahren der letzte Schrei gewesen war. Er summte die Titelmelodie des letzten 3D-Films, den er gesehen hatte und an dessen Titel er sich nicht mehr erinnern konnte. Schließlich versuchte er noch, Beethovens Neunte zu pfeifen, beharrlich und erfolglos. Und unvorsichtig. Bald wurde ihm der Kopf schwer, als laste der ganze Himmel des Gettos auf seiner Stirn, mitsamt Mond, Sternen und Wolken, die im Norden aufgezogen waren. Er holte den Beutel mit dem weißen Pulver aus der Tasche. Schnupfte etwas davon ein und leckte den Rest von der Handfläche. Seine Sinne wurden schärfer und der Wunsch nach Schlaf verflog. Er fühlte sich stark. Stark genug, um Jovans Appaloosa zu zähmen und durch den Wald zu treiben, bis er zusammenbrach. Oder um sich dem Traktor des Jamaikaners entgegenzustellen, Germain Williams vom Fahrersitz zu zerren und mit bloßen Händen dessen Tiger zu bezwingen.

Eine grobe Hand holte ihn in die Wirklichkeit zurück. Sie lag auf seinem Mund und an seiner Kehle spürte er kaltes scharfes Metall, das sich in die Haut drückte. Er spürte warmes Blut, das eine dünne Spur bis zu seinem Hemdkragen zog. Dann schlug seine Stirn auf den Boden, eine harte Stiefelspitze bohrte sich in seine Rippen. Jemand packte ihn mit unwahrscheinlicher Kraft am Haar und zog in wie eine Puppe nach oben. Die eiserne Hand drehte seinen Kopf und er blickte in buschige Augenbrauen. Unter der Kappe und über dem krausen Bart funkelten ihn Jovans wütende Augen an.

»Verdammter Junkie«, zischte Jovan durch die Zähne. Nennt ihr das eine Wache?«

Der Spanier schwieg.

»Wer ist noch bei dir?«, fragte der Kommandant.

»Nandor«, antwortete Sekura.

»Welcher Nandor?«

»Der Ungar.«

»Der Sadist?«

»Genau der.«

»Was macht er?«

»Schläft.«

Jovan spuckte aus, ging zu seinem Pferd und strich ihm über die Flanke. Das Tier schnaubte zufrieden, als Jovan die Ledergurte durchtrennte, die um seine Vorderläufe gebunden waren.

Nur dreißig Sprünge entfernt lagen Vuk und Chica im Gras und hörten alles mit. In der Stille der Nacht knisterte das Gras unter ihnen so laut, dass es ihnen vorkam, als würden Zweige brechen. Vuk rieb sich den Unterarm an der Stelle, an der Chica ihn vor wenigen Minuten sanft gebissen hatte, um ihn zu wecken. Nun verstand er ihre Beharrlichkeit. Er rieb sich die verschlafenen Augen und versuchte, die Geschehnisse vor seinen Augen zu deuten. Wieder einmal platzte er fast vor Stolz über Chica, die bewiesen hatte, dass es, zumindest innerhalb des Gettos, keinen zweiten Hund gab, der ihr ebenbürtig war.

»Den Sattel«, murmelte der Verrückte Jovan.

Der Spanier verschwand in der Dunkelheit und kam mit Sattel und Zaumzeug wieder. Das Klirren der Trense ließ die Pferde aufgeregt scharren und schnauben. Jovan legte den Sattel aufs Pferd und zog die Gurte fest. Dann sprang er auf. Der Graue stob mit gefletschten Zähnen und aufgerichtetem Schweif auf Antonio Sekura zu. Nur mit Mühe konnte Jovan ihn zügeln.

»Ho, ganz ruhig.« Mit sanftem Druck der Beine und des Zügels beruhigte er das Pferd.

»Was hast du mit ihm gemacht«, fauchte er Antonio an.

»Nichts.«

»Es ist mir egal, dass du ein Lügner bist. Aber mich darfst du nicht anlügen. Was hast du mit ihm gemacht?«

Sekura schwieg. Es war ihm alles egal. Er hatte das Gefühl, bereits tot zu sein. Er sah sich im Gras liegen, das Gesicht verschmiert von Blut, das aus seiner durchgeschnittenen Kehle strömte. Er wartete mit geschlossenen Augen, wie man darauf wartete, dass Wildschweine in die Falle gehen.

Doch statt des surrenden Geräuschs einer Klinge hörte er Hufgetrappel, das sich langsam entfernte. Es dauerte fast eine ganze Minute, bis er begriff, dass der Tod ihn dieses Mal verschont hatte. Langsam sank er auf die Knie und setzte sich dann mit untergeschlagenen Beinen ins Gras. Mit zitternder Hand holte er seinen Beutel aus der Hosentasche. Er öffnete ihn und griff hinein. Etwas weißes Pulver fiel ins Gras, ein kleines Häufchen landete in seiner Hand. Er schniefte. Dann nahm er noch etwas mehr Pulver und fuhr wieder mit der Nase darüber. Alles, was Antonio Sekura in diesem Moment wollte, war, dass seine Hände und Beine aufhörten zu zittern. Er nahm noch eine Prise und leckte dann seine Handfläche sauber. Nach einigen Minuten hörte das Zittern auf. Auch der Schnitt am Hals brannte nicht mehr. Sekura verschloss sorgfältig den Beutel und steckte ihn zurück in die Tasche. Die Pferde wieherten und gebärdeten sich aus ihm unerfindlichen Gründen wie verrückt, als würden sie Jovans Appaloosa vermissen. Und er saß im Mondschein und beobachtete sie mit einem glücklichen Lächeln. Er fühlte sich wie neugeboren, weggespült war die Todesangst, statt dessen war er gesegnet mit dieser Rhapsodie aus Licht vom Erdsatelliten und von Sternen, leuchtenden Wiesen und Wäldern, mit göttlichen Tieren, die er hüten durfte. Seine Seligkeit wurde jäh von einem dumpfen Schmerz im Kopf unterbrochen. Vor seinen Augen standen die Pferde auf einmal Kopf, das Gras zitterte und schlug ihm ins Gesicht. Dann war nur noch Dunkelheit.

DAS PULVER

Antonio Sekura erwachte mit einem dumpfen Schmerz im Kopf, der ihn an den Schlag von vergangener Nacht erinnerte. Wie gestern schien etwas an seinen Haaren zu zerren. Seine Hände und Füße waren mit groben Stricken auf dem Rücken gefesselt. Der Schmerz an den Schläfen und im Rücken vereinte sich zu einer Qual, der Sekura nicht gewachsen war. Er stöhnte und hustete. Trockener Schleim aus seinem Hals blieb am Gaumen kleben.

»Wo sind die Pferde?«, fragte der bärtige Schwarze, der Sekuras Kopf an den Haaren nach oben gerissen hatte.

»Ich weiß es nicht«, antwortete Sekura.

»Wer hat den Ungarn getötet?«, ertönte die Stimme des Verrückten Jovan.

Sekura schwieg lieber. Eine für ihn unsichtbare Klinge durchtrennte die Stricke, mit denen seine Hände und Füße gefesselt waren. Als er sich endlich wieder ausstrecken konnte, fuhr ihm der Schmerz durch den ganzen Körper. Er richtete sich auf, kam nur mit Mühe auf die tauben Knie und stand schließlich auf seinen nackten Füßen. Ein Schlag ins Gesicht warf ihn wieder zu Boden. Durch einen Schleier aus Blut sah er nur Gras und ein Paar Armeestiefel.

»Genug«, befahl Jovan und stellte sich vor den Geschlagenen. »Er soll noch sprechen können. Was ist passiert?«

Sekura versuchte sich zu konzentrieren. Das fiel ihm schwer, aber es ging um Leben und Tod. Und zwar um sein Leben, das einzige, das er, Antonio Sekura, hatte.

»Sie haben uns angegriffen. Es waren viele.«

»Mondsicheln?«, fragte der ansonsten schweigsame Nordländer.

»Ja ... Mondsicheln. Viele.«

»Der Ungar wurde mit einem Messer erstochen. Im Schlaf. Wie kommt es, dass du nichts gehört oder gesehen hast? Warum haben die Pferde dir nicht verraten, dass sich jemand nähert? Wir haben fast Vollmond, man kann gut sehen. Ich frage dich also noch einmal: Du hast nichts gehört oder gesehen?«, fragte der Schwarze und seine Zähne funkelten weiß.

»Mondsicheln und Rotweiße. Zusammen. Zwanzig, dreißig Krieger. Mit Waffen. Sie haben uns umzingelt. Mich haben sie als Ersten ...«

Jovan und der Schwarze sahen sich an. Sekura log. Die erfahrenen Krieger hatten genug gesehen, um sich durch das Gesagte nicht täuschen zu lassen. Den Spuren nach waren es nicht so viele Angreifer gewesen. Selbst aus dem Augenwinkel konnte der Oberst die Abdrücke riesiger Hundepfoten erkennen. Und Spuren von nur einem Paar Stiefel, mit dem gleichen Profil, wie er es am sandigen Ufer der Neretva gesehen hatte, auf Rockys letztem Schlachtfeld.

Der Schwarze sah seinen Anführer unverwandt an. Von Jovans nächsten Worten hing viel ab, und davon, was der Jamaikaner, der Herr über Leben und Tod unter den Adlern, von Jovan hören würde.

Zwei Krieger waren gestorben, als ihre Mission praktisch erfüllt war. Zur Schande der ganzen Armee war einer von ihnen auf dem Gebiet der Adler gestorben. Zehn gute Pferde waren vielleicht für immer verloren. Im Getto konnte man für weitaus weniger den Kopf verlieren. Und der Jamaikaner tötete zuerst und fragte dann.

Jovan betrachtete mit gerunzelter Stirn und schmalen Lippen den Schuldigen am Boden. Da wandte sich der Asiat Ksiao an Antonio. »Junge, hören. Ungar hat Ohren und Nase, ist ganz. Rotweiße sammeln Ohren für Ketten. Warum hat Ungar zwei Ohren? Und warum sie dich nicht töten und Ohren abschneiden? Sie dich nur fesseln.«

»Gut aufgepasst, Ksiao«, rief jemand. »Die Geschichte stinkt zum Himmel.«

»Jovan, wir verlieren Zeit«, sagte der Schwarze. »Unsere Pferde sind weg. Meine Stute ...«

»Schon gut«, sagte der Oberst. »Gib mir eine Minute. Ich muss nachdenken.«

Er vergrub die Finger in seinem dichten Bart und ließ sich auf die Knie nieder. Er sah zu dem Weidenwäldchen hinüber und versuchte mit den Augen das dichte Gestrüpp zu durchdringen. Er starrte unverwandt in die gleiche Richtung. Sein Kriegerinstinkt sagte ihm, dass von dort jemand zu ihm zurückstarrte. Er fühlte den unsichtbaren Blick, er war da, aber nicht greifbar, er fühlte ihn wie einen Messerstich in den Rest seines Lebens. Und er wusste, dass diese Augen sich nicht zeigen würden, solange sie hier alle versammelt waren.

»In Ordnung, geht die Pferde suchen. Mein Appaloosa ist hier, ein Grund mehr, dass ich hier bleibe. Der Gefangene bleibt bei mir, er würde euch nur behindern. Ich warte hier auf euch.«

Ein Tritt traf den Hintern des Reporters. Er fiel zu Boden und ein Stiefel fiel von seinem nackten Fuß.

»Dummer Reporter bringen Tod. Und Krieg. Dummer Reporter wollen Ohren und Nase von Ksiao an Kette von Rotweißen. Wollen Kopf von Ksiao auf Pfahl.«

»Schon gut Ksiao. Er ist immer noch das Ziel unserer Mission. Und jetzt holt die Pferde. Befehl ausführen. Ihr habt zwei Tage. Achtundvierzig Stunden. Übermorgen um diese Zeit warte ich hier auf euch. Danach nehme ich den Reporter und gehe, mit euch und den Pferden oder ohne euch. Still gestanden!«

Auf das Kommando hin nahmen die fünf Krieger fast gleichzeitig Haltung an und salutierten.

Der Schwarze hatte den Blick bereits auf den Boden gerichtet und folgte den Hufspuren der Pferde. Jovans Appaloosa schnaubte leise. Die anderen vier Krieger folgten dem Schwarzen im Abstand von jeweils fünfzehn Schritten.

Jovan blickte seiner kleinen Armee stolz nach. Er hatte sie selbst zu Kämpfern und Kundschaftern ausgebildet. Alle, außer den Schwarzen, der hatte bereits für die Allianz gekämpft und war wegen eines Kriegsverbrechens hier gelandet. Tod oder Getto hatte das Urteil gelautet, auch wenn er für die Weißen gekämpft hatte und bereit gewesen war, für die zu sterben, die ihm Uniform und Waffen gegeben und ihn ins damalige Schlachthaus Nordasiens geschickt hatten. In den Schlamassel war er geraten, als er versuchte zu verhindern, dass es seinem Vorgesetzten an den Kragen ging. Der arme naive Kerl, als wäre die Tatsache, dass er schwarz war, nicht schon genug gewesen. Jovan spuckte auf den Boden und fluchte.

Auf eine verquere Art war die Welt innerhalb des Gettos gerechter als die außerhalb, und wie schön wäre es jetzt,

Rocky neben sich zu haben. Der Hund würde wissen, aus welcher Richtung der Blick kam, den Jovan die ganze Zeit auf sich gerichtet spürte. Er riss sich aus seinen Gedanken und blickte sich um. Der verprügelte Gefangene lag verschnürt wie ein Armeestiefel auf der Erde, mit der rechten Wange im Gras. Aus seiner geschwollenen Nase quoll Schleim vermischt mit dunklem Blut. Er jammerte leise. Seine Augäpfel schienen das einzig Saubere in seinem Gesicht zu sein. Mit Blick auf den Gefangenen erschien Jovan Glück als eine relative Angelegenheit.

Und der arme Sekura saß wie festgefroren mit hängenden Armen auf dem Boden, ein Sinnbild für menschliches Elend und Demütigung. Er wagte es nicht, den Oberst anzuschauen oder sich auch nur zu rühren. Die Anwesenheit des breitschultrigen Kriegers in seinem Kettenhemd wirkte, als hätte man ihn angepflockt. Immer trug der Oberst dieses Kettenhemd, im Winter unter der Uniformjacke, im Sommer über dem Hemd. Es hatte ihm schon mehrmals das Leben gerettet. Der Fiese Jovan war einer von denen, die man zweimal töten musste, hatte Antonio sagen hören. Wieso war er nur bei ihm hängengeblieben. Es war ein Wunder, dass er ihn noch nicht getötet hatte.

»He, Spanier.«

»Ja, Herr Oberst«, beeilte sich Sekura zu antworten.

»Magst du Hunde?«, fragte Jovan über die Schulter.

»N... ja, ich mag Hunde, Herr Oberst.«

»Lass jetzt mal die Formalitäten. Kennst du dich mit Hunderassen aus?«

»Ein bisschen.«

»Weißt du, wie ein Deutscher Schäferhund aussieht?«

Antonio Sekura war überzeugt, dass die Grütze im Kopf des Obersts gehörig durcheinander gekommen war. Deshalb hatte er ihn, Sekura, noch nicht getötet. Vielleicht würde ihn das schiere Glück vor dem Verrückten Jovan retten. Vielleicht würde er diesen Tag überleben. Und den nächsten. Und in einigen Tagen wäre dann alles vergessen. Vielleicht hatte er tatsächlich dieses Quäntchen Glück. Ein Vogel flatterte aus dem Gebüsch und flog hinauf in eine Baumkrone. Sekura wünschte sich Flügel, um sich auch in den Himmel hinaufschwingen zu können, weit weg von den Adlern, den Mondsicheln und Rotweißen, weit weg von diesem bärtigen Oberst mit der breiten Brust und dem grimmigen Blick. Wenn er diesen Tag überlebte, würde er in die Berge fliehen, ein paar Schafe stehlen und sich vor allen verstecken. Nur diesen einen Tag musste er überleben.

»Ich habe dich etwas gefragt.«

»Ja, Herr Oberst. Der Deutsche Schäferhund. Groß, spitze Ohren, lange Schnauze.«

»Wie sieht sein Rücken aus?«, fragte Jovan.

»Meistens schwarz. Gute Hunde. Wurden von Polizei und Militär eingesetzt. Bevor es Radargeräte und künstliche Augen gab waren sie auch Blindenhunde. Später nahm man Belgische Schäferhunde. Die waren ... sie waren ...«

Sekura wollte sich unbedingt an noch etwas erinnern, zum Beispiel, wie diese Belgischen Schäferhunde aussahen. Nun bereute er, dass er sich nie wirklich für diese Tiere interessiert hatte.

Jovan seufzte so tief, dass sein Kettenhemd rasselte.

»Hast du das Gefühl, dass wir beobachtet werden?«, fragte er und blickte sich wieder um.

Jetzt war Sekura ganz sicher, dass der Verrückte Jovan noch verrückter war, als sein Name ahnen ließ. Unter seinem Skalp hatte sich ein gefährlicher Untermieter eingenistet und Sekura musste aufpassen, was er sagte und was er tat. Sein Leben hing an einem Faden so dünn wie Zahnseide, die er im Übrigen schon seit Jahren nicht mehr zu Gesicht bekommen hatte. Er konzentrierte seine ganze Kraft darauf, nicht mehr zu zittern. Er musste überleben, es irgendwie bis zum Einbruch der Dunkelheit schaffen. Der Oberst konnte ihn und den Gefangenen nicht gleichzeitig im Auge behalten. Zumindest nicht die ganze Zeit. Selbst der Verrückte Jovan musste irgendwann schlafen.

»Nein, wer sollte uns denn beobachten«, antwortete er schließlich so ruhig wie möglich.

»Bist du blind?«

»Nein, Herr Oberst.«

»Hast du einen Deutschen Schäferhund gesehen, riesengroß mit einer Schnauze so groß wie ein Schuh, mit schwarzem Rücken und riesigen Pfoten? Ein Mann ist bei ihm, ein junger.«

»Nein.«

»Na gut. Und jetzt nimm dir etwas von dem Pulver.«

Der Spanier war verwirrt. Der Verrückte Jovan hasste es, wenn sie schnupften, vor allem im Dienst. Einigen war es deswegen schlecht ergangen. Und jetzt zwang er ihn zu schnupfen.

»Wie bitte?«, fragte er, um sich zu vergewissern, dass er richtig gehört hatte.

»Kokain. Nimm dir. Hab keine Angst. Nimm ruhig.«

Sekura schüttete etwas Pulver auf seine Handfläche.«

»Und jetzt ... sniff!«, befahl der Oberst.

Sekura schnupfte das Pulver ein und ein Blitz fuhr durch seinen Kopf.

»Befehl wiederholen!«, rief Jovan.

In der Sprache der Krieger des Alten Volkes bei den Adlern bedeutete dies, dass der Befehl noch einmal ausgeführt werden musste, entweder weil es beim ersten Mal nicht zur Zufriedenheit des Offiziers geschehen war, oder einfach, weil dieser es so wollte. Über Befehle, die in diesem Ton ausgesprochen wurden, gab es nichts zu diskutieren.

Auf der Stirn des armen Spaniers sammelten sich zum wiederholten Mal an diesem Tag Schweißtropfen. Er griff in seinen Beutel und nahm noch eine Prise. Dieses Mal hatte er das Gefühl, der Verrückte Jovan würde ihm sein Kettenhemd durch den Kopf ziehen.

»Befehl wiederholen!«

Noch einmal schnupfte der Spanier das Pulver ein und fiel mit offenen Augen bewusstlos zu Boden. Jovan bückte sich und legte zwei Finger an seinen Hals. Das Herz pumpte noch immer vergiftetes Blut durch die Venen und Arterien, sogar stärker als nötig.

Luka Cvijic verstand nicht, was vor sich ging. Vielleicht war es ihm auch egal. Er hoffte nur, dass das Schicksal ihm einen schnellen Tod bestimmt hatte. Oder dass wenigstens dieser schlitzäugige Sadist starb. Er schloss die Augen und stellte sich vor, tot zu sein, keine Schmerzen mehr zu haben. Der Gedanke machte ihn fast glücklich. Die Geräusche von Jovans Kettenhemd wurden leiser und in der Ferne schienen Vögel zu zwitschern. Wärme erfüllte ihn, Frieden. Als wären seine Hände frei und er nie geschlagen worden. Als hätte er keine blauen Flecken und Schürfwunden, und auch seine gebrochene Rippe fühlte sich wieder heil an. Etwas Vertrautes, Angenehmes machte sich in ihm breit, wie zu der Zeit, als seine Mutter noch gelebt hatte, wie der Duft nach billigem Rasierwasser bei den seltenen Treffen mit dem Vater, etwas wie heiße Schokolade im *Chez Pierre* in Genf, wie die leisen Geräuschwellen im Restaurant am Zürichsee.

TAKTIK

Der Verrückte Jovan fragte sich, wie er die Augen, die ihn beobachteten, aus der Deckung locken sollte. Zu diesen Augen gehörten Hände. Hände, die bereit waren zu töten. Und dazu der riesige Hund, der einem mit den Zähnen den Hals aufreißen konnte. Jovans Hals, der nicht durch das Kettenhemd geschützt wurde. Er fühlte den Blick noch immer auf sich gerichtet, stärker als zuvor. Er nahm sein Gewehr und fuhr mit der Hand über den Lauf und den Schaft. Er entsicherte es und prüfte zur Sicherheit noch einmal, ob es geladen war. Er hatte den Mann und die Bestie gegen sich. Ihr Vorteil war, dass sie sich noch verstecken konnten. Doch weder außerhalb noch innerhalb des Gettos gab es Mensch oder Teufel, die eine Kugel nicht durchbohrt hätte. Der Fremde hatte Pfeil und Bogen. Einer der Pfeile hatte in Rocky gesteckt. Ein recht primitiver Pfeil, von einem Bogen abgeschossen und nicht aus einer Armbrust – die Pfeile einer Armbrust waren wesentlich kürzer. Auch die Bögen, die es im Getto gab, waren primitiv. Sein Kettenhemd bot mehr als ausreichend Schutz gegen Pfeile, sogar eine Kugel aus einer kleinkalibrigen Waffe war keine wirkliche Bedrohung, zumal, wenn sie aus größerer Entfernung abgeschossen wurde. Selbst wenn das Geschoss den mehrfach legierten Draht durchbrach, würde es ihn nur oberflächlich verwunden und er hätte Kraft genug für einen erbitterten Kampf. Er blickte hinter sich, um sich zu vergewissern, dass von dort keine Gefahr drohte. Mit dem Fuß stieß er den leblosen Körper des Spaniers an, der hin und her rollte wie ein gefällter Baumstamm. Er musste sie zwingen, aus ihrem Versteck zu kommen. Der Unsichtbare war offensichtlich klug genug, um das Risiko zu kennen, das von einem Maschinengewehr ausging. Schwachsinnig, wie der Gefangene behauptet hatte, war er sicher nicht. Ganz im Gegenteil, wahrscheinlich war er nicht einmal dumm. Er hatte Jovan schon zwei Krieger gekostet, vielleicht würde er ihn sogar einen Rang kosten. Oder noch schlimmer. Bei dem Jamaikaner konnte man nie wissen.

Jovan stand auf, ging ein paar Schritte zur Seite und legte vorsichtig, als wäre es zerbrechlich, sein Gewehr auf den Boden. Dann ergriff er Hände und Füße des schlafenden Reporters, die auf dessen Rücken gefesselt waren und trug ihn zum leblosen Sekura. Als er auf dem harten Boden aufschlug, erwachte der Reporter wimmernd.

»Wer auch immer du bist«, rief Jovan, »hör mir gut zu. Du hast fünf Minuten, um dich zu zeigen. Wenn nicht, dann bringe ich den Mann, den du suchst, um.«

Vuk verzog den Mund zu einem abfälligen Grinsen. Niemals würde dieser bärtige Mann den Reporter töten und dadurch den Zorn des Jamaikaners auf sich ziehen. Der Jamaikaner bestrafte Ungehorsam oder Verrat damit, dass er dem Beschuldigten die Kehle durchschnitt oder ihm vorher die Zunge aus dem Hals riss, die Adler nannten das Krawatte. Er sah, wie Jovan sich auf den Rücken des ohnmächtigen Adlers setzte und von hinten dessen Kopf anhob. Vuk konnte das Splittern der Wirbelsäule und Reißen der Sehnen hören. Chica spannte die Muskeln an, doch Vuk fasste sie am Halsband, um sicherzugehen, dass sie nicht losjagte. Er spürte einen Anflug von Panik. Immerhin konnte Jovan später behaupten, die Mondsicheln hätten angegriffen und den Spanier getötet. Er konnte behaupten, sich gewehrt zu haben und der Reporter sei im Gefecht getötet worden. Die anderen mussten ihm glauben. Er war einer der wenigen Oberste, an seinem Wort gab es nichts zu zweifeln. Das war so bei den Adlern. Bei allen war das so. Und die Mission war offensichtlich von großer Bedeutung. Die Truppe bestand nur aus Offizieren, wohl genährt, gut ausgebildet und bestens bewaffnet.

Der Kopf des Spaniers fiel in unnatürlichem Winkel zu Boden. Jovan stand auf und grub ein Loch in den Boden, in das er sein Messer hineinsteckte, so, dass die Klinge herausragte. Dann packte er den Reporter an den Haaren und zerrte ihn zu der Stelle, wo er das Messer eingegraben hatte. Er hielt den Kopf des Reporters genau über die Klinge. Vuk hätte am liebsten laut geflucht. Sollte Jovan loslassen, würde der Reporter von der Messerklinge aufgespießt. Er musste sich schnell etwas einfallen lassen. Inzwischen war es stickig heiß geworden. Die Luft stand still. Als würde alles mit angehaltenem Atem darauf warten, wie sich das Drama um drei lebende Menschen, einen Toten und einen Hund weiter entwickelte. Als würde alles auf den nächsten Tod warten. Dieser unerbittliche männliche Tod schien förmlich in der Luft zu hängen, im Gras, im Gebüsch. Der Tod war überall, unausweichlich und hart wie der kleine Stein unter Vuks rechtem Knie. Vuk war gespannt wie eine Bogensehne. Er hatte seine Unterlippe fast blutig gebissen und zog so fest an Chicas Halsband, dass sie nahezu unhörbar winselte.

Jovan blickte auf die große Taucheruhr an seinem rechten Handgelenk. »Du hast noch drei Minuten«, rief er.

Vuk zog sich kriechend zurück. Chica folgte ihm. Wie immer, wenn er schnell denken musste, biss Vuk sich in den Daumen.

»Noch zwei Minuten.«

Jovan wechselte die Hand, mit der er den Kopf des Reporters hielt. Jetzt lag seine Rechte um die Stirn des zitternden Mannes. Mit der Linken machte Jovan die Uhr ab und legte sie vor sich auf ein Grasbüschel. »Eineinhalb Minuten.«

Vuk holte aus einer seiner Hosentaschen eine Art Schleuder, nicht mehr als ein Stück Leder an einem elastischen Band. Er schätzte die Entfernung und blickte dabei auf einen Punkt weit hinter Jovan. Dann suchte er den kleinen Stein, der bis eben sein Knie wund gescheuert hatte. Er hob einen Finger in die Luft und beschrieb einen großen Halbkreis. Chica sprang auf und trabte davon. Vuk legte den Stein auf das Lederstück, er prüfte das Gewicht und brachte die Schleuder in Position.

»Eine Minute.«

Mit all seiner verbliebenen Kraft widersetzte sich Luka Cvijic dem Wunsch, seine Kehle auf die Messerschneide sinken zu lassen und so endlich Frieden zu finden. Die kräftige Hand seines Folterknechts hielt ihn nur wenige Inches entfernt vom Ziel seines Wunsches.

»Fünfzig Sekunden noch.«

Luka erschienen diese Sekunden wie ein ganzes Leben, er schielte zur Klinge, die ihm letztendlich den ewigen

Frieden bescheren würde, ohne Schläge, ohne verschnürt durch die Gegend gezerrt und mit Knüppeln geschlagen zu werden. Das Messer, das ihm den Frieden bringen würde erschien ihm so weit entfernt wie die Cocktailbars am Zürichsee von diesem beschissenen Gefängniskomplex namens Getto.

Der Verrückte Jovan glaubte, etwas wie den Flügelschlag eines kleinen Vogels zu hören. Dann einen leisen Aufprall irgendwo hinter ihm. Er stieß den Reporter so, dass der auf die Seite fiel, machte zwei, drei Bewegungen, um möglichen Schüssen oder einem Pfeilhagel auszuweichen, und erreichte sein Gewehr, das im versengten Gras lag. Er griff danach und ließ dann den Blick über die Landschaft gleiten, zunächst oberflächlich, dann betrachtete er intensiv die Details, allerdings ohne weiter auf die von gelblichem Gras bewachsene Senke in seinem Rücken zu achten. Das dumpfe Geräusch, das aus dieser Richtung kam, entging ihm. Er wurde wohl langsam alt.

Unverwandt schaute er vor sich. Doch da war nichts. Auf einmal tauchte ein dunkler Schatten aus dem Gras auf. Ungefähr hundert Yards entfernt stand ein Hund vor ihm. Er war so groß wie ein Kalb. Wie eine Statue stand er da und blickte Jovan an, mit gespitzten Ohren und leicht ausgestellten Hinterläufen, wie auf einer Hundeausstellung im vergangenen Jahrhundert. Bereit zum Sprung.

Jovan warf sich zu Boden und nahm den Hund mit dem Gewehr ins Visier. Doch der Hund verschwand aus seinem Blickfeld und Jovan fluchte. Er richtete sich auf und als er sah, dass der Hund sich ins Gras gelegt hatte, ließ auch er sich wieder fallen und legte erneut an. Erst da begriff er den Sinn des Ganzen und schimpfte und fluchte. So schnell er konnte, drehte er sich um und schwenkte den Gewehrlauf herum. Doch bevor er das Gewehr und auch seinen Blick wieder fokussieren konnte, spürte er einen heftigen Schmerz in der Brust. Ein Pfeilende mit den Federn der Rotweißen zitterte einen halben Meter vor seinen Augen. Und die dazugehörige Pfeilspitze steckte in seiner Brust. Der Pfeil hatte sein Kettenhemd durchbohrt. Jovan fiel auf die Knie und ließ das Gewehr zu Boden gleiten. Etwas Schweres sprang ihn von hinten an, drückte ihn mit aller Kraft auf den Pfeil, und er spürte, wie dieser sich durch seinen Oberkörper bohrte und schließlich, als er auf der anderen Seite auf den Widerstand des Kettenhemdes stieß, brach.

»Chica! Genug!«

Das Gewicht auf seinem Rücken verschwand, nicht aber der Schmerz in seiner Brust. Der Schmerz vervielfachte sich. Mit übermenschlicher Kraft stützte er sich auf den linken Arm, der ihm als Einziges noch einigermaßen gehorchte, und drehte sich auf den Rücken. Er wollte sehen, was geschehen war und was ihn das Leben kosten würde. Zunächst sah er nur eine riesige hechelnde Hundeschnauze mit heraushängender Zunge. Der Hund schien ihn auszulachen. Er lachte über diesen Idioten, der auf einen billigen Trick hereingefallen war. Er spürte förmlich, wie sein Leben durch die Maschen des Kettenhemdes entwich und sich mit dem Staub vermischte. Wie durch ein Gitter aus Gras konnte er nun das Tal sehen, durch das er bis vor Kurzem noch marschiert war, es war sein Zuhause gewesen und er ein Oberst der stärksten Armee innerhalb des Gettos.

In sein Blickfeld traten Beine in Militärstiefeln und Uniformhosen. Ein langer Sportbogen, der längste und stärkste, den Jovan je gesehen hatte, wurde auf seine Brust gestellt. Als wollte sich der Jäger des Todes seiner Beute vergewissern.

Der Mann, der nun über ihm stand, erschien ihm fast so groß wie die Wand um das Getto. Er konnte das Gesicht nicht klar erkennen, weil ihn die Sonne blendete. Doch ohne jeden Zweifel war der Mann, der ihn überlistet hatte, schnell, stark und gut ausgerüstet, mehr als gewappnet, um zu überleben und zu töten.

Jovan hörte, wie Lederriemen von einer Metallklinge zerschnitten wurden und dann einen Seufzer der Erleichterung. Eine hässliche, blutüberströmte Fratze schob sich in sein Blickfeld. Der Reporter spuckte ihm ins Gesicht, mit Blut vermischter Speichel blieb in seinem schwarzen, von silbrigen Fäden durchzogenen Bart hängen, wie eine Auszeichnung für Dummheit.

»Du elender Hundsfott«, schimpfte der Reporter in der Sprache des Alten Volkes. Doch eine kräftige Hand packte ihn am Kragen und schleuderte ihn zur Seite. Der Reporter stöhnte laut auf. »Hör auf, lass ihn sterben«, rief der Mann mit dem Bogen.

»Ja«, keuchte Jovan. »Er hat recht. He, Reporter, kennst du ein Gebet in der Sprache des Alten Volkes?«

»Gottverfluchter Hurensohn«, fluchte der Reporter. »Nein, und ganz im Vertrauen, es ist inzwischen bewiesen, dass Gott nicht existiert.«

»Hör auf zu fluchen und Gott zu lästern«, fuhr Vuk ihn an und beugte sich über den Sterbenden. »Ich kenne ein Gebet auf Einheimisch.«

Jovan blickte auf Vuks Tätowierung am Oberarm, wo deutlich ein Stern und eine Mondsichel zu erkennen waren.

»Ich will keins von euren Gebeten. Ich bin Christ.«

»Ich auch«, sagte Vuk. »Wir haben keine Zeit. Soll ich dich schnell töten, damit du nicht leiden musst?«

»Ich will ein Gebet, auf Einheimisch.«

Vuk seufzte. Dann nahm er seine Kappe ab. Mit dem Zeigefinger beschrieb er einen Kreis in der Luft, Chica sprang auf und trabte davon. Vuk kniete nieder und bekreuzigte sich, dann faltete er die Hände. »Ewigen Frieden gib ihm, oh Herr ...«

»Halt«, unterbrach ihn Jovan.

Der Reporter mischte sich ein. »Jetzt lass doch diesen Verbrecher. Die anderen könnten zurückkommen.« Er sah sich nervös um. »Töte ihn und dann lass uns endlich abhauen, Himmelherrgott.« Mit einem Blick brachte Vuk ihn zum Schweigen und er entfernte sich fluchend.

»Kennst du ein orthodoxes Gebet?«, fragte Jovan.

Vuk schüttelte den Kopf.

»Aber vielleicht ... kannst du die Sprache lesen?«

Vuk nickte nur.

»Auch die kyrillische Schrift?«

»Ja.«

»In meiner Tasche ist ein Buch. Klein und rot ... Schlag es auf. Egal wo ... Lies mir vor.«

Während Vuk das rote Buch aus Jovans Rucksack zog, sprach Jovan weiter.

»Ich werde sterben. In der Tasche ist eine Vollmacht des Jamaikaners, mein Hemd mit allen Orden. Ein Gewehr. Es ist ein sehr gutes Gewehr. Und der Appaloosa ist das beste Pferd, das es gibt. Und Handgranaten. Alles nützliche Dinge für dich. Nimm alles.«

»Das werde ich«, sagte Vuk ernst. »Es ist mein gutes Recht.«

»Ich weiß. Wenn ich tot bin, dreh mich entgegengesetzt zu der Richtung, in die du gehst. Und mach es so, dass mein Finger dorthin zeigt. Und jetzt lies.«

Vuk blickte auf das Buch. »Wer ist *Petar Petrovic Njegoš*? Und was ist ein *Gorski Vijenac*? Ein Bergkranz?«

»Egal ... Lies.«

Vuk schlug das Buch auf und verzog sein Gesicht. »Wer ist *Vojvoda Drašković*?«

»Egal. Lies jetzt.«

»Welche Seite?«

»Egal. Lies endlich. Bitte.«

Vuk las:

Spiele gab es, freilich anderer Art nur.
Man versammelt sich in einem Hause,
Wenn es Nacht wird, nach dem Abendessen.
War ein Haus, das nicht hat seinesgleichen;
Tausend Kerzen darin angezündet,
In den Wänden allenthalben Nischen,
Die mit Menschen allgemach sich füllten
Wie das ganze übrige Gebäude;
Überall konnt' man sie aus den Wänden
Lugen sehn wie Mäuse aus den Nestern.

Plötzlich ging ein Vorhang in die Höhe,
Öffnete den dritten Teil des Hauses.
Gott im Himmel! Was es da zu sehen gab:
Kam gekrochen allerhand Gelichter,
wie es nicht einmal im Traum zu sehen,
Alle scheckig wie die wilden Katzen.
Was für ein Geschrei die nun erhoben!
Wo wer stand, der klatschte in die Hände,
Und ich wär' vor Lachen fast gestorben.
Währt' nicht lange, gingen die von hinnen
Und es kamen andere zum Vorschein.
Solche Schande, solche Schreckgestalten
Hat kein Menschenauge je gesehen!
Riesennase, viertelellenlange,
Augenrollend wie die Hexeriche,
Zähnefletschend wie hungrige Wölfe,
Dazu Holzgestelle an den Füßen -
So stolzierten sie als wie auf Stelzen,
Angetan mit Fetzen und mit Lappen.
Würdest du am hellen Tag sie treffen,
Müsste dich das Gruseln überkommen.
Plötzlich einer, Gott mag's ihm vergelten,
Hub zu schreien an aus jenen Nischen:
"Rette sich, wer kann! Das Haus in Flammen!«
Guter Gott! Das war erst ein Spektakel!
Ein Getöse, Poltern, Durcheinander,
Hilferufe, und die Mützen flogen,
Dass zu hundert sie am Boden blieben;
Ein Gedränge, dass man kam von Atem
Wie das Vieh, das wilde Tiere hetzen.

Und wir tags darauf erneut zum Spiele,
Aber in dem Haus kein menschlich Wesen,
Das verdammte Haus war zugeschlossen.

Er las, bis der Verrückte Jovan die Augen schloss. Einige Wörter verstand er nicht, aber er las einfach weiter. Denn in der Sprache der Alten Völker wurde in beiden Schriften jeder Laut geschrieben und gelesen. Und der Mann, der im Sterben lag, lächelte, als würde aus seiner Brust nicht ein Pfeil der Rotweißen ragen.

Dann zog der Reporter dem toten Jovan die Stiefel aus und Vuk holte eine Sammlung verschiedener Dinge aus seinen Taschen. Da gab es Abzeichen, die mehrere hundert Jahre alt waren, Embleme und Orden verschiedener Armeen, fingerlose Handschuhe, Mützen und Kappen der Rotweißen und der Adler, eine Vollmacht für alles Mögliche mit dem Siegel des Jamaikaners, Taschenlampen, einen elektronischen Kompass, Signalraketen und einiges mehr.

Während der Reporter die Stiefel anzog, verstaute Vuk diesen kostbaren Vorrat in den Satteltaschen. Dann drehte er Jovan auf den Bauch, streckte seinen Arm in Richtung Südwesten und bog alle Finger bis auf den Zeigefinger zur Faust. Das Gewehr hängte er dem Reporter um den Hals, drückte ihm das Stativ in die Hand und half ihm, auf den Grauen zu steigen und die Füße in die Steigbügel zu stecken.

»Kannst du reiten?«, fragte er.

»Es geht so«, antwortete der Reporter.

»Jetzt wirst du reiten. Du wirst lange reiten. Pass auf, die Satteltaschen sind voller Handgranaten, die ich den beiden

Adlern abgenommen habe. Das Leder ist alt, stütz dich also nicht zu sehr auf den Taschen ab.«

Vuk nahm die Zügel. Chica kam angerannt und leckte seine Hand. Dann lief sie zu dem Toten und fuhr mit der Zunge über sein Gesicht. Die beiden Männer und die zwei Tiere machten sich auf den Weg und verschwanden bald hinter dem Hügel.

Der Tote im Kettenhemd schien beim Lesen eingeschlafen zu sein. Das rote Buch mit den schwarzen kyrillischen Buchstaben, in denen die blutige Geschichte der blutigen Kriege vergangener Völker aufgeschrieben war, lag neben ihm. Nach einigen Minuten fingen auch die Vögel wieder an zu zwitschern, als hätten sie den Tod vergessen, der sich auf verschiedene Arten vor ihren Augen abgespielt hatte. Das trockene Gras richtete sich an den Stellen, an denen die Menschen und der Hund gestanden und gelegen hatten, auf. Alles war wieder, wie es sein sollte. Sogar der Mann im Kettenhemd, der Oberst, der mit offenen Augen auf dem Bauch lag und dessen Blut über das trockene Gras und in die harte Erde floss, hatte ein Lächeln im Gesicht.

DER WEG

Zu Beginn der Reise trug Vuk das Hemd des Obersts mit dem Abzeichen der Adler. Die kurzen Pfeile der Mondsicheln hatte er auf der Lichtung neben dem Toten liegen lassen. Die Pfeile der Rotweißen hatte er mit den Spitzen nach oben in den Köcher gesteckt, um die roten und weißen Federn zu verbergen. Der Reporter hatte auf der Brust eine Anstecknadel mit einem doppelköpfigen Adler und einem Kreuz mit den vier »S«, die im Kyrillischen wie »C« geschrieben wurden, in den Zwischenräumen. Um nicht auf die Kundschafter der Adler zu stoßen, die auf der Suche nach ihren Pferden waren, nahmen sie nicht den kürzesten Weg zum Fluss. Sie gingen im Bogen und erreichten den Fluss in einigen hundert Metern Entfernung von der Stelle, an der Vuk und Chica ihn überquert hatten.

Das Reiten tat Luka nicht gut. Aber laufen konnte er auch nicht. Bevor sie in den Fluss gingen, band Vuk den Reporter auf dem Pferd fest. Luka bangte um sein Leben, das dieser Verrückte offensichtlich in die Obhut eines Pferdes legen wollte. Wenn der Gaul den Halt verlor und von der Strömung mitgerissen wurde ... Er wollte sich das gar nicht weiter ausmalen.

Während Vuk durch den Fluss schwamm, hörte er hinter sich das Pferd schnauben und wiehern und wandte kurz den Kopf. Die Strömung trieb den Appaloosa auf die Felsen zu, der Kopf des Reporters tauchte nur hin und wieder aus dem Wasser auf und Vuk befürchtete, dass er ihn verlieren könnte. Doch sie hatten Glück. Der Strom warf Pferd und Reiter sanft auf die Felsen, sodass sie ohne schlimme Verletzungen am anderen Ufer ankamen. Als das Pferd sich aufrichtete, hing Luka unter dem Pferd mit dem Kopf im Wasser. Vuk machte die Stricke los, stützte ihn und half ihm, Wasser auszuhusten, es rann ihm sogar aus den Ohren. Er stützte ihn solange, bis der Reporter aus eigener Kraft stehen konnte. Einige hundert Meter flussaufwärts fand Vuk zielsicher seinen Rucksack wieder. Die Freude darüber übertraf sogar seinen Ärger über den jammernden Weggefährten. Er zog sein ärmelloses Hemd an, das das Abzeichen der Mondsicheln auf seinem Oberarm nicht verdeckte, auf den Kopf setzte er eine schmuddeligweiße gehäkelte Kappe. Der Reporter bekam einen zerknitterten Fez und wurde dann unter Murren und Jammern von Vuk wieder aufs Pferd gehoben.

»He, Reporter. Wenn wir jemanden treffen, sagst du *selam alejkum* oder *merhaba*.«

Der Reporter antwortete nicht, sondern schrie leise auf und vergrub die Finger in der Mähne des Pferdes, das den Kopf unruhig hin und her warf, als wolle es sehen, wer dieser ungeschickte Mensch auf seinem Rücken war.

Sie kamen an den Überresten eines Windturms aus den zwanziger Jahren vorbei, dem jedoch längst die Teleskopflügel oder Sonnenkollektoren und sogar der Generator fehlten. Kopflos stand das Betongebäude in der Landschaft, beschmiert mit arabischen Schriftzeichen. Ein Generator war immer gut zu gebrauchen. Man konnte ein Schaufelrad daran anbringen, es in den Fluss stellen und hatte so ein kleines Wasserkraftwerk. Trotz seiner Schmerzen fragte sich

Luka, wie die Wilden es geschafft hatten, den Generator in einer Höhe von zweihundert Fuß abzumontieren.

Nach einigen Stunden verspürte Luka den Wunsch, eine menschliche Stimme zu hören. Vielleicht würde ihn das eine Weile von seinen Schmerzen ablenken.

»He, Vuk!«

Doch Vuk antwortete nicht. War er vielleicht wirklich zurückgeblieben? Alles, was er tat, machte Sinn. Außer natürlich diese idiotische Lesung für den sterbenden Mistkerl. Die Sache mit der Schleuder und dem Hund war genial gewesen. Wie nur hatte Vuk ihn wiedergefunden? Warum hatte er ihn überhaupt gesucht? Und warum machte dieses Riesenvieh genau das, was Vuk wollte? Für welche Seite arbeitete er? Für die Mondsicheln? Er trug ihr Zeichen auf dem Oberarm. Wie sonst konnte er in dieser Hölle überleben?

»Vuk, bist du ein Einzelkämpfer oder gehörst du zu den Mondsicheln?«

Vuk blieb stehen und der Hund auch. Er packte das Pferd fester am Zügel. »Was sagst du, wenn wir auf Mondsicheln treffen?«

»Selam alejkum.«

»Und wenn einer vor dir *selam alejkum* sagt?«

»Alejkum selam.«

»Oder was noch?«

Luka war genervt von Vuk, der ihn nicht einmal ansah, während er mit ihm sprach. Als wäre er der ungebildete Analphabet und nicht Vuk selbst. Aber er verdankte ihm sein Leben. Zwei Leben. Eins hatte er ihm geschenkt, das andere gerettet. Und er fühlte sich in Begleitung dieses starken Mannes sicher. Er wusste bestimmt, wie man das antike Gewehr des Verrückten Jovan benutzte.

»Wie? Was sollte ich denn noch sagen?«, fragte Luka.

»Das andere.«

Luka schwieg und Vuk beantwortete seine Frage selbst.

»*Merhaba*. Du sagst *merhaba*. Wiederhol das.«

»Merhaba.«

»Noch einmal.«

»Merhaba.«

Vuk zog das Pferd weiter. Das Gelände wurde immer flacher und sie kamen jetzt schneller voran. Spärlich wachsendes Gras und Gestrüpp wurde abgelöst von malerischen Lichtungen, die Landschaft schien kein Opfer des sauren Regens geworden zu sein. Luka glaubte zu erkennen, dass sie durch ein ausgetrocknetes Flussbett liefen. Babel würde ihm nicht glauben, wenn er ihm das alles erzählte.

Nach einer Weile wurde Vuk müde, das Pferd zu führen, und übergab die Zügel an Chica. Luka war nicht fähig, das Pferd zu lenken.

Nach einem sechsstündigen Marsch, so zeigte es zumindest die Taucheruhr des Verrückten Jovan an, erreichten sie eine breite durchfurchte Schotterstraße. Hier übernahm Vuk wieder die Zügel des Pferdes. Jedes Mal, wenn es stolperte, stöhnte der Reporter laut auf. Und es gab so viele Furchen, dass er sich mit Wehmut an die grasbewachsenen Hochebenen und das sandige Flussufer erinnerte.

Dann trafen sie auf zwei schwarze Krieger mit abgeschnittenen Hosenbeinen. Der eine war größer als Vuk und barhäuptig, der andere war klein wie der Reporter und trug einen Fez auf dem ergrauten Haar. Der Große war mit einer Machete und einem alten einläufigen Gewehr und der Kleine mit einer Armbrust bewaffnet. Beide legten ihre Waffen in die linke Hand und grüßten mit der Rechten, dabei berührten sie mit ausgestreckter Hand ihre Stirn, das Kinn und dann die Brust, wie es sich gehörte, wenn man auf einen berittenen, bis zu den Zähnen bewaffneten Krieger traf, der zudem einen großen Hund und einen jungen und starken Sklaven bei sich hatte.

Ohne langsamer zu werden, legte Chica die Ohren an und zog den Schwanz ein. Auf der Straße durfte sie keine Menschen anfallen.

»Salam alejkum«, sagten die beiden gleichzeitig, und für Vuks Geschmack etwas zu gut gelaunt.

»Alejkum selam«, antwortete Vuk, ohne stehen zu bleiben, und vollführte mit der ausgestreckten Hand die gleiche Geste wie die beiden zuvor, dabei verbeugte er sich leicht.

»Alejkum selam«, murmelte auch der Mann auf dem Pferd.

Die beiden Männer machten Anstalten, mit dem Reporter ein Gespräch zu beginnen, wie es sich gehörte, wenn man einen mächtigen Mann traf, man wusste nie, wann so eine Bekanntschaft sich als nützlich erweisen konnte. Doch Vuk senkte schnell den Blick und ging zwischen ihnen hindurch. Die Männer traten einige Schritte zur Seite und Vuk hörte sie hinter sich flüstern. Chica blieb stehen und blickte die beiden an, als spüre sie ihr Misstrauen, sie zeigte ihre Bereitschaft zu verhindern, dass sie näher kamen, um Belege für ihre Zweifel zu finden. Schließlich gingen die Mondsicheln weiter.

Wie würde es wohl werden, wenn Vuk mit dem Reporter und Chica die asphaltierte Straße erreichte oder gar die verstreuten bewohnten Behausungen des Alten Volkes, an denen sie vorbei mussten? Ein Gewehr war zehn Pfund des weißen Pulvers wert, das Pferd mindestens ein Pfund und dazu kam noch die Munition. Die Menschen waren gierig, und auf der asphaltierten Straße waren viele unterwegs. Manche könnten denken, Chica gehorche jedem, und was wäre, wenn jemand auf die Idee kam, sie zu stehlen. Erst vor Kurzem hatte sie sich Vuks Kontrolle entzogen. Sie würde einem von den Mondsicheln das Bein zermalmen oder jemandem die Kehle aufreißen, vor allem, wenn dieser Jemand auf einem Fahrrad daherkam. Chica mochte keine Radfahrer. Genauso wenig wie Autos. Vuk erinnerte sich, wie sie die Adler angegriffen hatte. Und wie sie im Sommer davor einen Kurier der Rotweißen niedergemetzelt hatte, der weißes Pulver in die Burgruine von Liubuska transportiert hatte, wo die Rotweißen ihre Handelsvorräte horteten. Vielleicht tat sie dieses Mal etwas noch Gefährlicheres und Verrückteres. In letzter Zeit war sie unzuverlässig. Er musste besser auf sie aufpassen und ihren Ungehorsam härter bestrafen. Er hatte sie verzogen. Für einen Hund musste klar sein, wer der Herr war. Sie musste merken, dass sie nicht tun konnte, was sie wollte.

Die Straße war keine gute Wahl. Aber mit einem Pferd konnte man nicht überall langgehen. Ein Pferd konnte nicht durch Dickicht und dichten Wald laufen. Das Pferd brauchte eine Straße oder zumindest einen Trampelpfad. Es konnte keine Felsen hinaufsteigen wie ein Mensch oder sich anschleichen wie ein Hund. Deshalb hatte Vuk kein eigenes

Pferd. Doch der Reporter konnte sich nur auf einem Pferd fortbewegen. Er war zu schwach für lange Fußmärsche. Seine Rippen waren gebrochen und könnten seine Eingeweide verletzen. Er brauchte Rast, mindestens einige Tage, was Vuk sich selbst nicht gönnen konnte. Zu Gérard war es nicht mehr weit. Hoffentlich lebte der alte Hirte noch.

Er musste den Reporter lebend zu Dumo bringen. Das schien sehr wichtig zu sein. Vuk wäre gern klüger gewesen, dann hätte er verstanden, was an einem so dummen und hilflosen Menschen wie dem Reporter so wichtig war.

Er nahm seine Kappe ab und strich sich mit der Hand über den kahlrasierten Kopf. Dann vergrub er die Finger in seinem kurzen Bart, der bereits seine charakteristische eckige Form verloren hatte, weil Vuk ihn einige Tage nicht rasiert hatte. Doch er war noch immer zu kurz um ihn als Mondsichel oder Adler zu kennzeichnen. Andererseits war er zu lang, als dass Vuk als schlecht rasierter Rotweißer durchgegangen wäre. Vielleicht hatten die beiden Mondsicheln deshalb getuschelt. Nein, es lag bestimmt an dem Reporter. Er war rasiert, trug keinen Bart.

Vuk zog so heftig am Zügel, dass das Pferd schnaubte. Er führte es weg von der Schotterstraße. Die breite asphaltierte und stark frequentierte Straße mit dem Namen C-5 konnten sie nicht nehmen, und auch nicht die Packman genannte etwas schmalere M-17.

Sie liefen weiter durchs Gebirge, kamen hin und wieder an überwucherten Ruinen von Häusern vorbei, die noch in den Kriegen des Alten Volkes zerstört worden waren. Die wenigen Menschen, die sie trafen, waren Kuriere, die sich um ihre eigenen Angelegenheiten kümmerten und nur ihr Ziel vor Augen hatten, oder Hirten, die jederzeit bereit waren, eine Handgranate zu werfen, um Diebe oder Störenfriede mit bösen Absichten zu zerfetzen. Manchmal übernahmen auch ihre Hunde die Aufgabe, packten die scharf gemachte Granate mit den Zähnen, rannten auf die vermeintlichen Angreifer zu, ließen die Granate fallen und flüchteten dann übers freie Feld. Dabei kam es auch vor, dass sie sich selbst opferten, um die Herde und ihren Herrn zu beschützen.

Einige der Hirten kannten Vuk und grüßten aus der Ferne. Sie erkannten ihn an seinem Hund, der größer war als ihre eigenen. Vuk hütete das Geheimnis ihrer geheimen Pfade und war einer der wenigen, der wusste, dass ihre Granaten oft defekte Zünder hatten. Sie wiederum hüteten das Geheimnis des einsamen Kriegers und Diebs und seiner Pfade.

Manchmal machten sie Geschäfte miteinander. Vuk legte Sachen auf den Boden und entfernte sich einige hundert Schritte. Ein Hirte kam mit Käse, Dörrfleisch oder Wolle, er legte seine Schätze ab und nahm die Sachen, die Vuk zu bieten hatte, an, sei es weißes Pulver, Gewehrmunition, Waffen oder Armbrustpfeile. Es war ein Handel zur beiderseitigen Zufriedenheit. Vuk war immer großzügig. Manchmal, doch eher selten und mit reichlich Sicherheitsabstand, tauschten sie Neuigkeiten über die Lage im Getto aus. Vuk musste auf dem Laufenden sein, er musste die Politik kennen, wenn er allein und am Leben bleiben wollte. Doch dieses Mal hob er nur die Hand, ein Gruß an einen befreundeten Stammesangehörigen.

Zweimal an diesem Tag verlor der Reporter das Bewusstsein.

Nach dem zweiten Ohnmachtsanfall nahm Vuk mit einem Röhrchen etwas von dem weißen Pulver auf und steckte es dem Reporter ins rechte Nasenloch, das linke drückte er mit dem Daumen zu. Als der Reporter das Pulver einatmete, sprang er wie von der Tarantel gestochen auf, er hustete, jammerte und nieste. Doch es weckte seine Lebensgeister und bald hörte das Jammern auf.

Es dauerte nicht lange, und Vuk bedauerte, dass er die Schmerzen des Reporters gelindert hatte. Der Mann war völlig aufgekratzt, brabbelte Unsinn, sprach ohne Anfang und Ende von irgendwelchen Erlebnissen, von einem Heißluftballon und Freunden, die er liebte, aber gleichzeitig verfluchte, weil sie ihn in diese Gefängnishölle gedrängt hatten. Selbst das Pferd schien sich wegzuducken, um den ganzen Unsinn nicht hören zu müssen.

Vuk hoffte, dass der Reporter bis zum nächsten Unterschlupf, der Hütte des schwarzen Gérard, durchhalten würde. Das weiße Pulver heilte nicht, es täuschte Körper und Geist, betäubte den Schmerz, feuerte die Glieder an und fraß den Verstand. Ohne Rast konnte Vuk ihn nicht lebend zu Dumo bringen. Hoffentlich lebte der schwarze Gérard noch und hoffentlich hatte er sein Augenlicht nicht vollständig verloren. Wenn er inzwischen gestorben war, würden seine großen Hunde ihn bestimmt bewachen, damit die Krähen ihm nicht die Augen aushackten. Dann müsste man ihn nach den Regeln der Moslems beerdigen, in ein weißes Laken gewickelt, tief eingraben, damit die Tiere ihn nicht finden konnten. Danach gehörte es sich, dass Vuk ein Gebet für die Seele des Moslems sprach, eine *fatiha* oder zumindest einen Teil der *hatma dova*, die Vuk als Gefangener der Mondsicheln gelernt hatte.

Dumo würde aus der Haut fahren, wenn er hörte, dass Vuk zu einem fremden Gott betete und sei es für einen guten Freund, wie es der alte Gérard war. Vielleicht sollten Dumo und Gérard sich kennen lernen, bevor einer von beiden starb, dann würde Dumo ihm sicher erlauben für die Seele des Verstorbenen zu beten. Nein, das war keine gute Idee. Dumo mochte keine Schwarzen, wie alle Rotweißen, er mochte auch keine Mondsicheln. Vielleicht würde Gérard auch lieber verbrannt werden. Er hatte das einmal erwähnt. Genau genommen hatte er bereits öfter davon gesprochen, dass sein Leichnam verbrannt werden sollte. Aber Gérard lebte vielleicht noch und es war besser, den Tod nicht herbeizurufen, indem man ständig an ihn dachte.

Sie setzten ihren Weg fort entlang eines Abhangs, der aufgewühlt war von Wasserrinnen und Kratern. Der Reporter sah so schlecht aus, dass Vuk Angst hatte, ihn zu verlieren. Sie mussten eine Rast einlegen. Er beschloss, in einem Wäldchen, das einen kleinen Kessel im Karstfelsen ausfüllte, zu übernachten. Das nackte Gestein darum herum war eine Folge des gedankenlosen Abholzens der Wälder durch das Alte Volk. Noch bevor er den Reporter vom Pferd gehoben und auf dem Boden abgelegt hatte, war dieser eingeschlafen. Vuk deckte ihn mit einer synthetischen Decke zu.

Am nächsten Morgen erlegte Vuk eine noch halb erstarrte Schlange, der er sofort den Kopf abschnitt, weil sonst, wie es hieß, das Gift in ihren Körper fließen würde.

Er machte ein Feuer und briet die Schlange. Der Reporter aß genauso gierig wie Chica, auch wenn er sich zunächst vor dem weißen Schlangenfleisch geekelt hatte. Das Pferd fraß währenddessen Gras, Farn und Laub. Der Reporter stöhnte vor Schmerzen, aß aber unbeirrt weiter. Vuk kaute auf einem sehnigen Stück Fleisch herum, dachte dabei an Brot und rasierte sich nebenher den Kopf. Sie tranken alles Wasser, das sie dabei hatten. Luka Cvijic gefiel es gar nicht, nach dem Hund zu trinken, doch er sagte nichts, da auch Vuk erst trank, nachdem Chica getrunken hatte, allerdings vor Luka. Dann goss Vuk Wasser aus der Feldflasche in seine Hand und gab dem Pferd zu trinken, bis die Flasche leer war.

»Wieso gibst du dem Gaul das ganze Wasser?«, empörte sich Luka.

Vuk würdigte ihn keiner Antwort, stattdessen hob er ihn in den Sattel und kurze Zeit später sank Lukas Kopf auf den Hals des Appaloosas. Das Essen hatte ihn ermüdet. Sie zogen weiter.

Als Luka erwachte, lag sein Gesicht noch immer auf der Mähne des Pferdes. Schmerzhafte Stiche in Brust und Hals plagten ihn. Seine zerkratzte Nase war verkrustet mit blutigem rosa Staub. Doch bald schon waren die Schmerzen spurlos verschwunden. Stattdessen empfand er eine ungewöhnliche Fröhlichkeit. Auch Vuks verächtliches Grinsen störte ihn nicht. Das Geschaukel auf dem Pferd machte im auch nichts mehr aus. Für einen Moment hatte er das Gefühl, Chica würde im zuzwinkern, während sie mal rechts mal links von ihm lief.

Sie machten häufig Pausen. Unterwegs jagte Vuk, aß, kümmerte sich darum, ihre Wasservorräte aufzufüllen. Wenn der Reporter bewusstlos wurde, steckte er ihm das Röhrchen mit Pulver in die Nase und Luka erwachte aus der Ohnmacht, übermütig wie ein junges Fohlen

im Frühjahr. Manchmal unterhielten sie sich sogar. Anfangs hatte Vuk den Reporter regelmäßig zum Schweigen gebracht, vor allem, wenn dieser Dinge sagte, die ihm nicht gefielen oder die sich nicht mit den Lehren der katholischen Kirche vertrugen. Außerdem glaubte er Menschen, die unter dem Einfluss des weißen Pulvers standen, kein Wort.

Nach und nach brachte der Reporter jedoch alle Dogmen, die der alte Dumo jahrelang wie Nägel in Vuks Hirn gehämmert hatte, ins Wanken. Aus Lukas Gestöhne erfuhr Vuk alles über die Kontinente, das Meer, riesige Flüsse, Supraleiter, Anti-G-Züge, über Teleportation von Energie und Vakuumpflanzungen auf dem Mond, induzierte Stammzellen und supraleitende Quanteninterferenz, die die Konstante der Zeit brachen und Zeitsprünge erlaubten, auch in die Vergangenheit, er erfuhr, dass viele Patente und Erfindungen zerstört oder verboten worden waren, wegen der Verantwortungslosigkeit der Menschen, er erfuhr, was Kriminelle eigentlich waren, und noch vieles mehr.

Vuk mochte keine Geschichten mit vielen unbekannten Wörtern. Er verstand diese Wörter nicht einmal, wenn der Reporter sie auf Einheimisch, in der Sprache des Alten Volkes, sagte. Am liebsten waren ihm die Geschichten aus der Vergangenheit des Alten Volkes, von den drei Völkern mit einer Sprache, von den Kriegen zu Anfang, in der Mitte und am Ende des zwanzigsten Jahrhunderts, vom Antiterrorkrieg am Anfang des Millenniums und von den Kriegen in den fünfziger Jahren des einundzwanzigsten Jahrhunderts, die man auch Ökokriege nannte.

Unter anderem hörte Vuk die hässliche Geschichte von der Entstehung des Gettos, von den drei Völkern, die niemand vereinen konnte, den Kriegen, die sie ständig führten; und davon, wie dann fast alle das Getto verlassen hatten, außer den wenigen, die draußen eine schwere Strafe erwartete oder einigen, die einfach nicht gehen wollten. Und wie sie sich, obwohl sie nur noch so wenige waren, trotzdem weiter bekriegten und die Sträflinge, die die Schwarzhelme reinschickten, in ihre Armeen aufnahmen.

Er hörte auch die gute Nachricht, dass außerhalb des Gettos mehr Frauen als Männer lebten und es dort ohnehin mehr Menschen gab, als Sterne am Himmel. Zwei Milliarden, sagte der Reporter. Hundertmal hundertmal hundert mehr als im Getto. Und dass es vor den Ökokriegen und den Vireninvasionen noch viel mehr gewesen seien.

»Mach dir nichts draus, mein Kleiner«, sagte Luka. »wir müssen nur meine Ausrüstung finden. Dann wirst du schon sehen.«

»Kann ich auch auf der anderen Seite der Wand leben?«, fragte Vuk zweifelnd.

»Natürlich. Dein Platz ist eigentlich dort, vielleicht eher als meiner.«

»Sind die Frauen dort so schön wie in den Zeitschriften des Alten Volkes?«

»Klar. So werden sie jetzt gemacht. Männer und Frauen werden jetzt nur perfekt aufgezogen. Du könntest eine von den Schönen haben. Eigentlich sogar viele, wenn du schlau bist. Obwohl ... Ich werde dir beibringen, wie du auf dich aufpasst, wir müssen nur hier rauskommen. Weißt du, ich muss Alimente für eine ungewollte Befruchtung zahlen. Genauer gesagt, weil ich im Ehevertrag über eine Sterilisierung gelogen habe. Deshalb schufte ich jetzt wie ein Tier und lebe wie ein Hund. Aus diesem Grund bin ich hierher gekommen, um das endlich abzubezahlen. Wir haben erfahren, dass die humanitäre Hilfe voller ZM-12 ist, ein inzwischen verbotenes Sterilisierungsmittel für Frauen, deshalb resultiert ein Beischlaf im Getto nie in einer Befruchtung. Nun ja, fast nie ...«

»Was ist ein Beischlaf?«

»Das ist, wenn ein Mann und eine Frau Kinder zeugen, du weißt schon ...«

Welch ein Glück, dachte Vuk, dass der Jamaikaner und die Wilde Olena diesen Beischlaf nicht hatten. Dumo sagte immer, Kinder kämen nach ihren Eltern.

Nach zu vielen Fragen gähnte Luka. »Ich muss jetzt schlafen. Ich glaube, meine Rippen haben inzwischen alle meine Organe perforiert.«

Es gab so viele Wörter, die Vuk nicht verstand: *EAFOR, Hoher Kommissar, ehemaliges Jugoslawien, Sanskrit-Allianz, Putin, iranisches Nuklearprogramm, Tea-Party, panamerikanische Union, Al-Qaida, Antiterrorismus und molekulare Kollokation, Syrienkrise, XKeyscore.* Diese Wörter hatten für ihn keine Bedeutung, ebenso wenig wie *postalkoholische lineare Demenz, Barack Obama, alternative Faken, Snowden, NSA, Prism, neuer Kalter Krieg, Helikopter, Abchasien, Inguschetien, Kosovo, Marsmodul,*

Demokratie, Oligarchie, Monokratie, politische Eliten, Monovision ... diese Wörter erinnerten an die Namen von Medikamenten, die Dumo nahm, wenn er Kopfschmerzen hatte.

Von all diesen Wörtern verstand Vuk nur *Koalition*. Das war, wenn die Mondsicheln und die Rotweißen ihre Fahnen aneinanderbanden und davon sprachen, ein Volk zu sein. Doch das taten sie nur, wenn sie von den Adlern angegriffen wurden. Wenn die Adler sie in Frieden ließen, brachten sie sich gegenseitig um und wünschten einander alles Übel der Welt an den Hals. Doch daran dachte Vuk nur kurz. Ihn interessierten vor allem die Frauen, und das, was man mit ihnen machen konnte, worüber der Reporter und auch Dumo nicht gern sprachen.

Nach einem Tagesmarsch, den Luka jammernd auf dem Rücken des Pferdes und Vuk zu Fuß zurückgelegt hatte, kamen sie zu der Stelle, an der die restliche Ausrüstung des Reporters vergraben war. Vuk wollte dem Reporter nicht länger das Röhrchen in die Nase stecken, er hatte Angst, der Ärmste würde völlig den Verstand verlieren und zu einem Wurzelfresser werden, noch bevor er ihn zu Dumo gebracht hatte.

Luka machte alle Sachen auf, untersuchte jedes Teil einzeln und legte es dann in die Sonne, um von dieser, wie er behauptete, die nötige Energie zu bekommen, damit sie funktionierten. Wie bei Dumos Sonnenlampe. Aus manchen Sachen holte er kleinere Sachen heraus, die er in andere Schachteln oder Geräte steckte und dann wieder herausholte und in die Sonne legte. Manche Dinge fehlten, wie der Reporter sagte. Einige hatte Vuk dem alten Dumo gebracht, andere hatten die Adler ihm abgenommen. Vuk glaubte zu verstehen, dass einige Dinge durch andere ersetzt werden konnten. So konnte zum Beispiel die Folie namens *Herald Electronic*, die bei Dumo war, eine kleine flache Vorrichtung ersetzen, wenn man auf der Folie ein Stück Metall auf Plastik von einem anderen Gerät anbrachte. Vuk hatte keine Ahnung, wozu das dienen sollte.

»He, Vuk«, riss ihn die Stimme des Reporters aus den Gedanken.

»Was?«

Luka hatte sich so hingelegt, dass seine Rippen am wenigsten schmerzten, in der Hand hielt er eine kleine Tafel mit Quadraten an der Seite und einem Stift. Die Tafel war nur etwas dicker als ein Buchenblatt, genauso biegsam und hatte die Farbe einer Ratte. Chica wollte daran schnüffeln, wie sie es mit allen anderen Gegenständen getan hatte. Doch Luka hielt die Tafel weg und Vuk gab dem Hund ein Zeichen, sich hinzusetzen und ruhig zu sein.

»Wie heißt der Alte, zu dem du mich bringst?«, fragte Luka.

»Dumo.«

»Das ist ein Wort aus der Sprache des Alten Volkes. Es bezeichnet den Anführer einer Glaubensgemeinschaft, die dem heiligen Petrus folgt. Ist Dumo ein Petrusanhänger?«

Vuk zuckte gleichgültig mit den Schultern. Er wollte sagen, dass Dumo ein Rotweißer war, doch das hatte er wahrscheinlich schon einmal gesagt und er wollte keine Zeit damit vergeuden, sich zu wiederholen.

»Wie sieht er aus?«, fragte der Reporter.

»Dick, alt, kahl.«

»Nicht das. Ich meine, was trägt er?«

»Einen Mantel, Sandalen, Eine Kappe und ein Seil um den Bauch.«

»Dann ist er Franziskaner. Aber wenn er Franziskaner ist, kann er nicht Dumo heißen, sondern ... Weißt du vielleicht, wie er richtig heißt? Du weißt schon, Vorname, Nachname oder Taufname, na du weißt schon. Ich zum Beispiel heiße Luka Cvijic. Und dein alter Dumo?«

»Er heißt Ivan und dann noch Barac.«

Luka tippte auf seiner Tafel herum. Bei jeder Berührung machte die Tafel ein Geräusch, wie wenn Vuk mit seiner Schleuder auf einen Bovist zielte und traf. Und manchmal machte die Tafel Musik wie die, die aus dem Apparat kam, den Vuk mit dem Fahrrad antreiben musste, wenn Dumo seine ekelhaften Flüssigkeiten aus dem Keller trank und dem Gerät zuhören wollte. Gerade als er dem Reporter die Tafel aus der Hand nehmen wollte, rief dieser begeistert:

»Da haben wir ihn ja. Ivan Barac, bekannt als der Heilige, Ökumenegegner. Nach der Beichte tötete er die Sünder, die es seiner Meinung nach verdient hatten, und vergrub sie auf dem Kirchengelände. Vor der Verurteilung erklärte er sich zum Franziskaner. Er hat den Mord an achtzehn Frauen und vier Homosexuellen gestanden. Junge, dein Dumo ist ein durchgeknallter Psychopath, ein homophober Neurastheniker und ein religiöser Fanatiker. Du kannst von Glück sagen, dass du noch lebst.«

Vuk spielte unbeeindruckt weiter mit Chicas Schnauze und fragte: »Was ist ein Psychopath?«

Der Reporter antwortete nicht. Seine Finger tippten und wischten weiter über die Folie.

Sie aßen früh zu Abend, Vuk und Chica etwas Dörrfleisch und Cvijic löffelte mit einem Zweig Gulasch aus einer Dose, die Vuk aus einem nur ihm bekannten versteckten Lager geholt hatte. Beim Essen ließ Luka plötzlich die Dose fallen und kippte um. Wieder wurde Vuk bewusst, dass der Reporter dringend Ruhe brauchte. Mit Chica allein hätte er Dumos Hütte wesentlich schneller erreichen können. Aber für das Pferd und den verwundeten Reporter war es das Beste, den sicheren aber längeren Weg zu nehmen. Dafür bräuchten sie mindestens drei Tage. Doch drei Tage Reiten und Gehen würde der Reporter nicht mehr durchstehen. Aber bis zum alten Gérard konnte er es schaffen.

Chica schnüffelte an den Resten von Lukas Abendessen und schob die Dose schließlich beiseite. Ihr Hunger war nicht groß genug.

PASTORALE

Am nächsten Tag gingen sie vor allem bergauf. Vuk schien sich nicht mehr um Lukas Befinden zu kümmern. Trotz der kaum erträglichen Schmerzen spürte Luka, dass die Luft kälter und dünner wurde. Auf ihrem Weg gab es keine Häuser mehr, nur endlose Landschaft, wie er sie bisher nur aus elektronischen Büchern gekannt hatte. Vuk blieb nur hin und wieder stehen, um Spuren zu untersuchen, die Tiere hinterlassen hatten, einmal waren es die Spuren einer Raubkatze. Als der Weg wieder eben wurde, streckte Vuk die Hand aus und half Luka vom Pferd. Er stützte ihn bei den ersten Schritten. Luka hätte fast geschrien vor Schmerz. Vuk legte ihm die Hand auf die Schulter. »Wenn du jemanden besuchst, darfst du nicht auf dem Pferd sitzen oder bewaffnet sein. Vor allem, weil unser Gastgeber schlechte Augen hat. Du musst zu Fuß gehen.«

Nur die Schmerzen hinderten Luka daran, all die Fragen zu stellen, die ihm auf der Zunge brannten. Er hatte keine Lust, zu diesem alten Massenmörder zu gehen. Doch er hatte keine Wahl. Die Alternative wäre gewesen, alleine und am Ende seiner Kräfte in dieser Sträflingswelt zu bleiben, voller Mörder und Vergewaltiger, die statt der Todesstrafe das Leben in dieser Hölle gewählt hatten. Erneut verfluchte er den Tag, an dem er auf die Idee gekommen war, in dieses Tal der Tränen und des Todes zu kommen.

»Wo ist das Minenfeld?«, fragte er.

Vuk legte den Zeigefinger an die Lippen.

Luka wunderte sich, dass er keinen Trampelpfad entdecken konnte, obwohl Vuks Verhalten ihm doch verriet, dass sie bald am Ziel waren. Das Pferd folgte den beiden Männern und dem Hund durch saftiges Gras. Ab und zu neigte es den Kopf und schnappte nach einem Gras- oder Löwenzahnbüschel. Der Hund lief ohne besondere Zeichen der Aufmerksamkeit um sie herum. Das beruhigte Luka. Inzwischen hatte er gelernt, an Chicas Verhalten den Grad der drohenden Gefahr abzulesen. Wenn er es nicht besser gewusst hätte, wäre er sich fast vorgekommen wie auf einem Genesungsspaziergang.

Dann versperrte ein langer Felsen ihnen den Weg, nicht hoch, aber steil wie die Wände eines Canyons. Als hätte die Erde sich zornig aufgerichtet, trotzig und unüberwindbar. Am Fuß des Felsens wuchsen kleine Bäume und dichtes Brombeergestrüpp. Sie liefen an dem Dickicht entlang, bis sie zu einem schmalen Durchgang kamen, in den sie einbogen, nachdem Luka vom Pferd gestiegen war. Es war so finster darin, dass der Appaloosa auch ohne Reiter stolperte. Luka hielt sich an Vuks Gürtel fest, als hinge sein Leben davon ab. Mit der anderen Hand tastete er sich an der Felswand entlang. Zweige peitschten ihm ins Gesicht, von hinten schob ihn das Pferd über den steinigen unebenen Boden. Er verlor jegliche Orientierung, seine Sinne waren vom Schmerz betäubt und er hatte Angst, Vuk könnte ihn zwingen, den Felsen hinauf zu klettern. Um keinen Preis der Welt würde er da hinaufklettern, er konnte ja schon kaum laufen. Doch als er gerade den Mund aufmachen wollte, um zu protestieren, lichteten sich die Baumkronen, er erkannte einen steinernen Bogen und dass sie unter dem

Felsen hindurch gingen. Dann ließen sie den Bogen hinter sich zurück und das Gebüsch lichtete sich noch weiter.

Vor ihnen erstreckte sich eine ansteigende Lichtung, die erst in weiter Ferne durch die verschwommenen Umrisse von Bergen begrenzt wurde. Als hätte ein Riese seinen Finger ausgestreckt und in die Erde gedrückt, sodass sie sich an den Seiten der Ebene zu zwei Wällen aufwarf. Die Weidelandschaft dazwischen bekam man nur zu sehen, wenn man den geheimen Pfad durch das Gehölz kannte. Von der anderen Seite des Dickichts war die Lichtung nicht zu erahnen.

Luka konnte es kaum glauben, als er in der Ferne, ganz am Ende der Hochebene, wie ihm schien, eine Hütte erkannte, mit steilem Dach das sich fast bis auf den Boden senkte. Davor grasten Schafe, die wie Wattebäuschchen über die Fläche verteilt waren. Der Anblick erinnerte Luka an die Hütte des Großvaters in der 3D-Animation eines Kinderbuches. Vier graue Schafe, drei größere und ein kleineres, lösten sich aus der Herde und sprangen mit unglaublicher Geschwindigkeit auf sie zu. Ihre Rücken bogen und streckten sich in schnellem Rhythmus, und im Sprung trafen ihre Vorderbeine auf die Hinterbeine. Die Geschwindigkeit, mit der sie die Entfernung überwanden, passte nicht zu Schafen. Ängstlich blickte Luka zu Vuk. Doch der stand seelenruhig da und kratzte seinen inzwischen bereits lang gewucherten Bart.

Diese Schafe waren genauso groß wie Chica und hatten Reißzähne, zwischen denen ihre Zungen heraushingen. Ihre Ohren wippten im wilden Lauf. Kurz darauf hörte man ihr Gebell und drohendes Knurren.

Luka suchte Schutz hinter Vuk, der das Pferd am Zügel fasste. Chica hob nur den Kopf, während das Pferd stieg und mit den Vorderhufen durch die Luft schlug, um den ersten Angreifer, der sie erreichte, zu treffen.

»Hooo«, rief Vuk und zog am Zügel.

Nun konnte man neben dem Gebell und dem Knurren auch schon hören, wie die Pfoten der Ungeheuer auf den Boden trommelten. Die vier räudigen Hunde hatten sie fast erreicht. Luka verlor das Bewusstsein und riss Vuk fast mit, als er umfiel. Drei der vier Hunde bremsten ab und wedelten mit dem Schwanz. Der Kleinste, der aber immer noch so groß war wie ein Schaf, setzte sich auf die Hinterbeine und legte den Kopf schief.

Vuk nahm den ohnmächtigen Reporter auf die Arme und trug ihn zur Hütte. Chica und das Pferd folgten mit wenigen Schritten Abstand. Die Hunde sprangen herum und versuchten, Vuks Hand zu lecken. Der Kleine umkreiste sie, als versuche er zu verstehen, was hier vor sich ging, warum seine Kameraden diese ungebetenen Gäste nicht bissen, ihnen nicht an die Kehle sprangen und sie zerfleischten, um Weide, Herde und Hof zu verteidigen.

Chica beobachtete ihn aufmerksam. Sie lief in leichtem Trab und mit aufgerichteter Rute, bedacht darauf, sich immer zwischen dem kleinen Hund und ihrer eigenen Herde zu halten. Ab und zu fletschte sie ihn an und knurrte leise in seine Richtung.

Luka träumte von einem warmen Bad und einem Whirlpool im Hotel *Sheraton* in Zürich, von einem breiten Bett in einem Zimmer mit Periskopblick auf die Berge und den Triemliplatz.

DIE HÜTTE

Der Geruch, der Luka Cvijic, dem berühmten Reporter des *Herald Electronic*, in die Nase stieg, als er zu sich kam, erinnerte in keinster Weise an das Sprudelbad im *Sheraton*. Es war der bittere Geruch von Schafexkrementen und der Gestank von schlecht gegerbtem Leder.

Über ihm erstreckte sich nicht die Kristalldecke des Hotelappartements mit der Videoprojektion von Himmel und Wolken, sondern eine rußige Strohdecke, durchzogen von ebenfalls rußigen Balken, auf der etwas Schweres, wahrscheinlich Steinplatten, lagen, die von den Balken daran gehindert wurden zu rutschen. Er hob den Kopf und sah zur Tür, die den Blick auf eine Wiese freigab und auf einen Hund, der in der Sonne döste. Sein Magen knurrte, sein Mund war trocken, seine Rippen taten weh. Von einer Portion gezüchtetem Schweizer Kalbfleisch und einem Hopfenbier konnte er nur träumen. Sein Hunger war so groß, dass er sich nicht widersetzt hätte, wenn jemand ein echtes Kalb mit treudoofen Augen geschlachtet und ihm ein Schnitzel gebraten hätte. Er hatte schließlich schon Schlange gegessen. Das Fleisch musste nicht von der Zuchttraube stammen, es sollte nur weich und saftig sein.

Luka lag auf der breiten Holzbank mit einer gefalteten Militärdecke unter dem Kopf. Eine andere Decke, auf der man trotz des Schmutzes einen Comichelden aus dem zwanzigsten Jahrhundert erkennen konnte, war über seinen Bauch und seine Beine gebreitet.

»He, ist hier jemand?«, krächzte er heiser.

Der große Hund sprang auf und kam zu ihm in die Hütte gelaufen. Panisch zog Luka die Decke um sich. Der Hund betrachtete in freudig hechelnd, als wäre er eine schmackhafte Mahlzeit. Luka zuckte zusammen und der Schmerz in seinen Rippen ließ ihn aufstöhnen. Er betete zu Gott, an den er eigentlich nicht glaubte, dass der Hund keinen Hunger hatte. Doch anstatt auf ihn zu springen und ihn zu beißen, rannte der bellend nach draußen.

Luka sah sich in der Hütte um: ein grob gezimmerter niedriger Holztisch, zwei Stühle, einer aus Plastik, der andere aus Holz, Regale aus unterschiedlichen Brettern, verbeulte Töpfe, ein Besen, ein kleiner Ofen mit einem Ofenrohr aus Blech, das in der Strohdecke verschwand, in einer Ecke aufgeschichtete Zweige und Äste und dazwischen eine Axt, an den Deckenbalken hingen unterschiedlich große Schinken.

Unter normalen Umständen wäre Luka beim Anblick aufgehängter Tierteile übel geworden. Jetzt nicht. Die letzten Reste von Zivilisation drohten von ihm abzufallen. Sie haben Gott in mir getötet, dachte er. Den Teufel haben sie dagelassen, und der hat Hunger und Durst.

Eine Silhouette erschien in der niedrigen Tür, Vuks große Gestalt passte kaum hindurch. Er legte Luka die Hand auf die Stirn. Eine zweite Silhouette folgte ihm: ein Mensch, kleiner als der Türstock, aber mit einem gigantischen Kopf, dreimal zu groß im Vergleich zum restlichen Körper. Mit der linken Hand stützte er sich auf einen Stock, die rechte Hand hielt eine Stange, an deren Ende ein struppiger Hund ging.

Als die beiden mit der Geschwindigkeit einer Schildkröte näher kamen, erkannte Luka einen sehr alten Schwarzen, der sich kaum bewegen konnte, und einen großen Hirtenhund, wohl einer von denen, bei deren Erscheinen er das Bewusstsein verloren hatte. Der Kopf des greisen Schwarzen war ihm so groß erschienen, weil seine Haare kraus und ungeschnitten einen riesigen Ball um seinen Kopf bildeten. Er legte dem Reporter die Hände aufs Gesicht. Luka begriff, dass der Alte blind war und der Hund an der Stange ihn führte. Wie es die Hunde vor vielen Dekaden getan hatten, als das Getto noch einigermaßen ein Land gewesen war mit einigermaßen normalen Bewohnern.

Der Alte kicherte. »*Ma foi, mon ami*, Vuk hat mir erzählt, und ich will verdammt sein, wenn er lügt, *alors, ai-je bien compris*, ihr habt den Fiesen Jovan in Jenseits befördert?«

»Wer zum Teufel ist der Fiese Jovan?«, fragte der Reporter.

»Der Bärtige mit dem Kettenhemd, *avec le cheval gris*, dem das Ding von draußen bei der Kalaschnikow gehörte, Vuk hat es irgendwohin gelegt *et moi, un auvegle, je peux pas le trouver ... ca vaut beaucoup de poudre ... Quelle dommage!*«

»Ja, wir haben ihn erledigt.«

Vuk blickte kurz herüber und schnaubte verächtlich.

»Ihr hättet mir seinen Kopf bringen können, *sa tête, tu comprends!?* Dafür könnte ich ein halbes Kilo *de belle poudre blanche* bekommen! Schade. Sultan, *le chef* der Mondsicheln, *pour ses oreilles, il donnerait ... il donnerait* ... der würde viel dafür geben. Ach!«, sagte der Alte und schüttelte den Kopf. Er schnalzte mit der Zunge und der Hund sprang auf. Der Alte trippelte hinter ihm her zur Tür.

»Geht es dir besser?«, fragte Vuk.

»Ja, das heißt, eigentlich nein«, antwortete Luka. »Gibt es etwas zu essen? Ich habe seit heute Morgen nichts mehr gegessen. Mein Magen hängt mir in den Kniekehlen.«

»Mittagessen ist gleich fertig. Du hast seit drei Tagen nichts gegessen.«

»Drei Tage! Aber dann ...« Ein heftiger Schmerz durchfuhr ihn.

»Schrei nicht so. Du hast zwei Tage geschlafen. Der Wasserkanister ist hinter dem Haus.«

Vuk verließ die Hütte und Luka schwang vorsichtig die Beine von der Bank. Er war barfuß. Seine Rippen schmerzten höllisch und ihm war schwindelig. Er stützte sich auf die Bank, drückte sich leicht ab und schaffte es bis zum Tisch und dann bis zur Tür. Der Alte stand mit seinem Hund draußen, umgeben von einer Herde Schafe. Die Tiere drängten sich um ihn. Aus einer Büchse streute er sich immer wieder Salz auf die Hand, die ihm die Schafe ableckten. Der Hund stand an den Alten gelehnt, als würde er ihn stützen. Auf einer improvisierten Feuerstelle, die mit Steinen eingefasst war, köchelte etwas in einem großen Topf.

Vom Geruch des zerkochten Hammelfleischs wäre einem normalen, zivilisierten Menschen speiübel geworden, doch Luka Cvijic, berühmter Reporter des *Herald Electronic*, sog ihn gierig und mit unverhohlenem Genuss ein, obwohl seine Lungen schmerzten.

Vuk saß im Gras und spitzte lange Äste an. Chica jagte den kleinsten der vier Hunde über die Wiese, die anderen drei erkannten ganz offensichtlich ihre Autorität nicht an. Zwei lagen im Gras und der Dritte war bei dem Alten. Die beiden sahen aus wie ein ballonköpfiger Zwerg und ein struppiger Esel.

Hundert Schritte weiter stand das graue Pferd unter einem Nussbaum. Er trug weder Sattel noch Zaumzeug. Still graste es und verscheuchte nur ab und zu mit dem Schweif lästige Fliegen.

Der gebrechliche Greis stand auf der Wiese als würde er auf jemanden warten. Irgendwo bimmelte eine Glocke, wahrscheinlich hing sie am Hals von einem der Schafe. Der Alte stand nur da, mit weit geöffneten Augen, das Gesicht der Sonne zugewandt.

DIE LICHTUNG

Das Leben auf der Lichtung spielte sich vor allem im Freien rund um die Hütte ab. Hier wurde gekocht, gearbeitet und gegessen. Luka begriff, dass der Gestank in der Hütte daher rührte, dass der Alte im Winter mit den Schafen zusammen darin lebte.

Jetzt, wo es wärmer war, blieben sie aber Tag und Nacht draußen, und die Hunde schliefen bei ihnen, immer halb wach und bereit, die Herde zu beschützen. Das Pferd hatte seinen Platz vor der Hütte, wo es sich an den Steinplatten des Dachs reiben konnte. Sogar Vuk übernachtete draußen, nur Luka und der Alte verbrachten die Nächte in der Hütte auf Holzbänken. Nach einigen Tagen nahm Luka den Gestank nicht mehr wahr.

Jeden Morgen erkundigte sich Vuk nach seinem Befinden und ging dann weg. Er nahm nur seinen Bogen und Pfeile mit. Daran erkannte Luka, dass er bis zum Abend zurückkommen würde. Manchmal brachte er Beute mit, die er erlegt oder in Fallen gefangen hatte. Einmal war es ein kleines Wildschwein, dass er den Hunden zu fressen gab. Er zerlegte es weit entfernt von der Hütte, als wolle er vor dem alten blinden Schwarzen verbergen, was er tat.

Auf Drängen des Alten brachte Vuk Luka bei, Brotteig zu kneten und ihn auf einem Blech unter einer Kupferhaube in der Glut der Feuerstelle zu backen.

Der Alte sprach nur gebrochen und mit französischem Akzent Englisch und verfiel zwischendurch immer wieder in seine Muttersprache. Wenn er von dem weißen Pulver geschnupft hatte, sprach er nur noch Französisch. Für Luka war damit das Gespräch zu Ende, ihm blieb dann nur noch die Kommunikation mit dem struppigen Hund.

Von den üppigen Fleischrationen schienen die Hunde zuzunehmen. Mit dem Jüngsten, der allerdings beim Fangen spielen mit Chica alle Energie verbrauchte, freundete Luka sich an. Er fütterte ihn mit Knochen und Fleischstücken, die er von seinen eigenen Mahlzeiten abzweigte, und brachte ihm sogar bei, sich tot zu stellen und Pfötchen zu geben. Manchmal wälzte er sich mit dem Hund im Gras, ohne auf die lautstarken Einwände des Alten zu achten, der polterte, ein Hund sei kein Spielzeug, seine Aufgabe sei es zu beschützen und zu verteidigen. Einmal schwang er eine Weidenrute und schimpfte:

»*Mon dieux!* Ich war *légionnaire*, EAFOR-Soldat, ich bring dich um *si tu me tracasses*. Laisse ce chiot tranquille, lass ihn! *Avant de mourir, je te tue, je te promets!*«

Eines Morgens beim Brotbacken vor der Hütte fragte Luka den Blinden: »Wo besorgst du dir eigentlich deine Drogen?«

»Hi, hi, hi ... *Merde* ... *Quelle question!* Bist du ein Bulle, *salaud?*«

»Ich frage einfach nur so.«

»Alle stellen sie her, *partout*. Hi, hi ... Das ist hier, was draußen Geld ist. Ich habe das von unserem *grand ami* bekommen, *notre pied-noir*«, antwortete der Blinde und zog kichernd eine Plastikdose voll weißen Pulvers aus der Tasche. »Alle haben Plantagen und *des fabriques*. Es ist nicht leicht, das weiße Gold herzustellen, *pas facile* ...«

»Nimmt Vuk diesen Mist auch?«, fragte Luka und zog die Augenbrauen in die Höhe.

»Vuk ist sauber, *tout-à-fait propre*. Er ist *vendeur, mon ami pied-noir n'est que vendeur*. Er stiehlt es und tauscht. Für ein paar Pfeile zahlt er *des kilos, pour quelques flèches*.«

»Draußen ist das ein ernsthaftes Verbrechen«, sagte Luka nachdenklich.

»Verbrechen! Ein Verbrechen, *mon dieu*! Ich, *par exemple*, komme in dieses Gefängnis, *pouf, juste comme-ça*, ohne echte Beweise. *Quelle folie! Jerôme, viens, viens, ce connard m'énerve!*«

Daraufhin kam der Hund, der ihn immer führte, und drängte sich zwischen sie. Er stellte die Nackenhaare auf und fletschte die Zähne. An seinem Hals baumelte die kurze dicke Führstange.

»Noch einmal, wenn du nur noch *une seule fois* mit so einem Mist über das Gesetz anfängst, dann wird *ce bon chien* dich zerreißen. Ich, Gérard Abbabacar, *moi personalement*, gebe diesem *beau chien* den Befehl, dich zu fressen. *Je te promets!*« Sein Finger zeigte in die Richtung, wo er den Hund vermutete.

»Pardon, Monsieur. Worüber sollen wir uns denn unterhalten? Über die Liebe?«

Der Alte kicherte und sein zahnloser Mund und das zerknitterte Gesicht verzogen sich. »*L'amour. Mes amours!*«

Sein ganzer Körper zitterte vor Lachen, während er Kokain auf seine Handfläche streute und es einschniefte, fast die Hälfte des Pulvers landete im Gras.

»Was ist so lustig?«, fragte Luka. Er wollte die Antwort, solange der Alte noch bei Sinnen war.

»*Mes brebis*, meine Schafe. Hi, hi, die sind meine Liebe, *mon amour à moi!*«

Der Alte fiel lachend ins Gras und begann so beängstigend zu röcheln, dass alle vier Hunde aufsprangen. Luka erhob sich, doch dann fiel ihm ein, dass Vuk und Chica weit weg waren und er keine Chance gegen die großen Hunde hatte. Deshalb rückte er näher zu dem Alten. »He, Gérard, geht es dir gut?«

»*Formidable ... Jamais été mieux ...* Hilf mir mal meine Augen auf die Sonne zu richten ... *Je peux ...* Ich kann immer noch sehen *un peu de lumière de mon soleil.*«

Sie waren nun seit drei Wochen bei dem alten Hirten. Vuk dehnte seine Streifzüge weiter aus und verbrachte immer weniger Zeit auf der Lichtung.

Eines Tages kam er mürrisch und mit zerrissenen Hosen zurück und Chica strauchelte, als sie auf Luka zulief, um ihm wie gewohnt zur Begrüßung die Hand zu lecken. Den ganzen Tag verbrachte Vuk damit, ein Messer ins Feuer zu halten, um es zu sterilisieren und dann damit Chicas Rücken zu behandeln, während die Hündin vor Schmerz winselte und versuchte, seine Hand zu lecken, die überzogen war von ihrem Blut. Am Ende zog er einen Metallsplitter aus ihrem Muskelgewebe. Er säuberte die Wunde mit Alkohol, bestäubte sie reichlich mit einem gelben Pulver, legte ein Stück Mull darauf und verband sie. Kurz darauf wickelte er den Verband wieder ab und führte Chica zu den anderen Hunden, die sofort begannen, ihre Wunde zu lecken.

»Was ist passiert?«, fragte Luka.

»Krieg«, antwortete Vuk.

»Hier ist doch ständig Krieg.«

»Nicht so einer. Krieg-Krieg. Krieg bis zum Letzten.«

»Was ist denn in sie gefahren?«

Vuk seufzte und holte tief Luft als setze er zu einer längeren Rede an.

»Alle mit allen und jeder gegen jeden. Der Jamaikaner ist durchgedreht. Sultan bietet kein Lösegeld mehr, die Rotweißen haben einen neuen Anführer, den Kardinal, und wechseln ständig die Seiten. Krieg-Krieg, ein Krieg, in dem keine Gefangenen gemacht werden. Jeder will jeden umbringen. Sie wollen das, worüber die Mondsicheln ständig reden, einen Genozid.«

»Das ist doch unlogisch. Hier lebten mal über vier Millionen Menschen. Das ist Wahnsinn, wieso Krieg und was für ein schwachsinniger Genozid, hier leben doch weniger Menschen als in einer Kleinstadt. Ihr könntet prima miteinander auskommen, wenn ihr diesen Blödsinn vergesst. Was haben die nur. Vuk, was geht hier vor?«

Er bekam keine Antwort. Vuk stand auf und sah nach Chicas Wunde. Als er zurückkam, sagte er: »Sobald es Chica besser geht, brechen wir auf.«

Nach einigen Tagen sprang Chica mit dem jüngsten Hund wieder über die Wiese. Doch Vuk machte keine Anstalten aufzubrechen, auch wenn das Wetter ideal war, nicht zu heiß und nicht zu kalt.

Wenn Luka nicht in Hörweite war, diskutierten Vuk und der Alte heftig. Aus einiger Entfernung beobachtete der Reporter sie, ohne zu verstehen, worum es ging. Es sah komisch aus, wenn der Alte anfing mit seinem Stock zu fuchteln, auf den er sich seit einigen Tagen stützte. Vuk musste seine ganze Geschicklichkeit aufwenden, um ihm auszuweichen.

Nach solchen Streitereien trennten sie sich für gewöhnlich verärgert. Der alte Gérard ging, auf den Kopf seines Hundes gestützt, davon und Vuk verschwand mit mürrischem Gesicht und unbewaffnet irgendwohin. Selbst Chica durfte ihm nicht folgen. Sie ließ den Kopf hängen und blickte ihm nach, bis er zurückkehrte.

Dann hörte Vuk auf, irgendwohin zu gehen. Er sprach mit niemandem mehr und auch der Alte schwieg. Luka versuchte in mehreren Anläufen, ein Gespräch anzufangen. Schließlich sprach er nur noch mit dem kleinen Hund.

Und dann, eines Tages, kam Vuk und sagte: »Morgen brechen wir auf.«

Wie üblich wollte Luka eine Million Fragen stellen, doch Vuk hatte sich bereits abgewandt. Luka holte seine Geräte vom Schrägdach, wo er sie mit Sonnenenergie aufgeladen hatte, und packte seine Sachen in Beutel und Satteltaschen. Er rätselte, warum Vuk die Abreise hinausgezögert hatte und ob es mit den Streitereien der letzten Tage zu tun hatte. Er nahm die Tafel und tippte *Gerard Acababar* ein. Kein Resultat. Dann *Gerard Abacar* und *Gerard Abbabackar*. Erst bei *Gérard Abbabacar* mit einem Akzent füllte sich der Monitor mit einem Bild und Text.

Nach einigem hektischen Tippen und Wischen erschauerte Luka.

An diesem Abend legte er sich voller Furcht auf seine Bank in der Hütte, zog die Decke bis unters Kinn, starrte zum schlafenden Gérard hinüber und dachte nicht im Traum daran, einzuschlafen.

Die ganze Nacht heulten die Hunde. Der Alte schlief und murmelte im Schlaf auf Französisch. Luka schlug die Decke zur Seite und ging auf Zehenspitzen nach draußen. Der Mond schien so hell, dass man glauben konnte, die Dämmerung sei angebrochen.

Er trat zu Vuk, der auf einer Decke lag, Chica saß neben ihm. Die Hunde unterbrachen ihr Heulen, als sie ihn hörten. Luka konnte Vuks Augen nicht sehen, doch er wusste, dass Vuk wach war.

»Warum heulen die Hunde?«, fragte er.

»Geh schlafen«, sagte Vuk mit leiser Stimme, die im Mondlicht so laut klang wie eine Lautsprecherdurchsage auf dem Löwenplatz in Zürich. »Morgen liegt ein langer Weg vor uns.«

»Heulen sie wegen des Mondes?«

»Nein.«

»Warum dann?«

Vuk bewegte sich. »Jemand wird sterben.«

Luka sträubten sich die Haare. Er ging zurück in die Hütte und legte sich auf die Bank. Der Alte kicherte im Schlaf und fluchte auf Französisch. Dann hustete er trocken. Den Rest der Nacht blieb Luka wach und wartete darauf, dass es Morgen wurde und Vuk zum Aufbruch rief.

Es war schon Vormittag, als der Alte aus der Hütte kam. Er ging auf seinen Stock und den Hund gestützt, sagte kein Wort, als wäre er allein auf der Welt, wandte sein Gesicht der Sonne zu und schnupfte von dem weißen Pulver. Seine anderen Hunde und Chica saßen still und kauten auf dem Fleisch herum, dass in der Sonne für sie getrocknet worden war, ohne Rauch, Salz oder Gewürze. Vuk stellte ihnen einen großen Topf hin, den er mit Wasser aus einem Kanister füllte.

Dann sattelte und bepackte er die Pferde. Er arbeitete langsam und schweigsam, als wolle er, dass niemand ihn hörte. Er wirkte abwesend. Der Graue spürte, dass es gleich losgehen würde, und wühlte nervös mit den Hufen das Gras auf.

Als das Pferd zur Reise bereit war, zögerte Vuk. Eine ganze Minute stand er still und starrte auf den Sattelgurt. Dann trat er zu dem Alten und nahm ihn sanft wie eine Mutter ihr krankes Kind auf den Arm und trug ihn in die Hütte. Der große Hund versuchte, ihnen zu folgen, doch Vuk drängte ihn weg.

Aus der Hütte hörte Luka ein Rascheln und das laute Seufzen des Alten. Dann erklang gedämpft Vuks Stimme, gedehnte, unverständliche Laute. Luka tippte auf Arabisch oder Hebräisch. Die Hunde legten die Ohren an, zogen die Schwänze ein und legten ihre Köpfe auf die Pfoten. Auch Luka hätte in diesem Moment die Ohren angelegt, wenn er gekonnt hätte.

Dann trat Vuk aus der Hütte. Die Hunde winselten. Vuk half Luka aufs Pferd, legte ihm die Zügel in die Hand und gab dem Pferd einen leichten Klaps auf die Kuppe. Hinter sich hörte Luka das Plätschern einer Flüssigkeit und bald stank es furchtbar nach Benzin. Er drehte sich um und sah, wie Vuk ein brennendes Feuerzeug ins Gras hielt. Die helle Flamme züngelte wie eine Schlange auf die Hütte zu. Deswegen hatten Vuk und der Alte sich gestritten, und das war auch der Grund, warum Vuk die Abreise so lange hinausgezögert hatte. Es war ein schauriger Anblick.

Luka gefror das Blut in den Adern, er zitterte. Vuk griff nach dem Zügel und führte das Pferd weg von der Lichtung. Chica folgte mit hängendem Kopf unter den Blicken der struppigen Hunde.

Der Kleinste setzte ihnen nach und wedelte mit dem Schwanz, um Lukas Aufmerksamkeit auf sich zu ziehen. Doch sie entfernten sich stetig von der Lichtung.

Luka hatte nicht den Mut zu fragen, ob sie den Welpen mitnehmen könnten. Der Kleine folgte ihnen noch hundert Yards und blieb dann winselnd sitzen. Luka hielt es nicht mehr aus. »He, Kleiner. Na komm. Komm mit, mein Kleiner«, lockte er.

Vuk achtete gar nicht auf ihn. Als wäre er taub, führte er das Pferd mit starrem Blick. Er wusste, dass diese Hunderasse sich an einen Ort band und nicht an einen Menschen, wie Chica. Der Kleine bellte zweimal heiser auf, als wäre ihm etwas im Hals steckengeblieben, und rannte dann zurück zu den drei anderen, die auf ihren Hinterläufen saßen und die lodernde Hütte bewachten.

DER TUNNEL

Unterwegs begriff Luka allmählich, was Krieg-Krieg bedeutete. Auch wenn Chica sich bemühte, sie durch unbewohnte Gebiete zu führen, kamen sie an unzähligen Leichen vorbei, blutigen Toten mit abgeschnittenen Ohren und Nasen, zu Tode gefoltert oder bei lebendigem Leib verbrannt. Sie sahen zerstörte Waffen und weggeworfene Pfeile, die Vuk zu Lukas Verblüffung nicht beachtete. Nicht einmal die Leichen schien er zu bemerken. Manchmal lagen Angehörige zweier Armeen nebeneinander, getötet von Pfeilen, Bomben, Macheten, Äxten, Speeren ... Im Tod verharrten sie in der Stellung, in der sie einander getötet hatten. Diejenigen, die an einer Bauchwunde gestorben waren, lagen da wie ausgedrückte Zigarettenkippen in den Aschenbechern der Zürcher *Sheraton*-Hotelbar.

Wilde Hunde und Wölfe labten sich mit gesträubtem Rückenfell im Blutrausch an den Leichen. Sie scherten sich nicht um Erkennungszeichen und bissen mit der gleichen Inbrunst in Hälse, Beine und Arme von Rotweißen, wie sie in den Eingeweiden der Adler wühlten oder die Rücken von Mondsicheln traktierten. Wenn das Pferd, der Hund und die beiden Männer näherkamen, zogen sie ihre Köpfe für einen Moment aus den menschlichen Bäuchen und zertrümmerten Schädeln und wichen zurück, während am Himmel kahlköpfige Geier geduldig ihre Kreise zogen und darauf warteten, dass sie an der Reihe waren, sich an die mit menschlichem Aas gedeckte Festtafel zu setzen.

Einmal sah Vuk ein Rudel Wildschweine, das sich um eine menschliche Hand balgte. Er fragte sich, ob er und Chica in den Himmel kommen würden, wenn sie jemals wieder ein Wildschwein aßen. Er würde den alten Dumo danach fragen.

Der Reporter krallte die Hände fest in die Mähne des Pferdes und übergab sich immer wieder. Seine besudelten Hosenbeine klebten am Sattel. Einmal verlor er das Bewusstsein und Vuk schüttete ihm Wasser über den Kopf, um ihn zu wecken.

Erst als sie nach einer halben Tagesreise in südwestliche Richtung abbogen, lichtete sich die Vegetation, und die Spuren des Krieges wurden seltener. Eine Herde Wildpferde und einige Zebras jagten an ihnen vorbei.

»Wie weit noch?«, fragte der Reporter.

Vuk schwieg so beharrlich, als hätte er ein Schweigegelübde abgelegt. Dann drehten sie nach Südosten ab, in Richtung der Berge, die man in der Ferne sehen konnte. Die Landschaft wurde hügeliger, das Gras dichter und grüner und das Laub dunkler. Eine Bärin war mit ihrem Jungen unterwegs.

Sie gingen bergauf, bis sie eine bewachsene sandige Anhöhe erreichten, wo noch die Spuren von Eisenbahnschienen, wahrscheinlich aus dem letzten Jahrhundert, zu erkennen waren. Auf dem sandigen Weg, der zwischen zwei hohen, felsigen Bergen hindurchführte, hatte ein schweres Fahrzeug tiefe Reifenspuren hinterlassen. Luka hatte das Gefühl, sie bewegten sich zwischen den Kiefern eines gigantischen Hundes, der nur darauf wartete, sein steinernes Gebiss zu schließen und sie zu zermalmen.

Der Weg war eben und gerade, nur manchmal machte er eine Biegung. Vor einer dieser Biegungen nahm Vuk sein Gewehr von der Schulter, entsicherte es und entfernte sich mit Chica. Der Hund jagte davon, wahrscheinlich auf einen Befehl von Vuk, den Luka nicht bemerkt hatte. Zwanzig Minuten später kamen sie zurück und gingen alle zusammen weiter. Hinter der Biegung stießen sie auf einen Tunnel, dessen Öffnung sich in einer steilen Felswand befand. Luka wurde schwindelig als er nach oben blickte, und von der Schwärze des Tunnels zog sich ihm der Magen zusammen.

Chica stand am Eingang und wedelte mit dem Schwanz. Als Luka und Vuk die Öffnung erreichten, jagte sie in die Dunkelheit davon.

Das Pferd scheute und wollte die kalte Schwärze des Tunnels nicht betreten. Vuk streichelte ihm beruhigend über die Nüstern und Mähne, bis es schließlich zögernd in die Dunkelheit trat.

Im Tunnel war es so kalt, dass Luka Gänsehaut bekam und unwillkürlich anfing, mit den Zähnen zu klappern.

»Leise, Reporter«, flüsterte Vuk.

Luka biss in den Kragen seines schmutzigen Hemdes, um sein Zittern unter Kontrolle zu bringen. Man vernahm nur noch das Knirschen des Sandes unter den Hufen, Pfoten und Füßen. Dann hörten sie Schreie und Füße, die über Sand rannten.

»Chica, sitz!«, befahl Vuk und zu Luka gewandt sagte er: »Keine Angst. Das sind nur Wurzelfresser.«

Luka biss noch fester in den Stoff. Er schaffte es nicht, sein Zittern zu unterdrücken. Dann zog ihm angenehmer, wenn auch etwas süßlicher Bratenduft in die Nase. Sein Magen knurrte laut, ohne dass er etwas dagegen tun konnte. Reiten machte hungrig, wenn sie wieder aus dem Tunnel herauskamen, würde er eine Rast vorschlagen.

Hinter einer leichten Biegung flackerte ein rötlicher Lichtschein. Beim Näherkommen erkannten sie, dass in den Felswänden Feuerstellen waren. In drei rechteckigen Einbuchtungen brannten Feuer, auf denen etwas gebraten wurde. An den Feuern war niemand. Nur die Schatten der beiden Männer und der beiden Tiere tanzten über die Tunnelwände. Die Luft war so verraucht, dass Luka den Hemdkragen losließ und ihn sich über Mund und Nase zog. Trotz des Feuerscheins konnte er Vuk, der direkt neben ihm ging, im dichten Rauch nur noch schemenhaft erkennen. Chica sah er gar nicht mehr, hörte nur ihre Schritte im Sand weit vor sich. Seine Augen brannten und er kniff sie so fest zusammen, dass Tränen über sein unrasiertes Gesicht rannen. Der Rauch und der Geruch von verbranntem Fleisch folgten ihnen bis zum Tunnelausgang. Das Pferd schnaubte und wieherte, als würde es an Dornengestrüpp würgen. Als sie endlich den Ausgang erreichten, sah Luka, dass auch Vuk sich ein schmutziges gepunktetes Tuch vors Gesicht hielt. Chica lief mit gesenktem Kopf und eingezogenem Schwanz neben ihm her, Vuk hatte ihr befohlen, ruhig zu sein. Das Licht wurde so hell, dass Luka erneut die Augen zusammenkniff. Als er sie wieder öffnete, sah er als Erstes eine heruntergelassene rot-weiße Schranke, die hier am Ende des Tunnels fehl am Platz wirkte. Vor dem Tunnel lagen neben einem aufgebrochenen Wohnwagen mit einem riesigen rot-weißen Schachbrettwappen auf der Seitenwand, die Leichen dreier Männer in schwarzen Uniformen, sie waren ungefähr fünfzig oder sechzig Jahre alt gewesen, kurzhaarig und glatt rasiert. Aus den zerfetzten Ärmeln ihrer Uniformjacken ragten blutige Stümpfe. Luka drehte es wieder den Magen um, er wusste schon gar nicht mehr, zum wievielten Mal. Einem der Männer fehlte ein Bein, nur ein Knochen mit Fleischfetzen war noch zu erkennen. In den gebrochenen Rippen steckte ein Pfeil mit roten, weißen und blauen Federn am Schaftende. Einem der Männer war der halbe Kopf zertrümmert worden. Nun dämmerte es Luka, welche Art von Fleisch im Tunnel gebraten wurde und warum der Braten so ungewöhnlich gerochen hatte.

Ein Stein rollte über den Abhang, dann noch einer, vom Berg über dem Tunneleingang schrien sieben oder acht zerlumpte und zahnlose Kreaturen. Sie brüllten und kreischten in verschiedenen und miteinander vermischten Sprachen, es war kein Wort zu verstehen. Mit Steinen, die sie aus den Felsen lösten, bewarfen sie die Gruppe unter sich. Einer traf das Pferd am Bein. Es stieg und Luka hatte Mühe, sich im Sattel zu halten. Vuk wich den Geschossen aus. Einer der Männer fuchtelte drohend mit einer gebratenen menschlichen Hand. Zum Werfen war sie ihm offensichtlich zu schade.

Luka verspürte augenblicklich keinen Hunger mehr, ihm wurde schwummrig.

Chica bellte zweimal, verstummte aber, als Vuk sie tadelnd ansah. Dann zog Vuk aus einer der Satteltaschen ein Plastiktütchen mit weißem Inhalt. Er ging den Abhang ein Stück hinauf, riss die Tüte mit den Zähnen auf und verstreute das Pulver auf dem Boden. Zwei der Kreaturen sprangen den Abhang hinunter, sogar die gebratene Hand flog beiseite. Einer der Wurzelfresser blieb nach der Landung liegen, ein jammernder Haufen verlauster Haare und Lumpen, der andere taumelte zu der Stelle, an der Vuk das Pulver verstreut hatte, und bohrte seine Nase ins Gras. Auch die anderen sprangen jetzt, ohne Rücksicht darauf, ob sie sich etwas brechen würden. Ein Kampf brach aus, in dem nicht zu erkennen war, wer wen womit schlug. Sogar der Verletzte, der als Erster gesprungen war, schleppte sich zu der Stelle und versuchte gierig, etwas Pulver in seine blutige Nase zu ziehen.

Vuk hob die Schranke an und stützte sie, bis der Appaloosa mit dem Reporter darunter hindurchgegangen war. Dann ließ er sie krachend fallen. Sie federte noch ein paar Mal auf und ab, bevor sie liegen blieb. Chica wedelte mit dem Schwanz und rannte voraus.

Die Sonne brannte. Direkt vor Luka flog eine Hummel, vollgepackt mit Nektar und Sonnenwärme. Das Pferd versuchte, sie mit dem Kopf zu verscheuchen.

»Ist dir kalt, Reporter?«

»Nein.«

»Dann verhalte dich still.«

Trotz der Hitze des Tages hatte Luka wieder zu zittern begonnen. Er senkte den Kopf und sein Mund suchte den schmutzigen Hemdkragen.

DIE TOTEN

Sie schlugen ihr Lager in einer kleinen Bucht auf, ohne Feuer zu machen. Vuk band dem Pferd die Beine und das Maul mit Lederriemen zusammen, damit es nicht aufstehen konnte oder schnaubte und wieherte.

Am nächsten Morgen nahmen sie ein karges Mahl aus Brot und Dörrfleisch zu sich. Vuk riss sein Hemd in Streifen und wickelte diese um die Hufe der Pferde. Dann brachen sie nach Westen auf.

Um die Mittagszeit kam Chica winselnd von einem ihrer Streifzüge zurück. Mit eingezogenem Schwanz und gesträubtem Nackenfell drehte sie sich nach Nordwesten. Daraufhin änderten sie ihre Marschrichtung und orientierten sich nach Süden.

Luka verfolgte ihre Route auf einem seiner Geräte. Sie liefen erst in südwestliche, dann wieder in westliche Richtung. Chica hatte sie vor einer Gefahr gewarnt, die sie jetzt in großem Bogen umgingen. Sie überquerten eine ausgefahrene Asphaltstraße voller Schlaglöcher und kamen an einen Autofriedhof. In der verrosteten Karosserie eines Wagens vom Anfang des Jahrhunderts versteckte sich eine zerlumpte Gestalt. Ungeschickt kauerte sie unterhalb der zersplitterten Frontscheibe, aber so, dass ihr gekrümmter Rücken gut zu sehen war. Doch nur Chica nahm leise knurrend Notiz von dem verkrüppelten und verwirrten Wesen.

Am nächsten Tag liefen sie wieder nach Westen, immer entlang der Berghänge. Vegetation und Bodenbeschaffenheit änderten sich, ebenso ihre Raststellen. Nur die furchtbaren Bilder des Todes ähnelten einander wie das Böse der Unvernunft. Luka gewöhnte sich langsam an den Geruch von verbranntem und faulendem Fleisch, der die Schauplätze der Schlachten und des Massensterbens, lange bevor sie die Orte erreichten, ankündigte. Ein sanfter Wind strich über die Toten, aus deren Körpern Pfeile ragten, und ließ die Federn an den Pfeilenden leise zittern wie Fähnchen, die zum Zeichen der Unterwerfung geschwenkt werden.

Als sie sich einer Hochebene näherten, brach Vuk sein Schweigen: »Wir sind gleich da.«

Luka hätte vor Freude fast geschrien. Weil Vuk endlich wieder sprach und weil Rast und Erholung in Reichweite waren.

Vuk ging auf die Knie und streichelte den Hund. Dann deutete er mit dem Finger nach oben. Chica rannte los als wiege sie nicht hundert sondern nur zehn Pfund.

»Bei Dumo ist es sicher. Um ihn herum ist ein Minenfeld. Den größten Teil der Minen habe ich verlegt.«

»Schön«, sagte Luka. »Und was ist mit uns? Wie kommen wir durch?«

»Du hörst nicht zu. Ich habe die Minen verlegt.«

In diesem Moment raste Chica herbei und prallte gegen Vuks Knie. Sie tänzelte mit angelegten Ohren im Kreis. Vuk blickte zum Himmel. Man sah drei große und zahlreiche kleine Punkte, die sich bewegten und dabei Ellipsen und Halbkreise beschrieben. Schlagartig änderte sich Vuks Haltung. Als wäre ein geheimer Mechanismus in Gang gesetzt worden, der Geräusche und Bewegungen einfing, als wären all seine Glieder und Sinne bereit zum Sprung oder zum Kampf. Er achtete gar nicht mehr auf Luka, der zum ersten Mal, ohne dazu ermahnt zu werden, den Mund hielt.

Vuk nahm langsam die Kalaschnikow vom Sattel. Ebenso langsam und leise, als fürchte er einen Dämon zu wecken, entsicherte er das Gewehr und lud durch. Eine Patrone fiel lautlos zu Boden. Vuk duckte sich und lief los, ohne auf die kostbare Patrone zu achten. Wo der Boden leicht anstieg, schlich er durchs Gestrüpp. Das Gewehr hielt er am Lauf. Chica folgte ihm mit einigen Schritten Abstand, und wann immer Vuk sich tiefer auf den Boden duckte, machte sie es ihm nach. Luka saß ratlos auf dem Pferd. Die beiden schienen ihn völlig vergessen zu haben.

Als Vuk die kleine Anhöhe erreicht hatte, sicherte er das Gewehr und hängte es um. Stattdessen nahm er den Bogen zur Hand und spannte einen Pfeil ein. Ein kurzes Surren und dann ein leises Pfeifen. Ein Aufjaulen ertönte, gefolgt von einem dumpfen Röcheln, das sich fast menschlich anhörte. Der Wind trug den Gestank von verbranntem und verfaultem Fleisch heran, ein Geruch, an den sich Luka niemals gewöhnen würde. Irgendwie schaffte er es, vom Pferd abzusteigen, und rannte zu Vuk. Ein Rudel Wölfe stob davon, über eine Wiese, die übersät war mit Leichen. Luka hörte zwei Explosionen. Ein Wolf wurde hochkatapultiert, drehte sich in der Luft und fiel auf den Boden. Einem anderen Wolf hatte eine Mine den Fuß zerfetzt. Auf drei Beinen humpelte er einige Schritte und brach dann zusammen. Drei weitere Wölfe verschwanden im niedrigen Gebüsch. Einer von ihnen hatte eine Mine aktiviert, die in die Luft gesprungen und dort explodiert war, ohne Schaden anzurichten.

Gras flog durch die Luft, und als der Staub nach der Explosion sich legte, gelang es Luka, sich einen Überblick zu verschaffen und zu begreifen, was geschehen war. In dem sechs bis acht Fuß breiten Minengürtel lagen mehrere Dutzend massakrierter Menschen. Alle hatten die Hände auf dem Rücken gefesselt. Dazwischen konnte man die Spuren beschlagener Pferdehufe erkennen.

Die meisten der Leichen schienen nach dem Tod verstümmelt worden zu sein, als wären Lastwagen über sie hinweggefahren. Auf einigen Oberarmen erkannte er die Zeichen der Mondsicheln und der Rotweißen. Andere Tote ähnelten den Kreaturen aus dem Tunnel, die Vuk als Wurzelfresser bezeichnet hatte. Die Adler hatten Wurzelfresser, Mondsicheln und Rotweiße dazu benutzt, durch den Minengürtel zu gelangen.

Ein Klumpen aus Fleisch und Lumpen schien noch etwas zu murmeln. Schon bevor er verwundet worden war, hatte er kaum wie ein menschliches Wesen ausgesehen. Es streckte ihnen eine dünne Hand mit langen Fingernägeln entgegen, am Oberarm konnte man unter den Lumpen das rotweiße Schachbrettmuster erkennen. Dieser Arm mit der Hand, die eher einer Vogelkralle ähnelte, war die einzige Extremität, die der Mann noch bewegen konnte. Er öffnete den Mund, als wollte er etwas sagen, und entblößte einige wenige gelb verfärbte Zähne. Sein Rückgrat schien gebrochen und von seinem Gesicht war die Haut abgezogen.

Vuk trat zu ihm und goss ihm aus einem Holzbecher etwas Wasser in den Mund, dabei bemühte er sich, mit dem Becher nicht die zerschundenen Lippen des Mannes zu berühren. Dann trat er einige Schritte zurück, spannte einen Pfeil in den Bogen, atmete tief durch und zielte. Der Pfeil durchdrang den schmutzigen Hals des Mannes und bohrte sich in den Boden.

Sie gingen weiter, vorbei an verstümmelten, zerbissenen Leichen von Hunden, Menschen und Wölfen, die bereits furchtbar stanken. Die meisten mussten hier schon lange liegen. Sie kamen auch an dem Wolf vorbei, der kurz zuvor von Vuks Pfeil getroffen worden war.

Luka bemühte sich ebenso wie Vuk und die Tiere, nicht auf die Leichen zu treten. Das gelang ihm nicht besonders gut, da er sich auf der Mitte des Weges hielt, der nach seiner Logik von den inzwischen toten Tieren und Menschen von Minen gesäubert worden war.

Nachdem sie den Minengürtel durchquert hatten, trafen sie nur noch auf die Leiche eines gelben Hundes. Sein Körper steckte voller Pfeile mit roten, weißen und blauen Federn. Er trug ein Halsband, und die daran befestigte Kette führte zu einer verbeulten Blechhütte, auf der in gelben Buchstaben *FRISKIES* stand. Chica winselte leise und leckte Schnauze und Maul des toten Hundes.

Aus einem Haufen Asche, verkohlter Überreste von Bettgestellen und Holzlatten, mitten auf dem festgetretenen Boden ohne Grasbewuchs, an die zwanzig Schritte von dem toten Hund und seiner Blechhütte entfernt, erkannte Luka einen verkohlten menschlichen Körper. Den Körper eines kleinen dicken Mannes. An einem seiner Füße konnte man noch die Überreste einer Ledersandale erahnen.

Das musste früher Dumo gewesen sein, der Priester, von dem Vuk erzählt hatte. Die verkohlte Leiche war verkrampft, die Knie und Arme angewinkelt, die Finger gekrümmt, die Augen waren leere Höhlen und der Mund seltsam geöffnet. Bevor er verbrannt war, hatte ihn wahrscheinlich der Rauch der brennenden Hütte vergiftet.

Obwohl er gedacht hatte, dass nichts mehr ihn aus der Bahn werfen konnte, stöhnte Luka und übergab sich.

Vuk achtete nicht auf den Reporter. Er untersuchte die Spuren auf dem zertrampelten Boden. Besonders den breiten Spuren eines Traktors widmete er seine Aufmerksamkeit. Daneben gab es viele Abdrücke schwerer Stiefel und beschlagener Hufe.

Krieg-Krieg. Vielleicht das, was Dumo *Armageddon* genannt hatte.

Doch Gott wäre nicht so grausam. Die Adler hingegen schon. Gott hätte nicht zugelassen, dass sein Diener Dumo ein solches Ende fand. Aber das war sicher ein sündiger Gedanke. Vuk ging zur Quelle und legte seine ganze Ausrüstung ab, nur seine Messer ließ er am Gürtel.

Er ging zur ersten Leiche und legte sie sich über die Schulter, etwas knackste in dem leblosen Körper. Vuk trug die Leiche zu einer kleinen Baumgruppe hinter einem Gebüsch. Er war ganz ruhig, als würde er eine alltägliche Arbeit verrichten und als würde ihn jemand für diese widerwärtige Tätigkeit angemessen bezahlen.

Was er hinter dem Gebüsch tat, konnte Luka nicht erkennen. Vuk kam zurück, nahm die nächste Leiche auf die Schulter und trug sie mit der gleichen Ruhe weg wie die erste. Er ging hin und her, bis alle Leichen fortgeschafft waren, außer Dumos verkohltem Leichnam.

Dann trug er alle toten Hunde und Wölfe zu der gleichen Stelle. Chica folgte ihm und versuchte nicht einmal, von dem Blut oder dem Fleisch der Toten zu kosten. Sie kannte den Anführer ihres Rudels gut, dieses Mal würde Vuk ihren Ungehorsam nicht so leicht verzeihen.

Schließlich fasste Vuk auch den verkohlten Dumo an den verkrampften Händen. Eine Schulter löste sich mit dem Geräusch eines brechenden Astes aus dem Gelenk und Vuk hielt nur noch den verkohlten Arm in der Hand. Luka erbrach sich erneut, gerade als er gedacht hatte, sein Magen habe sich beruhigt. Die eklige saure Flüssigkeit brannte im Hals und trieb ihm den Rotz aus der Nase.

Vuk nahm den Alten auf die Arme und ließ ihn etwas weiter entfernt ins Gras gleiten. Den abgebrochenen Arm legte er daneben. Dann ging er zu dem gelben Hund, löste die Kette und trug ihn zu Dumo.

Anschließenden stocherte er in den Überresten der verkohlten Hütte. Asche stäubte auf, während Vuk zerbrochenes Geschirr, Holz- und Metallteile durchwühlte, deren ursprüngliche Verwendung Luka nicht erkennen konnte. Vuk warf etwas beiseite, das aussah wie ein Fahrradpedal, dann ein Zahnrad und eine Spule mit aufgewickeltem Kupferdraht.

Er stand in einer schwarzen Wolke wie nach einer Explosion und suchte etwas, zog etwas heraus, das an das Skelett einer Kalaschnikow erinnerte, doch auch das warf er weg und wühlte weiter. Dann räumte er eine Spitzhacke beiseite, eine Schaufel und eine weitere Hacke mit verbranntem Griff, eine Axt mit Metallgriff, einen Hammer, eine Kaffeemühle, Töpfe ... Schließlich nahm er die Schaufel und kratzte damit vorsichtig über den Boden der Hütte. Schon bald schabte Metall auf Metall und dann hörte man das Knirschen von Scharnieren, als Vuk zwei Flügel einer Falltür anhob.

Luka wunderte sich, wie Vuk nun schon seit Stunden konzentriert und beharrlich, nahezu autistisch, eine unangenehme und schmutzige Tätigkeit nach der anderen verrichtete. Jetzt verschwand er in dem Loch unter der Tür. Nach einigen Minuten hievte er einen Kanister aus der Öffnung und dann noch einen. Dann tauchte er selbst mit einer Machete und einer Tüte in der Hand wieder auf.

»Dein Spielzeug«, sagte er und legte die Tüte vor Luka.

Sofort griff Luka danach. Unter anderem war die Folie vom *Herald Electronic* darin.

Vuk ging mit der Machete am Gürtel und den Kanistern zur Baumgruppe, zu der er auch die Leichen getragen hatte. Die Kanister enthielten eine grüne Flüssigkeit und trugen die Aufschrift: *NICHT BERÜHREN*. Luka wunderte sich, dass Vuk nicht auch Dumos Leiche und die seines Hundes zu den anderen gelegt hatte. Er stand auf und ging zu der Öffnung im Boden. Seine Augen gewöhnten sich nur langsam an die Dunkelheit, die lediglich von dem zittrigen Licht einer kleinen Solarlampe durchbrochen wurde.

Unter der Erde war ein Raum, in dem ein Mann aufrecht stehen konnte, ungefähr sechs bis acht Schritte breit und zehn Schritte lang, mit Wänden aus Beton, die gut isoliert zu sein schienen. Es war kalt wie in einer Höhle darin, aber trocken. Warum hatte sich der dicke Alte nicht hier versteckt, als die Angreifer kamen. War er verletzt gewesen?

Vielleicht hatten sie die Hütte auch mit einem Geschoss in Brand gesetzt. Er erinnerte sich an die rußgeschwärzten Glasscherben, die er gesehen hatte. Molotow-Cocktails. Flaschen mit entzündlicher Flüssigkeit und Zündern aus Stoff. Die geniale Erfindung eines verrückten Russen aus dem letzten Jahrtausend. Luka stieg die Metallleiter hinunter, augenblicklich hüllte ihn eisige Kälte ein. Er stöberte in den Sachen, die der Alte hier gelagert hatte: Holztruhen, die mit Vorhängeschlössern gesichert waren, Armeezelte, Schlafsäcke, Munitionsschachteln, sorgfältig in Nylonsäcke verpackte Zivilkleidung aus den fünfziger Jahren, Gussformen, Werkzeuge, deren Zweck Luka nicht kannte, Lebensmittelkonserven mit unbegrenzter Haltbarkeit, Blechkanister mit Benzin, Kompasse, Dynamitstangen, Säcke mit Bohnen, Getreide und Kartoffeln, ein vorsintflutlicher Kessel zum Schnapsbrennen, Kupferrohre, allerhand Nützliches und Überflüssiges; und dazu eine enorme Anzahl von Flaschen, auf denen mit rotem Filzstift und in der Sprache des Alten Volkes stand: *Grappa, Birnengeist, Sliwowitz, Kartoffelbrand, Sake, Weinbrand, Cognac ...*

Auf einmal verdunkelte sich die Öffnung.

»He, Reporter, lass die Finger von den Bomben.«

»Keine Sorge«, rief Luka hinauf.

Er war glücklich, dass Vuk so unverhofft Sorge um sein Wohlbefinden zeigte. Er hatte schon befürchtet, dieser hätte ihn in einer einsamen Entscheidung aus seinem Rudel ausgeschlossen.

Als er wieder nach draußen kam, brannte die Baumgruppe und dichter Qualm stieg in die Luft. Zwanzig Schritte entfernt grub Vuk mit nacktem Oberkörper ein

Loch in den Boden. In eine Hacke hatte er einen dicken Ast als Stiel gesteckt. Mit diesem Werkzeug lockerte er die Erde und mit der Schaufel hob er sie aus dem Loch. Vuk schaufelte ein Grab für den dicken Pechvogel aus der Hütte.

Bei Vuks Erschaffung musste die Gussform zerborsten sein, dachte Luka, während er ihm beim unermüdlichen Hacken und Schaufeln zusah.

Am Abend war das Loch groß genug, dass Vuk ein paar Schritte darin gehen konnte und in die Höhe springen musste, um herauszukommen.

Unsanft warf er Dumos verkohlten Körper in das Grab und den abgerissenen Arm hinterher. Das gleiche tat er mit dem Hund.

Während er die Grube zuschüttete, färbte sich der Himmel rot. Das einsame Geräusch der Schaufel hallte unheimlich über die Lichtung.

Am Ende häufte Vuk die Erde zu einem Hügel auf. Aus dem Keller holte er zwei Bretter und nagelte sie zu einem Kreuz zusammen. Zwanzig Minuten brauchte er, um die Namen ins Holz zu ritzen, zuerst den Spitznamen des Alten, dann den Namen des Hundes, alle Buchstaben waren gleich groß. Am Ende rammte er das Kreuz mit aller Kraft in die frische Erde. Dann ging er zum Bach und wusch sich gründlich.

Als er wiederkam, lag der Reporter im Gras, er döste, die Hände unter der einen Gesichtshälfte zusammengelegt. Er war zu erschöpft, um sofort einschlafen zu können. Von Vuks Bart tropfte das Wasser und hinter seinen Ohren klebte noch weißer Seifenschaum. Er nahm sein Messer und strich sich mit der Klinge über den Kopf. Das Mondlicht spielte auf den Muskeln unter Vuks Haut. Luka erschien es wie ein ritueller Tanz, den er vollführte, um diesen Tag hinter sich zu lassen. Vuks geschickte Bewegungen beim Rasieren flößten ihm Sicherheit ein und er döste schließlich ein, als läge er nicht auf hartem Boden unter freiem Himmel, sondern auf einem luftigen Kissen in einem noblen Hotel.

Als Vuk fertig war, stellte er sich vor das Holzkreuz, bekreuzigt sich und sprach in der Sprache des Alten Volkes: »Gib ihm ewigen Frieden, Herr. Das ewige Licht möge ihm leuchten. Er ruhe in Frieden. Amen.«

Vuk blickte zu den Sternen. War der alte Dumo schon dort oben? Und das Paradies, war es unter oder über den Sternen? Und war der gelbe Hund bei dem Alten, wie er es bis zum Ende seines Lebens gewesen war? Hoffentlich behandelte der Alte den Hund da oben besser, die Engel würden ihm hoffentlich nicht erlauben, den Hund zu schlagen oder zu treten. Und sie würden auch nicht zulassen, dass er tagelang hungerte.

Luka wurde von einem furchteinflößenden Geheul geweckt. Die Laute waren weder menschlich noch dämonisch. Er hatte sie schon einmal gehört, in der Nacht, bevor der Verrückte Jovan gestorben war.

Der Anblick, der sich ihm bot, ließ ihn erstarren.

Am Himmel stand ein nahezu voller Mond und beschien zwei Gestalten. Vuk hatte sein ärmelloses Hemd übergestreift, das ihm über die Hose hing. Er kniete auf dem Boden und stützte sich mit den Händen ab. Den Kopf hatte er in den Nacken gelegt, als wolle er den ganzen Himmel mit einem einzigen Blick erfassen und den Mond verschlingen. Chica saß auf den Hinterläufen und reckte die Schnauze, als würde sie sich auf den Mond stürzen, sollte er versuchen, sich Vuk zu nähern.

Vuks Adamsapfel hüpfte auf und ab, während er lauthals den Mond anheulte. Seine Nasenflügel waren weit geöffnet, wie auch seine Pupillen, die Lippen geschürzt wie bei einem wirklichen Wolf. In diesem Moment hätte Luka geschworen, dass Vuk Reißzähne hatte wie in einem Horrorfilm aus dem zwanzigsten Jahrhundert.

Chica wandte sich zu Luka und grummelte, als lade sie ihn ein, sich ihnen anzuschließen und in das Lied mit einzustimmen, während Vuk weiter heulte, als hätte er nie etwas anderes getan. Ab und an ließ er ein Bellen ertönen, das dem eines zweihundert Pfund schweren Hundes entsprach.

Als Chica sicher war, dass Luka nicht mit ihnen heulen wollte, stimmte sie in Vuks Geheul mit ein, wenn auch weniger schrecklich als ihr Anführer. Vuk und Chica verabschiedeten mit angespannten Halsmuskeln und erhobenen Köpfen ihre Toten.

Luka Cvijic, berühmter Reporter des *Herald Electronic*, wurde, sei es aus Erschöpfung oder Furcht oder auch aus Gewohnheit, ohnmächtig.

LOGIK

Am nächsten Morgen wurde Luka von Geräuschen geweckt, ein Klacken, Metall schabte über Metall. Sein Körper schmerzte von dem harten Boden. Mit Mühe setzte er sich auf und sah Vuk, der damit beschäftigt war, seine Kalaschnikow zu reinigen, alle mechanischen Teile hatte er ausgebaut. Er rieb das altertümliche Gewehr mit Öl ein. Dann nahm er eine Schnur, an deren Ende ein kleiner Bleiring baumelte, und zog ein Stück Stoff durch den Ring. Den Bleiring ließ er in den Gewehrlauf gleiten und fing ihn am anderen Ende, zwischen Zielrohr und Holzschaft, auf.

»Nimm und zieh«, sagte er und hielt Luka den Gewehrlauf hin.

Noch im Halbschlaf hielt Luka mit einer Hand den Gewehrlauf fest, griff mit der anderen nach dem Bleiring und zog daran, dann zog Vuk von der anderen Seite. Die Schnur wanderte durch den Lauf, hin und her, anfangs ging es schwer, dann immer leichter, bis das Tuch gräulich-gelb war. Dann wiederholte Vuk die Prozedur mit einem sauberen Tuch und wieder zogen sie. Noch zweimal ging es so, bis das Tuch weiß blieb. Mit einem sauberen Tuch polierte Vuk die anderen Gewehrteile, am Ende setzte er alles zusammen und wischte noch einmal über den Schaft. Die Sonne ließ das Metall in Vuks Händen glänzen wie einen Aal im Aquarium des Züricher Zoos.

»Ich muss gehen«, sagte Vuk unvermittelt.

»Wohin? Wann?«, fragte der Reporter.

»In den Krieg.«

Luka riss seine verschlafenen Augen auf. »Was für ein Krieg, du dummer Junge. Bist du verrückt? Was willst du dadurch erreichen?«

»Ich werde den Jamaikaner und die Wilde Olena töten.«

»Warum gerade diese beiden? Hat es nicht schon genug Tote gegeben?«, fragte Luka.

»Sie haben Dumo und Salvatore getötet«, antwortete Vuk ruhig und überprüfte seine Magazine.

Eine defekte Patrone im Maschinengewehr könnte ihn teurer zu stehen kommen als eine Kiste intakter Munition.

»Na und? Du hast den Verrückten Jovan getötet. Du hast auch den anderen getötet ... den, der die Pferde gehütet hat, ich habe seinen Namen vergessen. Fast hättest du sogar mich getötet. Und den alten Hirten hast du getötet. Und diesen Elenden hier auch, dessen Körper und Lumpen du im Wald verbrannt hast«, sagte Luka.

Vuk sah ihn böse an wie ein Junge vor dem entscheidenden Fußballspiel.

»Ja, habe ich«, sagte er. »Den Verrückten Jovan, den Höllenhund, den Mann, dessen Namen du nicht mehr weißt, Wurzelfresser. Und dich hätte ich fast getötet. Ich habe dich und die Pferde den Adlern gestohlen. Deshalb ist Krieg-Krieg. Wahrscheinlich haben sie die Pfeile der Mondsicheln, die ich dort gelassen habe, gefunden. Im Verrückten Jovan und dem Höllenhund stecken die Pfeile der Rotweißen. Sie wurden weit entfernt vom Territorium der Rotweißen getötet, auf dem Gebiet der Adler. Die Adler glauben nun, die anderen beiden Armeen hätten sich wie gewöhnlich verbündet und eine Koalition gebildet. Sie hätten die Krieger der Adler getötet, ihre Pferde vertrieben und dich gestohlen, du bist wichtig. Der Jamaikaner ist genauso verrückt wie ein Höllenhund. Deshalb tötet er alle. Deshalb hat er Dumo getötet. Wegen dir, aber das ist egal«, sagte Vuk in ruhigem Ton und atmete tief die frische Morgenluft ein.

In Vuks Stimme erkannte Luka weder Vorwurf noch Tadel. Nicht einmal Ärger. Vuk hatte nur Tatsachen aufgezählt und Schlussfolgerungen gezogen. Wenn auch auf sehr primitivem Niveau.

»Gut, in Ordnung, du hast Recht. Ich bin schuld. Aber wird sich irgendetwas ändern, wenn du den Jamaikaner tötest?«

»Nein.«

»Und?«, fragte Luka und breitete die Arme aus.

«Was, und?«, fragte Vuk, während er die Magazine im Rucksack verstaute.

»Und warum willst du ihn dann töten?«

»Weil es so sein muss. Auge um Auge.«

»Und am Ende sind alle blind«, ergänzte Luka.

»Du verstehst das nicht. Es muss so sein. So ist es immer. So sagt es die Bibel.« Vuk nahm sein Gewehr.

Luka folgte ihm zum Sattelzeug, das im Gras lag. Vuk sollte ihm in die Augen sehen, wenn er mit ihm sprach, was dieser beharrlich vermied. Daraus schloss Luka, dass Vuk selbst nicht so recht von seinen eigenen Worten überzeugt war. Es gab noch eine Chance, ihn von seinem Vorhaben abzubringen, das so offensichtlich sinnlos war.

»Hör zu, Vuk. Jahrhundertelang lebten hier drei Völker. Drei gute, kluge und fleißige Völker lebten auf dem Gebiet, das wir heute Getto nennen. Ein Mann aus einem dieser Völker hat den Wechselstrom erfunden und die Radiowellen ... schon gut, ein Spaghettifresser hat ihm das Patent geklaut ... aber der aus dem Alten Volk hat den Grundstein für die Antigravitation gelegt, für die kabellose Übertragung und was weiß ich, was sonst noch. Dann gab es diesen Krieg, dessen Ursache man sich bis zum heutigen Tag nicht erklären kann. Ein Krieg, in dem sich alle drei Völker gegenseitig beschuldigten, ihn angefangen zu haben, die Geschichte wurde verantwortlich gemacht, die Denkmäler ... Sie brachten einander um, auch hier, wo wir heute stehen, ohne triftigen Grund, genau so, wie sich heute Mondsicheln, Adler und Rotweiße umbringen.«

Vuk befestigte mit einem Riemen die Tasche am Sattel und ging zu dem Haufen mit den Sachen aus dem Keller. Also sprach Luka weiter: »Junge Männer in deinem Alter und auch Jüngere zogen in den Krieg, weil man ihnen gesagt hatte, das müsse so sein. Sie starben, verloren Arme, Beine und ihren Verstand. Und dann wurden sie von allen vergessen. Sie hatten keine Arbeit, kein Brot, kein Leben, keine Zukunft, sie hatten nichts mehr. Man hatte sie ausgenutzt und ausgespuckt, man ließ sie Minenfelder räumen und in die Kriege fremder Länder ziehen. Die Überlebenden beneideten die Toten. Denn mit dem Blut der Toten erpressten sie die Überlebenden, sie töteten sie langsam, indem sie den Tod der anderen ständig wiederholten. Das habe ich erst begriffen, als ich dich gesehen habe. Es ist wie bei dir. Es ist egal, ob du den Jamaikaner tötest oder nicht. Wenn du gehst, seid ihr beide tot, egal, welcher von euch beiden überlebt.

»Du spinnst«, sagte Vuk und gab Luka einen Stoß, dass er umfiel. »Ich habe dir zu viel Pulver gegeben.«

Luka hatte sich beim Sturz den Rücken und den linken Ellenbogen gestoßen. Er spürte ein Brennen in der linken Lunge, so wie damals, als er sich beim Sturz vom Pferd die Rippen gebrochen hatte. Er biss die Zähne aufeinander, um nicht aufzuschreien und seine Würde zu verlieren, er wollte seinen Worten nicht das Gewicht nehmen. Der Reporter stand auf und wischte sich die Erde vom Ellenbogen.

»Wie du willst. Aber sag später nicht, ich hätte dich nicht gewarnt.«

»Ist gut. Und jetzt halt die Klappe.«

Luka schwieg, während Vuk Bogen und Pfeile überprüfte. Es waren zwanzig Pfeile, die er wahrscheinlich aus dem Keller geholt hatte. Sie waren alle gleich gearbeitet und gleich lang. Vuk steckte sie sorgfältig in den grünen Köcher mit Ledergurt.

Die Pfeile schienen sorgfältig gesammelt und für einen besonderen Zweck aufbewahrt worden zu sein. Mit einem gelben Tuch polierte Vuk den Bogen Inch um Inch, ölte die Windungen der Stabilisatoren, spannte die Sehne, lauschte ihrem Klang. Danach putzte er mit einem sauberen Tuch verschiedene Handgranaten, glatte, geriffelte und runde mit Griff.

Luka beobachtete ihn ungläubig. Er hatte früher in 2- und 3-D-Filmen gesehen, wie Teenager in Tarnuniformen gesteckt und in den Tod geschickt wurden und wie nach ihrem Tod die Sinnlosigkeit ihres Verschwindens und ihrer Verstümmelung mit den Farben der Lüge übertüncht wurde. Und heute, wo der Mensch zwanzig, dreißig Jahre älter wurde als damals, wo man dreiundzwanzig werden musste, um als volljährig zu gelten und überhaupt ernst genommen zu werden, sah er so etwas.

Zum ersten Mal erlebte Luka, dass Vuk aus dem Keller Konserven mit Hering in Tomatensoße holte, sich auf den Boden setzte und mit einem Löffel direkt aus der Dose aß. Ein Stück fiel von der Gabel auf sein Hemd. Der rote Fleck auf Vuks Brust sah aus wie eine blutende Wunde.

An diesem Vormittag überprüfte Vuk noch einmal Zaumzeug und Sattel, untersuchte Chicas große Pfoten und gab den Tieren zu fressen und zu trinken. Er selbst aß nichts mehr. Er packte nur etwas Dörrfleisch ein und füllte zwei Feldflaschen mit Wasser von der Quelle. In seine Hosentaschen stopfte er glänzende Packungen mit Oxidtabletten für die Desinfektion von Wasser. Er zog ein Hemd in den Farben von Laub und Erde an, dessen Ärmel über die Ellenbogen reichten, er steckte sich Abzeichen der Rotweißen an, in den Hosentaschen verstaute er Embleme der Mondsicheln und der Adler. Er untersuchte die Hufe des Appaloosa. Die Hufeisen schienen in Ordnung. Das Pferd hatte starke, gesunde Beine und geschmeidige Gelenke. Der bärtige Adler hatte sich gut um sein Pferd gekümmert.

Während Vuk seine Vorbereitungen traf, war Luka immer in der Nähe. Er stand ohne Kopfbedeckung in der Sonne, die schon ihre volle Kraft entfaltete, und wartete auf den Moment, in dem Vuk ihn endlich anschauen würde. Er wollte nicht unhöflich sein und ihn stören, aber er musste ihn etwas Wichtiges fragen.

»He, Vuk!«

»Was denn noch?«

»Und ich?«, fragte Luka. »Was zum Teufel ist mit mir?«

Vuk zuckte mit den Schultern. »Keine Ahnung. Auf jeden Fall gehst du nicht mit. Du würdest nur stören, wie immer.«

»Aber warum zum Henker hast du mich dann hierher gebracht?«

»Dumo hatte mir Apfelstrudel versprochen.«

Luka brach in hysterisches Lachen aus. Dann sank er auf die Knie und aus dem Lachen wurde Schluchzen.

Vuk war überzeugt, dass es mit Luka so weit war, dass er sich den Wurzelfressern anschließen konnte. Er war so verrückt wie mindestens fünf von der Sorte. Eine der Pulverrationen, die er ihm während der Reise verabreicht hatte, musste sein Gehirn geschädigt haben. Dabei hatte er erwartet, dass das Pulver keine bleibenden Folgen beim Reporter hinterlassen würde. Er benahm sich wie ein durchgedrehter Wurzelfresser, sprach Unsinn und klebte am Hosenaufschlag eines Mannes, der Wichtigeres zu tun hatte. Allerdings war er schon bei ihrem ersten Treffen verrückt gewesen. Trotzdem wäre es besser, ihn etwas zu beruhigen, das erhöhte die Chancen, ihn bei der Rückkehr lebend anzutreffen. Er hatte sich an den Reporter gewöhnt, und er war der Einzige, der ihm außer Chica geblieben war, jetzt, da Gérard, Dumo und Salvatore tot waren. Manchmal war es gut, mit einem Menschen zu sprechen, und sei er auch so verrückt wie diese quasselnde Bohnenstange. Es wäre gut, wenn er am Leben bliebe, bis Vuk seine Toten gerächt hatte. Dann hätte er jemanden zum Reden. Er war jetzt Christ und konnte nicht mehr nur bellen und heulen. Gott würde böse werden, und sicher beobachtete auch Dumo ihn aus den Wolken.

»Hör zu, Reporter. Du hast hier alles, was du brauchst. Niemand wird dich stören. Mit den Sachen aus dem Keller kannst du jahrelang überleben. Du hast Nahrung, Wasser, Salz, Hefe, Waffen ... In den Kisten sind Handgranaten. Sie sind in gutem Zustand. Sie haben Zünder. Nicht wie die vom Hirten. Um dich herum ist ein Minenfeld. Das wissen alle und man kann auch sehen, dass es ein Minenfeld ist. Du hast Schlafsäcke. Du hast alles. Wenn ich nicht zurückkomme, dann geh zu den Mondsicheln. Die Adler werden viele von ihnen töten, wie immer im Krieg-Krieg. Sie werden neue Leute brauchen. Besorge dir einen Hund. Egal, was für einen. Damit du nicht allein bist.«

Nach diesen Worten stieg Vuk aufs Pferd, das leise schnaubte vor Vergnügen, als es spürte, wie Vuk sein Gewicht nach vorne verlagerte. Diese Art zu reiten, war weniger ermüdend für das Pferd. Und ein Reiter war nur so schnell wie sein Pferd, und sein Leben hing oft von der Schnelligkeit des Pferdes ab.

Vuk drückte sanft die Hacken in die Flanken des Tieres.

Luka hatte aufgehört zu weinen, er wimmerte nur noch leise und blickte durch Tränen auf den Schweif und die Kuppe des Pferdes. Chica lief links vom Pferd.

Sie gingen über den Pfad, den die Unglücklichen, von deren Leichen in dem Wäldchen immer noch Rauch aufstieg, von Minen freigeräumt hatten. Weder Mann noch Tiere blickten zurück, während sie sich entfernten.

Aus irgendeinem Grund hätte Luka gerne noch einmal Vuks Gesicht gesehen. Auch wenn es vom dichten Bart verdeckt wurde, hätte er sich gerne Vuks jungenhaften Anblick eingeprägt. Schluchzend gestand er sich ein, wie sehr er sich Vuk verbunden fühlte.

Ungehorsam, dickköpfig, impulsiv, dumm, kämpferisch, vernünftig, all das war Vuk. So, wie er sich seinen Sohn gewünscht hatte, den Jeanette ihm nicht schenken wollte, und wegen dem er bis ans Lebensende Zahlungen an sie leisten musste.

Es wäre gut, so einen Sohn zu haben, auch wenn dieser ihn am Ende verlassen würde, wie Vuk ihn jetzt verließ. Dann könnte er immerhin erzählen, was für einen Sohn er gehabt hatte.

Als der Mann und die Tiere nicht mehr zu sehen waren, setzte sich Luka ins Gras. Sein Kopf brannte, die Sonne erfüllte ihre Aufgabe. Dennoch rührte er sich nicht, als würde er auf einen besseren Anlass warten, sich zu bewegen. Er erinnerte sich, dass er in der Hosentasche einen semipermeablen servooptischen Hut hatte, den er im Keller gefunden hatte. Er zog ihn aus der Tasche und setzte ihn auf. Der Gedanke der Vaterschaft ließ ihn nicht los. Er war zwar nicht einer der Letzten in der zivilisierten nicht kontaminierten Welt, der jemandes Sohn war, was vor der Vorschrift über unabdingbare genetische Kontrolle und Sterilisation noch möglich war. Aber er war einer der Letzten, die zumindest zum Teil bei Eltern aufgewachsen war. Seine Mutter war während der Öko-Kriege auf einer Friedensmission umgekommen. Luka erinnerte sich an seinen schwächlichen, verkrüppelten Vater, der durch die Ruinen gekrochen war und Stärkere als sich selbst bestohlen hatte, um Luka zu ernähren und Wasser für seinen mageren Sohn zu finden. Nach den Kriegen hatte er als Dekontaminator dritter Klasse gearbeitet, um Lukas Ausbildung zu bezahlen. So war er auch gestorben. Er war nicht reich gewesen wie die Eltern von Lukas Freunden Ivan und Babel. Babels Alter war vor dem Krieg Multimilliardär gewesen.

Er erinnerte sich daran, wie wenig er seinen Vater geliebt und respektiert hatte. Kurz vor dessen zu frühem Tod hatte er allerdings echte Zuneigung für ihn empfunden, doch da konnte er ihn nicht mehr umarmen, weil der Vater auf den Feldern Asiens zu stark verstrahlt worden war. Damals hatte die medizinische Technik noch keine sublimierten Antiisotope gekannt, die die Radioaktivität aus seinem Körper hätten tilgen können. Als sein Vater starb, hatte Luka ebenso geheult wie jetzt. Mit über fünfzig Jahren hatte er die Hälfte seines Lebens überschritten und heulte wie damals mit sechsundzwanzig. Früher hatte er sich für seinen verkrüppelten Vater geschämt, für das schüttere weiße Haar, die schmalen Schultern und die Hühnerbrust.

Er schniefte und kam mühsam auf die Beine. Er schnäuzte sich und beförderte mit den Fingern den Schleim aus der Nase ins Gras. Dann ging er zur Quelle, trank, schüttete sich Wasser ins Genick und wusch sich das Gesicht.

Das Wasser lief in dünnen Rinnsalen über seine eingefallene Brust.

EINSAMKEIT

Zum ersten Mal, seit er sich im Getto befand, gab es niemanden, der Luka malträtierte oder ihn, wie Vuk es immer getan hatte, direkt oder indirekt daran erinnerte, dass er unfähig und lebensuntüchtig war. Allerdings gab es auch niemanden, mit dem er reden konnte.

Er war ganz allein auf der Hochebene, umgeben von einem Minenfeld. Um ihn herum waren Berge, Wälder und dichtes Gestrüpp, ansonsten nur Himmel, so weit der Blick reichte.

Seine Gedanken wanderten, während er aus dem Keller Konserven holte und aß, Lachs aus Norwegen, Kalbfleisch aus der Sonne Italiens, scharfes Gulasch aus Ungarn und Mandarinensaft aus der windigen Steiermark.

Das stand auf den Konserven. Aber selbstverständlich waren diese Lebensmittel in geschlossenen Räumen hergestellt worden, durch kontrollierte Zellteilung, und hatten niemals Sonne, Regen oder Wind gespürt. Der Protein-Kohlenhydrat-Masse waren nachträglich Aminosäuren, Vitamine, Mineralstoffe und Aromen zugefügt worden und dank einer solchen Ernährung wurden die Menschen dreißig Jahre älter als zu Zeiten der primitiven landwirtschaftlichen Lebensmittelproduktion. Auf die gleiche Weise stellte man auch menschliche Organe für die Implantation her, warum dann nicht auch Lebensmittel?

Niemals würde er die Idiotie der Grünen verstehen, die eine Rückkehr zur primitiven Landwirtschaft forderten,

Aufzucht und Schlachten von Tieren, Säen und Ernten an der Erdoberfläche. Sie wollten aus der Welt einen großen zoologischen und botanischen Garten machen. Man sollte sie in die kontaminierten Gebiete schicken, da gab es Pflanzen und Tiere genug, wenn auch radioaktiv verseucht und mutiert. Sollten sie doch nach Alaska gehen, in den Süden Nordamerikas, nach Asien, Südaustralien, Kanada, England, Russland ... Sie konnten auch zehn Menschen ermorden, dann würde man sie hierher schicken, ins Getto. Luka zweifelte daran, dass sie hier überleben würden wie Vuk.

Als er satt war, rülpste er zufrieden. Er furzte und war verwundert. Von der Nahrung von Zuchtfarmen furzte man nicht. Er erinnerte sich daran, wie er sich im vergangenen Monat ernährt hatte, und schüttelte den Kopf, gekochtes Hammelfleisch und gebratene Schlange. Die Kartoffeln hatten gut geschmeckt, in Tierfett gebraten, knusprig und ölig, viel besser als Kartoffelmasse aus der Dose. Eigentlich war auch das Schlangenfleisch gar nicht schlecht gewesen.

Er entfernte sich ein Stück von der Hütte und verrichtete auf die primitivste Art und Weise sein großes Geschäft, dabei hielt er sich an einem Strauch fest, um nicht das Gleichgewicht zu verlieren.

An diesem ersten Tag vermisste er Vuk und Chica, noch bevor die Sonne untergegangen war. Auch der graue Gaul, der ihm auf der langen Reise die verwundete Brust ganz schön durchgerüttelt hatte, fehlte ihm.

Am Abend ordnete er seine Ausrüstung und verband die Batterien von fünf Geräten zu einem Netzwerk, mit dem er ein Signal würde senden können. Er rollte die Folie des

Herald Electronic auf, verband sie über ein dünnes energooptisches Kabel mit der Energiequelle und klebte einen magnetischen Modifikator mit Verstärker auf die Folie. Er arbeitete mechanisch, wie er es bei dem Kurs, den Babel für ihn gebucht hatte, gelernt hatte. Er brauchte keinen Techniker, wie Ivan einer war, um diese ganzen Teile zu einer sinnvollen effektiven Serie zu verbinden. Er hatte gelernt, mit den Teilen, die ihm zu Verfügung standen, alles zu ersetzen, was fehlte.

Es bestand kaum Hoffnung, dass das Signal von der Stelle aus, wo er sich befand, das elektromagnetische Feld um das Getto durchdringen würde. Und die Chancen, dass sich ein Satellit in genau diesem Moment genau über ihm befand und die Antenne genau auf ihn gerichtet hatte, standen gleich Null. Aber ein Versuch kostete nichts. Zumindest Zeit hatte er im Überfluss. Von außen schafften es die Signale irgendwie, das Feld zu durchdringen. Ansonsten hätte der verkohlte Dickwanst nicht Radio hören können, das über einen primitiven Generator von Vuk mittels Pedalen mit Strom versorgt wurde. Wenn Luka es richtig verstanden hatte, hatte der alte Mörder genau hier Radio gehört. Irgendwie musste das Signal also durchkommen.

Von weiter oben konnte sich das Signal besser in verschiedene Richtungen ausbreiten. Vielleicht von dem Berg, den Ivan und Babel erwähnt hatten, der Bjelasnica hieß und an dessen Fuß die tote Stadt Sarajevo lag. Von dort, hatte Babel geschworen, würde das Signal ganz bestimmt nach draußen dringen, das zeigten alle Analysen. Es würde nicht nur vertikal nach oben gesendet, sondern in verschiedenen Winkeln auf das elektromagnetische Feld treffen, und die

Chancen, dass ein Satellit es empfing und weiter schickte, wären um ein Vielfaches höher.

Er stand auf und sah zu den hohen Bergen, deren Gipfel vereinzelt noch schneebedeckt waren. Missmutig seufzte er. Er dachte gar nicht daran, den Minengürtel zu verlassen, zumindest nicht ohne Vuks Schutz. Nach seiner Rückkehr würden sie gemeinsam auf den Berg steigen. Es wäre bestimmt nicht schwer, ihn zu überreden. Man musste ihm nur die Frauen aus den Magazinen versprechen, nach denen er ständig fragte. Und seit der Alte tot war, der Vuk wohl einer Gehirnwäsche unterzogen hatte, und an dem er, wie es schien, sehr gehangen hatte, gab es noch weniger Gründe, hier zu bleiben, in diesem Gefängnis.

Auf dem Berg Bjelasnica würde er eine Hütte bauen, tagsüber würde er den Generator aufladen und nachts, wenn die Wellendichte nachließ, würde er das Signal senden. Ivan und Babel würden es empfangen, ihn lokalisieren und ihn holen kommen. Wahrscheinlich kannten sie schon den Zeitpunkt, die geheime Stunde, die es jeden Monat einmal gab, wenn die sekundären Atomreaktoren und Induktoren überprüft wurden, wenn das elektromagnetische Feld kontrolliert und ausgebessert wurde. So war es auch vor mehr als einem Monat gewesen, als er mit dem selbstgebauten Heißluftballon an der Ostwand des Gettos gelandet war. Sobald das Feld wegen Wartungsarbeiten deaktiviert wurde, würden Ivan und Babel mit dem Polizeikopter angeflogen kommen, sie mussten nur das Signal empfangen. Die beiden waren gewiefte, kluge und kompetente Jungs. Babel war trotz seiner Hässlichkeit ein fantastischer Anwalt. Er war Zevis Sohn, und den Zevis konnten sie nichts anhaben. Besonders nach dem letzten Holocaust standen sie sozusagen unter Artenschutz, wie früher die Bären. Babel würde ihn vor einer harten Strafe wegen Übertretung der Gebietsgesetze bewahren. Sein Einsatz für Vuks Leben, Freiheit und Integrität würden in der öffentlichen Meinung schwer wiegen. Und wenn es hart auf hart kam, würde Babel seinen Vater ins Spiel bringen. Babel war dessen einziger Sohn, und der Alte würde ihm den Gefallen gerne tun. Das waren insgesamt mehr als genügend Trümpfe. Ein erleichternder Umstand nach dem anderen. Der Name Zevi hatte überall einen guten Ruf, außer hier im Getto.

Vielleicht hatten Ivan und Babel auch eine Idee wegen des Hundes. Vuk würde ohne Chica kaum mitgehen. Wenn Luka Kontakt hergestellt hatte, musste er die beiden fragen und sie darum bitten, sich mit den Regeln für die Einfuhr von Tieren vertraut zu machen, sanitäre und ökologische Sicherheitsmaßnahmen, Dekontamination, Quarantäne, Impfungen, Genehmigungen.

Die Geschichte von Vuk, der noch vor seiner Geburt verurteilt worden war, würde sie alle reich und berühmt machen. Diese herzzerreißende Geschichte würde den Züricher Damen die Tränen in die Augen treiben. Ein guter Filmstoff, der sich sicher schnell verkaufen ließe. Und Luka war der Einzige, der diese Geschichte aus erster Hand erzählen konnte. Außer Vuk natürlich, aber der war ja nicht sehr gesprächig. Luka war also derjenige, der allen Ruhm ernten würde, dessen Mut und Aufopferung gelobt würden. Das Geld würde in Strömen fließen, selbst für diese geldgierige Schlampe Jeanette.

Wenn nur Vuk heil und gesund zurückkehrte, dann würden sie auf den Berg steigen und das Signal abschicken. Der Rest war eine Sache von Schläue und Geschicklichkeit. Babel würde nicht zulassen, dass man sie beim Geld und den Urheberrechten über den Tisch zog. Eigentlich war Babel schon reich. Er hatte ein Haus auf dem Mond.

Luka blickte hinauf zum Mond, der mit den letzten Strahlen der Sonne am Horizont, vor einem bleigrauen, mit weißen Punkten übersäten Himmel schien.

Er senkte den Kopf und stieß einen Laut aus, der an alles andere erinnerte als an das Geheul eines Hundes oder Wolfs. Hustend wedelte er mit der Hand und stand auf. Niemals könnte er dem Filmteam von 3TV ohne Vuks Hilfe beschreiben, wie dieses Geheul klang. Er kratzte sich durch den wuchernden Bart und das ungekämmte Haar. Er müsste sich rasieren und die Haare schneiden. Und baden. Wenn nur das Wasser im Bach nicht so kalt wäre. Stattdessen holte er seine Schlafsachen aus dem Keller. Er wollte sich etwas hinlegen, nicht lange, nur damit seine müden Glieder sich entspannten.

Am Morgen weckte ihn ein scharfer Schmerz an der Hand, die außerhalb des Schlafsacks lag. Ein kahler Kopf, ein Auge ohne Lid und ein gekrümmter Schnabel über einem Kragen aus Federn, ein nackthälsiges Ungeheuer in Großformat ließ ihn noch im Schlafsack aufspringen und laut aufschreien. Das Vogelungetüm entfernte sich einige Schritte, mit ausgebreiteten Flügeln und aufgerissenem Schnabel. Aus Lukas verletzter Hand floss Blut. Als er sah, dass zwei weitere Vögel gerade mit ihren Schnäbeln auf seiner teuren Ausrüstung herumhackten, sprang er aus dem

Schlafsack und packte einen der Vögel mit bloßen Händen am Hals. Um den anderen, der ihn an der Hand verletzt hatte, würde er sich später kümmern. Die anderen beiden Vögel liefen mit ausgebreiteten Flügeln übers Gras und versuchten aufzufliegen. Der Vogel in seiner Hand flatterte mit den Flügeln und fiepte. Mit seinen Krallen kratzte er über Lukas Hände und Hemd. In dem Moment, als die anderen beiden Vögel sich endlich in die Luft erhoben, zuckte der Geier in Lukas Hand nur noch mit einem seiner Beine. Fluchend warf Luka den toten Vogel von sich und überprüfte seine Ausrüstung. Zum Glück war alles noch intakt. Danach stieg er in den Keller hinunter und brachte eine Axt und die erste Flasche, die er greifen konnte, einen Grappa, mit nach draußen. Den Alkohol goss er über seine verletzte Hand und wickelte ein Tuch darum. Auf dem Pfad der Toten ging er vorsichtig und ohne zu fest aufzutreten zu der abgebrannten Baumgruppe.

Nach einer halben Stunde kam er mit drei zurechtgeschnitzten Ästen zurück. Er stellte sie zu einer Pyramide zusammen, deren Spitze er mit Kupferdraht umwickelte. Dann nahm er den toten Vogel, wickelte etwas Kupferdraht um dessen Hals und hängte das Tier an die Spitze seines Dreibeins. Die großen Flügel hingen auf den Boden und aus dem Schnabel tropfte schwarzes Blut.

Er entfernte sich ein Stück und betrachtete stolz sein Werk. Zum Glück sah ihn niemand. In der Welt draußen hätten sie ihn hierfür zu drei Monaten Gefängnis und einem halben Jahr Sozialarbeit verknackt. Doch hier war er in einer Welt, in der selbst das Töten von Menschen zum Alltag gehörte, ja geradezu unausweichlich war.

Er schüttete noch etwas Grappa über das Tuch, das er um seine Hand gewickelt hatte. Als es sich hellrot färbte, erkannte er seinen Fehler, er hatte nur die Blutung verstärkt.

Der Grappa verströmte einen starken Geruch. Er nahm einen Schluck aus der Flasche und schüttelte sich. Der Schnaps war stark. Er nahm noch zwei Schlucke und schüttelte sich nur ein bisschen. Dann stieg er mit einer Lampe, die sich inzwischen aufgeladen hatte, noch einmal in den Keller und kam mit einem Tabakbeutel, auf dem *CUBANA* stand, und einer Pfeife zurück. Er stopfte die Pfeife, wischte das Mundstück mit einem Hemdzipfel sauber und steckte sie in den Mund. Er hatte Schwierigkeiten, den Tabak mit dem Benzinfeuerzeug zu entzünden, und verbrannte sich die Finger. Es dauerte einige Minuten, bis die Pfeife endlich brannte und Luka hustete.

Vorsichtig legte er sie auf dem Boden neben sich ab, als wollte er Geister, die möglicherweise in ihr wohnten, nicht wecken. Dann griff er nach der Flasche und trank einen Schluck. Er atmete tief aus und nahm noch zwei Schlucke. Eine Woge der Zufriedenheit schwappte über ihm zusammen.

Luka Cvijic, berühmter Reporter des *Herald Electronic*, war stolz auf sich. Inmitten des Minenfeldes, verlassen und allein, verloren in einer Welt von Kriminellen, und den Geiern überlassen, hatte er schließlich Freunde gefunden.

TAGE

Am dritten Tag erwachte Luka mit einem Kopf, so schwer wie der Kern des Züricher Atomreaktors, der die ganze Stadt mit Strom versorgte. Er hob den Kopf zum Himmel, die Sonne stand bereits hoch und kein einziger Geier zog seine Bahnen. Er blickte zu dem Exemplar, das an der primitiven Konstruktion aus Ästen und Kupferdraht hing. Wie es schien, hatten die Vögel Lukas Botschaft verstanden und wussten, was sie erwartete, sollten sie ihn weiter belästigen. Um ihn herum roch es äußerst unangenehm. Er schnüffelte. Das Epizentrum des Gestanks war eine umgekippte Flasche Grappa, die nicht weit von der Stelle entfernt lag, an der er eingeschlafen war. Sie war so leer wie Lukas Wohnung nach der Scheidung von Jeanette.

Er beschloss, den Keller etwas genauer unter die Lupe zu nehmen. Mit der Lampe, die sich seit drei Tagen in der Sonne auflud, in der Hand öffnete er die Flügel über der Luke und stieg hinab. Die Solarlampe leuchtete so stark, dass es im Keller taghell war. Als wäre eine kleine strahlende Sonne in den Keller gefallen und leuchtete ihn bis in den letzten Winkel aus.

Er klemmte eine Metallstange ins Schloss von einer der Holztruhen und stemmte es zusammen mit den Metallbeschlägen auf. Als er den Deckel anhob, blickte er enttäuscht auf Bücher in den Sprachen des Alten Volkes. Einige waren auch auf Lateinisch und Englisch. Er brach die zweite Truhe auf und entdeckte zahlreiche in Wachspapier eingewickelte Handgranaten. Vorsichtig, fast ehrfürchtig, holte er einige aus der Truhe und legte sie auf einen Haufen in Plastiktüten verpackter Kleider.

In der dritten Truhe waren wieder Bücher, hauptsächlich Belletristik auf englisch. Hemingway, Zola, Kozlek, Smith, Macarek, Vukoja, Dostojewski, Adamson, Hamsun ...

Die vierte Truhe war zu Lukas Überraschung nicht verschlossen und er fand darin Kännchen voller Benzin, Stofflappen, Schrauben und Muttern, Gummiringe, eine Rolle Schnur, kleine Spiegel, Feilen, verschiedene Zangen, Scheren, eine Rolle Isolierdraht. Viele Dinge, die man vor langer Zeit in jedem Haushalte hatte finden können.

Die Schnurrolle steckte Luka in die Tasche. Die anderen Truhen rührte er nicht an. Die Granaten brachte er eine nach der anderen vorsichtig, um sie nicht zu wecken, nach oben. Schließlich ging er noch ein letztes Mal in den Keller und nahm eine Flasche mit der Aufschrift *Kirschbrand* und zwei Zeltplanen mit nach oben.

Er zog den Korken aus der Flasche und nahm einen Schluck. Es brannte wie Feuer. Er spuckte aus, stopfte den Korken wieder in die Flasche und trieb ihn mit dem Schlag seiner Handfläche tief in den Flaschenhals.

Er hatte acht Granaten heraufgebracht. Eine legte er zur Seite, da er ihre Funktionsweise nicht entschlüsseln konnte. Dann baute er aus drei langen Brettern und der Zeltplane ein Sonnendach für sich und die Granaten. Er setzte sich darunter und schnitt mit einem altmodischen Küchenmesser von der Schnurrolle einige fünf Schritt lange Stücke ab. Er nahm drei der einfacheren Granaten mit einem Ring am Griff und knotete an jeden der Ringe ein Stück Schnur. Vorsichtig ließ er eine Granate an der Schnur baumeln. Er schaukelte sie immer stärker hin und her und ließ sie schließlich an der Schnur um sich kreisen. Dann fing er sie sanft mit der linken Hand auf und legte sie neben sich auf den Boden.

Die anderen Granaten brachte er in den Keller zurück und nahm stattdessen noch drei von der Sorte, die er an die Schnüre geknotet hatte, mit nach oben. Auch an ihnen befestigte er Schnüre. Er nahm eine in die Hand und las die Aufschrift: *15 Sek.* Ausgezeichnet, dachte er. Vom Ziehen des Stifts bis zur Explosion blieben ihm also fünfzehn Sekunden. Mehr als genug, damit die Granate beim Kreisen Zentrifugalkräfte entwickeln konnte für einen längeren Flug. Dann untersuchte er noch einmal die Ausrüstung, mit der er das Signal senden wollte. Beim Gedanken daran, wie klein die Chance war, dass das Signal sein Ziel erreichte, hätte er am liebsten alles zertrümmert und aufs Minenfeld geworfen.

Er hatte Hunger und erwog, sich aus dem Keller Konserven zu holen und das Ganze dann mit Wasser aus der Quelle hinunterzuspülen. Stattdessen griff er nach der Flasche und betrachtete den toten Geier, der bereits zu stinken begonnen hatte.

Mit aller Kraft zog er am Korken, der einfach nicht nachgeben wollte. Er biss hinein und zerrte mit den Zähnen, bis der Korken mit einem Plopp den Flaschenhals verließ.

Am vierten Tag stank der tote Geier bereits erbärmlich. Luka schleppte ihn aus dem Minenfeld und noch fünfzig

Yards weiter, wo er ihn zusammen mit einem Schwarm Fliegen zurückließ, nachdem er auf einen der schwarzen Flügel gespuckt, seinen Verband abgenommen und dem Geier über den Kopf geworfen hatte.

Den Großteil des fünften Tages verbrachte er unter der aufgespannten Zeltplane, in einer Hand die Flasche und in der anderen ein vergilbtes Buch. Zwischendurch stopfte er sich eine Pfeife, zündete sie immer wieder an, weil sie ständig ausging, und produzierte kleine weiße Wolken. Manchmal musste er husten, aber nicht so stark wie beim ersten Mal, als der Tabakrauch seine Lungen gefüllt hatte. Er las so fleißig, als bereite er sich auf eine Prüfung vor, und hob den Kopf erst, als ein hundeähnliches Tier – nicht Hund, nicht Wolf, nicht Kojote – in den Flügel des toten Vogels biss und ihn mit Mühe aus Lukas Sichtfeld schleifte.

Am sechsten Tag hielt Luka eine blaue Flasche mit der Aufschrift *Enzian* in der Hand. Auf dem Buch stand in der Sprache des Alten Volkes *Travnička hronika* und in etwas kleinerer Schrift darunter *Ivo Andrić*.

Am siebten Tag stand auf der Glasflasche *Šljivovica*. Das Buch war dasselbe wie am sechsten Tag.

Am achten Tag war Luka überzeugt, dass Vuk nicht zurückkommen würde. In seiner Hand war die Flasche und in seinem Kopf eine quälende Leere und der immer dringendere Wunsch, seine Qual und die Einsamkeit zu beenden. In seinen Augen spiegelten sich das Grün der Ebene und der blaue Himmel.

»Besorg dir einen Hund. Irgendeinen. Damit du nicht einsam bist«, hatte Vuk zum Abschied gesagt. Ein Hund wäre jetzt gut. Der kleine wuschelige von der Lichtung wäre eine gute Gesellschaft. Er müsste ihn anbinden, wegen der Minen. Der Kleine war ungehorsam, er würde ins Minenfeld springen.

Am Morgen des neunten Tages trug der Wind Stimmen zu ihm. Er stand nicht auf, schälte sich nur aus dem Schlafsack und kroch zu der Stelle, von wo aus er drei Gestalten erkennen konnte, von denen eine, wahrscheinlich wegen einer Verletzung, an einem langen Stock ging. Sie standen am Rand des Minenfelds und sahen aus einer Entfernung von einhundertfünfzig Yards zu ihm herüber. Eine Entfernung, die mit einem Armbrustpfeil leicht zu überwinden war, aber zu groß, um genau zu treffen. Luka konnte keine Gewehre erkennen, auch wenn der eine am Gürtel ein Pistolenhalfter trug. Eine der Gestalten hielt eine Feldflasche in die Höhe.

»He, habt ihr Wasser?«, rief der Mann.

»Nein! Verpisst euch«, schrie Luka nervös zurück.

Sie hatten langes Haar und lange Bärte, Adler. Sie mussten schon vorbeigekommen sein, wenn sie wussten, dass es hier Wasser gab. Sie kannten die Quelle. Und wenn sie hier gewesen waren, dann hatten sie zu dem, was geschehen war, zumindest beigetragen. Es würde ihm nicht besser ergehen als dem verbrannten Dickwanst und den Toten auf dem Minenfeld.

»Verpisst euch!«, schrie Luka noch einmal. In seiner Stimme lag mehr Panik, als er beabsichtigt hatte.

Doch die Adler hatten keine Lust, sich zu verpissen. Langsam betraten sie das Minenfeld. Und zwar genau dort, wo Vuk die Leichen fortgeschafft hatte. Ganz sicher waren sie schon hier gewesen.

Er nahm eine der Handgranaten, stand auf und zog mit zitternden Fingern den Stift heraus, dann nahm er die Schnur in die Hand und ließ die Granate über seinem Kopf kreisen. Er zählte leise, bei sieben ließ er los.

Die Granate landete ungefähr zwanzig Yards vor der Gruppe, die sich noch während des Flugs ins Gras geworfen hatte, auf dem Boden. Fast eine Minute blieben sie mit über dem Kopf verschränkten Armen liegen. Dann standen sie nacheinander auf, zuerst der Größte von ihnen, dann einer, dem nur an den Kopfseiten strohblondes Haar wuchs, und zum Schluss der Verwundete mit dem Stock. Alle drei lachten hämisch. Der Große holte die nicht detonierte Granate und zeigte sie den anderen. Alle drei lachten noch lauter. Der Verwundete bekam vor lauter Lachen einen Hustenanfall.

Dann bewegten sich alle drei Schritt um Schritt vorsichtig durch den nicht länger verminten Teil des Feldes auf Luka zu. Der Verwundete lief am Ende, stützte sich auf seinen Stab und lachte noch immer, wobei er mit dem Kopf voller verfilzter Haare wackelte.

Ihr Lachen hörte auf, als nur einen Schritt vor ihnen eine weitere Granate zu Boden fiel. Der Große bückte sich blitzschnell, hob sie auf, holte aus und ...

Eine starke Detonation ließ die Berge erzittern und Rauch stieg über den drei Adlern auf, von denen zwei auf dem Boden lagen und einer kniete. Fünf, sechs Schritte entfernt fiel eine weitere Granate zu Boden, die nach drei Sekunden detonierte. Und wieder verstärkten die Berge den Donner. Ein leichter Wind trug zwei kleine Wolken mit sich fort, als wären es die Seelen der beiden toten Adler.

Luka schleuderte noch eine Granate, die aber nicht detonierte. Dann noch eine, die lautstark explodierte. Es entstand noch eine Rauchwolke, die auch die Seele des dritten Adlers ins ewige Nichts beförderte.

Erst als alle drei Rauchwolken sich verflüchtigt hatten, sank der Kopf des knienden Adlers noch weiter auf seine Brust, als wäre er soeben eingeschlafen oder würde für den Kameraden, der mit zerfetztem Gesicht und verdrehten Armen vor ihm zusammengebrochen war, beten. Der Dritte lag quer vor ihm, mit dem langen Stab über seinem Hals.

Luka dachte gar nicht daran, ihre Leichen wegzutragen. Sollten sie doch da verfaulen. Sie lagen zu weit entfernt, als dass ihr Gestank ihn stören konnte. Wahrscheinlich hatten sie schon gestunken, als sie noch gelebt hatten.

Am zehnten Tag saß Luka unter der Zeltplane und beobachtete, wie die Adler zu Erde wurden, aus der alle Menschen, wie es hieß, entstanden waren. Ihr Weg führte durch die Reißzähne und die sehnigen Rachen von Wölfen. Der Kreis schloss sich, während Luka aus seiner Flasche trank.

Die Rangordnung der Wölfe faszinierte ihn. Der Anführer fraß als Erster. Nach ihm die Leitwölfin. Die anderen nach Alter und Stärke, bis zum kleinsten Welpen, der winselte und darum bettelte, dass man ihm zumindest einen der zähen Lederstiefel mit einem harten Knochen darin überließ.

Am Abend erschien eine Leopardin mit vollgefressenem Bauch. Die Wölfe spürten, dass sie mehr als satt war, und hoben nur mit gespitzten Ohren die Köpfe. Fünfzig Schritte von ihnen entfernt ließ die Leopardin sich auf der Erde nieder. Luka konnte deutlich den dicken Bauch und die riesigen Tatzen erkennen, als sie sich faul rekelte. Die Wölfe fraßen weiter, nur ruhiger und stiller. Man spürte eine gewisse Vorsicht. Am Abend dieses zehnten Tages legte sich Luka mit seinem Schlafsack in den kalten Keller.

Am elften Tag lag die Leopardin noch immer an derselben Stelle. Von den Wölfen und den toten Adlern war nichts mehr zu sehen. Gegen Mittag fing die Leopardin an, Luka auf die Nerven zu gehen. Vielleicht, weil sie nicht mehr ruhig dalag, sondern saß und über das Minenfeld zu ihm herüberstarrte. Ihr Bauch war nicht mehr ganz so groß. Luka nahm zwei der Handgranaten, ließ sie an den Schnüren baumeln und ... legte sie wieder weg. Die Leopardin hatte beobachtet, dass er etwas vom Boden aufhob, war in leichten Trab gefallen und im Dickicht verschwunden.

Am zwölften Tag beschäftigte sich Luka nicht mehr mit seiner durchdachten Kommunikationsausrüstung, in die er seine winzige Hoffnung auf Erlösung setzte. Er trank und rauchte, sang und pfiff. Er konnte sich nur an die Anfänge der Lieder erinnern und das Pfeifen fiel ihm in seinem betrunkenen Zustand schwer. Er hatte nicht einmal geahnt, wie sehr Alkohol die Zunge anschwellen ließ.

Am dreizehnten Tag jonglierte Luka mit den runden Handgranaten. Er warf sie hoch in die Luft und fing sie wieder auf. Einige fielen auf den Boden. Dann hob er sie auf und warf sie unter lautem Lachen noch höher in die Luft. Am Ende nahm er seine Taucheruhr ab und schleuderte sie weit aufs Minenfeld hinaus, dabei fiel er bäuchlings auf eine Granate.

Am vierzehnten Tag regnete es, ein schwerer Sommerregen mit großen Tropfen, warm und angenehm. Luka verließ seinen Unterstand und setzte sich auf den aufgeweichten Boden. Eine ganze Stunde saß er im Regen und vergaß das Buch, das sich in seinem Schoß langsam auflöste. Er lächelte. Es kümmerte ihn nicht, ob der Regen sauber war, ob er aus der Richtung der kontaminierten Städte kam oder aus den hohen Bergen. Er hasste es nur, dass der Regen ihn schlagartig nüchtern gemacht hatte und dass er jetzt mindestens einen halben Liter würde trinken müssen, um wieder der Gleiche zu sein, wie vor dem Schauer.

Als es nur noch tröpfelte, sah er zwischen Wolken und Berghängen sogar einen Regenbogen. Der Klang des Vogelgezwitschers war so klar, als käme er aus polyphonen Lautsprechern. Er stand auf und befühlte seinen nassen Hosenboden. Dann legte er die Hand an die Augen, um besser sehen zu können.

Zuerst war er nicht sicher, ob er unter dem Regenbogen sah, was er sehen wollte, oder ob das in der Ferne tatsächlich Vuk war. Der Mann trug auf den Schultern um den Hals etwas Großes und Schweres. Zur Sicherheit nahm Luka zwei der Granaten in die Hände. Er hatte aus der ersten Erfahrung gelernt und würde im Falle von Gefahr immer zwei Granaten auf einmal werfen, eine würde bestimmt funktionieren. Nach einigen Minuten war er nahezu sicher, dass es Vuk war, noch einige Minuten später, legte er die Granaten weg und sprang vor Glück in die Luft. Er betrat den Pfad der Toten und ging schnell auf ihn zu, aber doch nur auf Zehenspitzen, aus Angst, eine übersehene Mine zu wecken.

Am Ende des Minenfelds rannte er Vuk entgegen. Auf Vuks Schultern lag Chicas Körper. Kopf und Schwanz hingen über Vuks Brust, ihre Pfoten lagen in Vuks Händen. Vuk war bleich und voller Blut. Er strauchelte und wäre fast mit seiner Last gefallen.

»Hilf mir«, stieß er hervor und es klang wie ein Röcheln.

Entsetzen erfasste Luka. Niemals wäre er auf die Idee gekommen, dass Vuk ihn um Hilfe bitten könnte. Die Worte *hilf mir* verkündeten den Weltuntergang. Vuk ließ Chicas Körper auf Lukas Schultern gleiten, der unter dem Gewicht des großen leblosen Hundes taumelte. Chica stank wie der Geier am dritten Tag. Sie stank so sehr, dass er glaubte, sie wäre schon seit Wochen tot.

Auf der Hochebene legte er Chica vorsichtig ins Gras ab. Er wusste selbst nicht, woher er die Kraft genommen hatte, den Hund, der mindestens genauso viel wog, wie er selbst, bis hierher zu tragen. Vuk hatte keine Waffen bei sich, nicht einmal Pfeil und Bogen, nur zwei der ursprünglich sechs Messer hingen noch an seinem Gürtel. Luka konnte Vuks Schmerz körperlich nachempfinden.

»Bist du verwundet?«, fragte Luka, als er zu Atem gekommen war.

Statt einer Antwort setzte Vuk sich ins Gras und nahm Chicas Kopf in den Schoß. Er massierte ihren Hals, der voller Wunden war, und ihre von Schlamm und Blut verkrustete Brust. Er lehnte seinen Kopf an das Tier, streichelte die herabhängenden Ohren. Seine zusammengebissenen Zähne knirschten, seine blau verfärbten Lippen bluteten.

Der Reporter lief zur Quelle und brachte in einem kleinen Kinderplastikeimer Wasser. Vuk riss ihm das Wasser aus der Hand und versuchte, es Chica einzuflößen. Er schüttete das Eimerchen über Chicas Kopf aus, die sich aber weiterhin nicht bewegte.

Luka nahm den Eimer und holte noch einmal Wasser.

»Trink«, sagte er.

Vuk nahm einen Schluck und versuchte dann wieder, Chica etwas davon ins Maul zu gießen.

»Vuk, es nützt nichts. Sie ist tot.«

»Mach eine Konserve auf«, antwortete Vuk.

Luka holte eine bereits offene *Maverick*-Konserve mit Kalbfleisch und einen Plastiklöffel. Vuk stopfte sich Fleisch in den Mund. Mit schmerzverzerrter Grimasse kaute er. Aber er schluckte nicht. Stattdessen stemmte er mit beiden Händen Chicas Kiefer auseinander. Mit den Fingern schob er ihre Zunge zur Seite, steckte seinen Kopf zwischen das aufgerissene Gebiss und schob mit der Zunge das zerkaute Fleisch in Chicas Rachen.

Luka schüttelte sich vor Ekel.

Der Saft des zerkauten Fleisches tropfte aus Chicas Schnauze. Vuk nahm wieder ihren großen Kopf auf den Schoß und schaukelte ihn sanft hin und her, als wäre er von Autistik-Gas aus den Öko-Kriegen vergiftet worden. Aus seiner menschlichen Kehle drang das traurige Winseln eines Hundes.

Kalter Schweiß brach aus Lukas Poren. Er setzte sich auf die feuchte Erde und stützte den Kopf in die Hände. Er wusste nicht, was er sagen und noch weniger, was er tun konnte.

Weder aß noch trank Vuk an diesem Tag etwas. Er rührte sich nicht von der Stelle und hielt Chicas Kopf auf dem Schoß. Lukas Flehen war vergeblich. Es schien, als wolle Vuk sterben und so wieder mit seinem Hund vereint sein. Am Abend verlor er das Bewusstsein, sein Kopf fiel herab und legte sich auf den Kopf des Hundes. Mit Mühe zog Luka den Kopf des Hundes von Vuks Schoß und schleppte dann Vuk unter die Zeltplane. Er nahm seinen Kopf in den Schoß, küsste seine vernarbte Stirn und die tränenverschmierten Wangen.

Sterne zeigten sich am Himmel und die Abendröte im Westen kündigte für den nächsten Tag Sonne an. Luka hörte den Warnruf einer Eule, ihre nächtliche Jagd begann, ein kleines verängstigtes Herz würde heute Nacht zum letzten Mal schlagen. In der Ferne hörte er das Heulen eines alten Wolfs, der zum ersten Mal das Feld für einen Jüngeren räumen musste.

Umgeben von einem Minenfeld, von festgetretener schwarzer Erde, die sich mit Asche und verkohltem Holz vermischt hatte, hielt ein Mann den Kopf eines anderen im Schoß, wimmerte leise und seine Tränen fielen in die Erde.

DER TRAUM

Vuk hatte einen seltsamen Traum. Schön und schrecklich, wie Träume es manchmal sind. Nicht so schön wie die Träume von den Frauen aus den Magazinen des Alten Volkes, und nicht so schrecklich wie dann, wenn die Mondsicheln, die Adler und Rotweißen, die er getötet hatte, in seine Träume eindrangen, oder wenn er von der Hölle aus Dumos Prophezeiungen träumte.

Der Himmel in Vuks Traum hatte die Farbe des Flusses, wenn man aus siebzig Sprung Entfernung darauf blickte. Kein
klarer Himmel an einem sonnigen Tag, sondern heller, wie bei Sonnenaufgang im Sommer, voller Sterne, im Osten strahlender als im Westen.

Auf einmal verdichtete sich der Himmel und die Sterne waren zum Greifen nahe. Dann wurde der Himmel wieder weit und die Sterne tanzten wie Funken, bis sie ermüdet wieder still an ihrem Platz verharrten.

Dann verschwand ein Teil des Himmels und es öffnete sich ein Loch, in dem keine Sterne waren.

Ein dunkler Mond näherte sich ihm, gierig fraß er die Sterne und überzog fast den ganzen Himmel mit Schwärze.

Aus dem dunklen Mond tauchten fünf Schwarzhelme mit elektronischen Gewehren auf und glitten auf den Mondstrahlen nach unten.

Nach ihnen kamen zwei Engel in der Farbe frischen Gebirgsschnees mit Aureolen um den Kopf.

Vuk konnte ihre Gesichter nicht sehen. Sie lächelten mit unsichtbaren Gesichtern. Sie beugten sich über ihn. Auch jetzt konnte er ihre Gesichter nicht erkennen, nur die Umrisse ihrer Köpfe in den Aureolen.

Als die Engel sich entfernten, nahm Gott Vuk in seine strahlende Hand und trug ihn in den Himmel.

Er hörte, wie sich der Reporter mit den Schwarzhelmen stritt und darauf bestand, einen Hund mitzunehmen.

Vom Himmel aus sah Vuk, wie Gott auch den Reporter vom Boden hob und dann die tote Chica.

Er fragte sich, warum der Reporter zusammen mit ihm und Chica in den Himmel kam. Der Reporter war ein Sünder. Er war schuld an Dumos Tod. Und wegen ihm war der Krieg ausgebrochen. Außerdem lebte er noch. Er war nicht wie Vuk und Chica von den Adlern getötet worden.

Um sich herum sah Vuk nur himmlisches Licht und lange dünne Schlangen, die sich an ebenso dünnen Drähten entlang schlängelten.

Dann sah er überall funkelnde Sterne in unterschiedlichen Farben und Formen. Sie verteilten sich auf unzählige Himmel, die von stummen Blitzen durchzogen wurden.

Der Himmel war voller Zahlen. Zahlen, die niemand geschrieben hatte und die sich ständig von alleine änderten.

Und Vuk flog schwerelos durch die bunten Blitze. Dann nahmen die beiden Engel ihre Aureolen ab und er blickte in ihre wunderschönen Gesichter. Sie sahen aus wie die Frauen aus den Magazinen des Alten Volkes.

Der eine Engel nannte den anderen Zoë. Der Engel Zoë küsste Vuk sanft auf die Stirn und er roch wie das Paradies selbst.

Zoës Gesicht hatte die Farbe von Rosenholz, sie hatte lockiges dunkles Haar, große dunkle Augen und Zähne wie die Kieselsteine vom Grund des Flusses.

Zoë küsste den anderen Engel mit den feuerroten Haaren und Augen wie Frühlingswiesen.

In seinem Traum fragte Vuk nicht nach Chica oder dem Reporter.

Chica war im Hundeparadies und der Reporter war wie alle großen Sünder in der Hölle, wo er im Höllenfeuer briet und der Teufel ihm mit seinem Dreizack ins Hinterteil stach.

ERSCHEINUNGEN

Vuk erwachte auf einem Bett aus seltsamer Schaumstoffmasse, er war nackt wie bei seiner Geburt, der Bart war abrasiert, bedeckt war er nur mit einem Leintuch. Unter seinem Kopf lag ein schmales hartes Kissen. Ein Stück tiefer saßen auf Stühlen ohne Beine zwei Gestalten, die auf keinen Fall in Vuks Vorstellung vom Paradies passten. Beide trugen kragenlose Anzüge, zugeknöpft bis zum Hals. Die Jacketts hatten eingenähte Schulterpolster und standen den beiden wie einem Dachs eine Armbrust.

Eine der beiden Kreaturen, die ihn schweigend beobachteten, war der Reporter. Der andere war etwas größer, er hatte eine lange Nase, wässrige Augen und dünne, wie gemalte Augenbrauen. Sein Hals war dünn und lang wie der Hals der Gans, der Chica einmal den Kopf abgerissen hatte.

Die Stühle schwebten einige Schritte hoch in der Luft, die beiden saßen mit übereinandergeschlagenen Beinen darauf, als warteten sie auf etwas und starrten ihn an.

»Wo ist Chica?«

Der Reporter streckte zum Zeichen des Sieges beide Arme in die Luft.

»Habe ich es dir nicht gesagt?«

Langnase seufzte, griff in seine bis dahin unsichtbare Jacketttasche und holte einen rechteckigen Gegenstand aus Leder heraus, aus dem er ein Stück Papier zog. Er reichte es dem Reporter, der danach griff. Doch Langnase zog es wieder außerhalb seiner Reichweite und sagte: »Hör mal, ich überlege ernsthaft, dir meine juristischen Ratschläge in Rechnung zu stellen.«

»Wo ist Chica?«, wiederholte Vuk in einem Ton, der klar machte, dass er keinen Spaß verstand.

»He, immer schön langsam«, rief der Reporter und entriss Langnase das bedruckte Papier. »Dieser hässliche Herr hier, der gerade eine Wette verloren hat, heißt Babel. Von jetzt an und immerzu in Zukunft wird er für dich sprechen. Chica lebt und ist gesund, zusammengeflickt und ...«

Der magere Langnasige, der ihn angeglotzt hatte und der Babel hieß, unterbrach den Reporter mit einer Handbewegung und übernahm das Reden. »Deinem Hund geht es gut, dir geht es auch gut. Du hast eine neue Gallenblase bekommen, deine Milz ist bei irgendeiner Detonation gerissen und wurde entfernt, du hast zwei neue Rippen bekommen, deine alten waren wahrscheinlich seit deiner Kindheit gebrochen. Sie waren nur schlecht zusammengewachsen. Dein Blinddarm wurde entfernt, zwei fehlende Zähne ersetzt, du hast jetzt ein neues Trommelfell in deinem rechten Ohr. In deinem rechten Auge wurde ein Sehfehler behoben und größere Narben an deinem Körper wurden entfernt. Die Tätowierungen haben sie dir gelassen, für eine Entfernung wäre die Unterschrift des Patienten notwendig gewesen. Außerdem komplette Dekontamination, Detoxikation und noch einige Kleinigkeiten. Was das Hündchen angeht, so wurden eine komplizierte Wiederbelebung und eine strukturelle Rekonstruktion des abgestorbenen Gewebes durchgeführt, die ein kleines Vermögen gekostet haben.«

»Was bedeutet Rekonstruktion?«, fragte Vuk nach kurzem Nachdenken. Wo ist Chica? Bist du ein Wurzelfresser?«

Langnase blickte zu Luka, der nur mit den Achseln zuckte. Er stand auf und reichte Vuk ein Bündel. Vuk nahm es, und es entfaltete sich, als wäre es lebendig. Es war ein Anzug ähnlich dem, den die beiden Männer trugen. In dem Bündel waren ein weiche Unterhose, ein langärmliges T-Shirt und Leinenschuhe, die so leicht waren, dass sie geräuschlos zu Boden fielen.

Während Vuk sich anzog, bemerkte er das Fehlen einiger seiner Narben. Es gab auch keine neuen, soweit er verstanden hatte. Langnase Babel hatte gesagt, dass sie in seinem Inneren rumgewühlt hatten.

»Warum bin ich anders? Warum haben sie meine Haut verändert? Wie kann es sein, dass ich auf beiden Augen gleich gut sehe?«

»Ich erkläre es dir unterwegs«, sagte der Reporter.

Vuk sah die Hände des Reporters. Auf einer war eine große Schürfwunde zu sehen. Auch sein Gesicht war verunstaltet von Blutergüssen, Schürfwunden und Narben, die ihm die Schläge des schlitzäugigen Adlers eingebracht hatten.

»Warum haben sie deine Haut nicht verändert?«

Statt des Reporters antwortete Langnase. »Ha, ha, seine Geschichte kommt so besser an, wenn er Interviews gibt. Du bist im Vergleich zu ihm ein schreckhaftes Häschen. Lies mal den neuen *Herald Electronic*.«

»Halt den Mund, du Wucherer«, unterbrach ihn der Reporter wütend. »Der Ausflug war deine verdammte Idee.

Das könnte ich dem alten Shabby mal zuflüstern. Er hat noch nicht einmal eine Ahnung, wie viel er für den Heißluftballon mit der ganzen Informations- und Kommunikationsausrüstung bezahlt hat. Dieser verfluchte Heißluftballon, der grundlos in die Luft gestiegen und davon geflogen ist. Ich wette der alte Zevi würde dich auf der Stelle enterben.«

»Schon gut. Am besten wäre, wir würden jetzt ...«

An Vuks Bett tauchte auf einmal ein Mann in Schwarz auf, der keinerlei Geruch mit sich gebracht hatte. Daraus schloss Vuk, dass der Mann gar nicht hier war, sondern nur sein Bild, so, wie auf der Folie des *Herald Electronic*, die ihm der Reporter vor langer Zeit gezeigt hatte. Dennoch wirkte er sehr echt. Er sprach sogar.

»Guten Tag, Bürger. Ich bin Malik Hassan, der Direktor. Am Empfang sagte man mir, dass sie aufbrechen, da wollte ich ...«

»Ich dachte eigentlich, alle Rechnungen wären beglichen, Herr Direktor. Oder etwa nicht?«, fragte Langnase Babel genervt.

»Alles beglichen. Wissen Sie, der junge Mann war nicht versichert, und die Ausgaben waren nun einmal hoch und ...«

»Und?«, fragte Babel ungeduldig.

»Und nichts«, antwortete der Direktor. »Ich wollte nur, dass Sie in meinem Namen und im Namen der Entität der Schweizer Krankenhäuser Ihren geschätzten Vater, Shabbatai Zevi, grüßen. Mehr nicht.«

»Den Gruß übermittle ich ihm zusammen mit der Rechnung.«

Der Mann lächelte dümmlich, nickte und verschwand.

Nachdem Vuk sich angezogen und die leichten Schuhe übergestreift hatte, stand er einen Moment still da. Er sah sich selbst wie in einem Spiegel, in einem Anzug wie ihn die beiden anderen trugen.

Er war auf der anderen Seite der Wand. Im Land der Menschen, die waren wie der Reporter oder dieser Babel. Das war das Einzige, das er verstanden hatte. In seinem Kopf kreisten eine Million Fragen und keine einzige Antwort. Er wollte nicht fragen, weil er die Antworten ohnehin nicht verstanden hätte. Jede Antwort würde nach weiteren Antworten verlangen und die Unbekannten in Vuks Kopf würden sich vervielfältigen. Die Antwort auf seine wichtigste Frage hatten sie ihm schon gegeben. Auch wenn er ihnen nicht so recht glaubte.

»Gehen wir jetzt zu Chica?«, fragte er ungehalten.

»Wir gehen jetzt zu Chica«, antwortete der Reporter ruhig.

Sie gingen durch die geschlossene Tür, als wäre sie aus Wasser, und befanden sich in einem Flur mit vielen Türen, auf denen etwas geschrieben stand. Dann stellten sie sich auf eine Scheibe und Babel sagte etwas. Die Scheibe bewegte sich nach unten und wurde immer schneller. Vuk kam sich auf einmal viel leichter vor. Die Umgebung, durch die sie hindurchglitten, änderte sich ständig. Dann wurde die Scheibe langsamer und Vuk fühlte sich wieder schwerer. Er konnte auch ein Geräusch hören, es klang wie der Dudelsack des Jamaikaners.

Als die Scheibe stehenblieb, traten sie auf eine merkwürdige, ungewöhnlich saubere Straße. Sie selbst gingen zu

Fuß, auch wenn sich auf einem anderen Straßenstreifen die Menschen bewegten, ohne ihre Füße zu benutzen, als würden sie von etwas getragen. Es waren Männer und Frauen, die mehrheitlich die gleichen seltsamen kragenlosen Anzüge trugen wie Vuk und seine Begleiter. Einige hoben sich ab, weil sie Kleider trugen, wie man sie auch im Getto sehen konnte. Vuk wunderte sich nicht, hier war normal, was für ihn nicht normal war.

Er bemerkte, dass die Frauen und Männer in seinem Alter gut aussahen. Alle hatten dichtes Haar, gesunde Zähne, fröhliche Augen. Sie unterschieden sich voneinander, genau wie die Menschen im Getto. Und doch waren sie auch irgendwie gleich, sechs Fuß groß, mit leichten Schritten und lächelnden Gesichtern. Die jüngeren Frauen sahen aus wie die Frauen aus den Zeitschriften des Alten Volkes. Die älteren Menschen, wie der Reporter und Babel, waren hässlicher, auch die Frauen. Die älteren und die jüngeren unterschieden sich stärker voneinander als Hunde von Wölfen. Dennoch war deutlich zu erkennen, dass die Jungen die Alten respektierten. Das gefiel Vuk, auch wenn er nicht genau wusste, wieso.

Viele Menschen saßen in Sesseln und schwebten ordentlich in Reih und Glied über die Fußgänger hinweg, sie tippten auf Tafeln herum, die hier anscheinend jeder hatte. Und noch weiter oben war der Himmel, der nach Vuks Überzeugung nicht echt war.

Babel und der Reporter quasselten die ganze Zeit und versuchten Vuk die neue Welt, in der er sich nun befand, näherzubringen. Häufig verwendeten sie das Wort *Feld*. Auch Türen waren *Felder*, die jedoch nichts zu tun hatten mit Gras, Klee, Koka, Cannabis oder Löwenzahn. Sie hatten mit Energie zu tun, ähnlich der elektrischen Felder, die Vuk mit dem Fahrrad erzeugt hatte, damit Dumo Nachrichten hören konnte, sie hatten mit etwas zu tun, das Supraleiter und Supramagnetismus hieß. Diese Felder, berichteten seine Begleiter, nutzte man auch zur Körperreinigung, man nannte es *Dusche*. Manchmal badete man hier auch in Wasser, das nannten sie dann *Luxus*.

Die Türfelder ließen nicht jeden durch. Manche ließen nur Menschen passieren, die hinter den Feldern arbeiteten. Die Felder waren weder warm noch kalt, weder rau noch glatt, nicht weich und auch nicht hart, doch einige waren für Vuk unüberwindbar wie die Gettowand. An einige der Felder legten der Reporter oder Babel ihre Handflächen oder Augen, dann konnten sie hindurchgehen.

Immer wieder sprachen Menschen den Reporter an und verlangten, dass er etwas auf ihre Tafeln schrieb. Dabei lächelten sie. Der Reporter musste ein sehr wichtiger Mann sein. Das verwunderte Vuk nicht, hatte doch auch Germain Williams, der Jamaikaner, der mächtigste Mann der Welt, seine besten Krieger ins Gebiet der Mondsicheln geschickt, um diesen Mann zu finden. Manche der Menschen deuteten auf Vuk. Der Reporter winkte dann ab und die Menschen bedankten und verabschiedeten sich.

Sogar Kinder, männliche und weibliche, sah Vuk und war begeistert. Hatte er als Welpe im Hunderudel genauso ausgesehen? Er versuchte, sich an sein Spiegelbild im Wasser zu erinnern. Sein Haar war länger gewesen als das der Jungen und Mädchen, die hier kichernd und sich schubsend die Straße entlang liefen. Er beneidete sie. Wäre er nicht auf dem Weg zu Chica gewesen, hätte er sich den Kindern angeschlossen, und wenn er dafür den Langnasigen und den Reporter hätte verprügeln müssen.

Den Großteil des Weges, den Vuk weder räumlich noch zeitlich bestimmen konnte, weil ihm alles so gleich erschien und weil der Himmel nicht die Tageszeit verriet, verbrachten seine beiden Begleiter in angeregtem Gespräch.

Vuk hatte sich aus ihrem Gespräch und überhaupt aus der ganzen Umgebung ausgeklinkt. Er nahm ihre Worte nicht mehr ernst, diese ganze Welt erschien ihm als Lüge, wie ein Abbild oder wie das Lächeln des Rotweißen, der ihm vor langer Zeit, als Vuk noch jung und gutgläubig gewesen war, im Tausch für weißes Pulver morsche Pfeile und eine stumpfe Axt untergejubelt hatte. Nicht einmal mehr die wunderschönen Frauen hier außerhalb des Gettos reizten ihn.

Der Langnasige schlug vor, dass sie etwas essen sollten. Vuk hatte Hunger auf Brot und widersprach nicht. Sie gingen durch ein Türfeld, über dem der Schriftzug *Bel Ami* schwebte. Drinnen saßen sie an einem Tisch, der aus Stein zu sein schien und ein Gerät mit angenehmer Stimme, auf dem *NOKIA* stand, brachte ihnen einen ekligen Brei, den Babel und der Reporter als Fisch und Fleisch bezeichneten. Vuk kostete davon, aber nur, weil die beiden ihn zu Chica bringen sollten, und spuckte den geschmacklosen Brei gleich wieder auf den Teller. Selbst das Essen aus den Konserven, das die Schwarzhelme ihnen als humanitäre Hilfe brachten, schmeckte besser. Das Brot allerdings war gar nicht so schlecht, auch wenn Dumos natürlich besser war. Der Reporter und Babel aßen mit Genuss.

»Hör zu, Vuk«, sagte Babel. »Diese für dich unbekannte Welt, die eurasische Union hat dir großes Unrecht angetan. Durch einen Fehler wurdest du im internationalen Gefängniskomplex der Kategorie Null, der im Volksmund Getto genannt wird, geboren und musstest dort aufwachsen. Du stammst aus einer heute fast zerstörten Vorkriegsgemeinschaft, die durch ein Wunder inmitten des Gefängniskomplexes, weit weg von den humanitären Toren überlebt hat. Man konnte feststellen, dass du siebenundzwanzig Jahre alt bist, dass deine Eltern von den Rotweißen, wie Luka sie nennt, getötet wurden, als du drei Jahre alt warst. Die Hunde haben dich gerettet. Das hat man alles erfahren, weil man dich hier gescannt hat, ich erkläre dir später, wie das geht. Auf jeden Fall haben sie dich wie einen verurteilten Schwerbrecher gescannt, ohne deine schriftliche Zustimmung, sogar ohne dich darüber zu informieren. Sie haben all deine Erinnerungen herausgesaugt, sogar die von vor der Geburt. Und das, ohne dich vorher befragt oder verhört zu haben. Aus dem Gehirnscan haben sie erfahren, dass du mehrfach getötet, mit Drogen gehandelt und körperliche Gewalt angewendet hast, von Raub und Diebstahl nicht zu sprechen. Die Anklage gegen dich wird man fallen lassen, mach dir keine Sorgen. Das ist nur eine Formalität. Aber hör mir gut zu, Vuk. Wenn dich irgendjemand irgendetwas fragt, dann antworte nur in meinem Beisein. Verlang nach Babel Zevi. Dann müssen sie mich innerhalb von elf Minuten informieren und bis zu meiner Ankunft die Befragung unterbrechen. Der hier anwesende Luka Cvijic ist mein Zeuge und Berater. Du kannst dich auch auf ihn berufen.«

Babel deutete auf den Reporter, der in diesem Moment eine stinkende Flüssigkeit trank, eine von der Art, wie sie der verstorbene Dumo in seinem Keller gebraut hatte.

»Merk dir das«, sprach Babel weiter. »Babel Zevi, Sohn von Shabby Zevi, Vorsitzender der Vereinten Wirtschaftsentitäten der Union. Ach was, merk dir einfach Babel Zevi. Oder zeig meine Visitenkarte.«

Er zog eine Karte aus der Tasche, die halb so groß war wie Vuks Handfläche, und drückte sie gegen Vuks Anzugjacke, wo sie kleben blieb. Vuk zog die Karte vom Anzug und hielt sie wieder daran. Eine unsichtbare Kraft zog an der Karte und hielt sie dann am Anzug fest.

»Gehen wir jetzt zu Chica?«, fragte er.

Aus einem ledernen Gegenstand holte Babel eine glänzende Karte, auf der *VISA* stand, und schob sie in einen der vier Schlitze, die im Tisch eingelassen waren. Der Tisch bedankte sich höflich. Sie gingen hinaus auf die Straße, auf die Spur für Fußgänger. Auch wenn Vuk sich widersetzte, hakte Babel sich beim Gehen bei ihm unter.

»Vuk, du musst wissen, dass wir sie fertigmachen werden. Wir sind jetzt unter der Erde. Auch oben gibt es Leben und Städte, aber sehr viel weniger. Hier ist es gesünder. Zugegeben auch teurer, für das Leben an der Oberfläche werden Anreize geschaffen, um ...«

»Unter der Erde? In einem Loch?« Vuk verschluckte sich fast vor Überraschung.

»Ja, wie Hobbits.« Babel lachte. »Na ja, nicht ganz. Hier fehlt uns nichts. Weißt du, es ist eine Frage der Wahl und des Geldes. Ich zum Beispiel habe oben ein Anwesen, mit eigenem mikroklimatischen Regulator, unter einer semipermeablen Kuppel. Luka hat sich gerade ein Haus mit Garten gekauft, ohne Kuppel natürlich, die kostet ziemlich viel. Wahrscheinlich ist er es aber auch bald wieder los, wenn man bedenkt, dass seine Ex ihn gerade verklagt.«

»Gibt es oben denn nicht genug Platz?«, fragte Vuk.

»Doch. Aber nicht jeder Ort eignet sich zum Leben. Zumindest nicht seit den letzten Kriegen. Früher gab es genügend Trinkwasser, Wälder, Wiesen und Tiere. Wie im Großteil der Gebiete im Getto. Inzwischen sind nicht kontaminierte Orte teuer. Für dich werden wir nach nicht kontaminierten Wäldern, einem sauberen Fluss, einer Quelle, vielleicht sogar nach einem Stück sauberer Meeresküste suchen. Ja, mein lieber Vuk, das wird dann alles dir gehören, das ist die Union dir schuldig.«

»Blödsinn«, sagte Vuk. »Wie kann man einen Wald oder eine Wiese besitzen? Das passt in keine Tasche, und sei sie noch so groß. Genauso wenig wie ein Fluss oder eine Quelle in eine Flasche passen. Einen Wald kannst du auch nicht mit einem Minengürtel absichern wie eine Hütte. Das ist einfach Blödsinn.«

»Du sprichst wie ein Eingeborener.«

»Was für ein Eingeborener?«, fragte Vuk.

»Einer aus deinem und Cvijics Altem Volk. Egal.«

Einige Kinder liefen grüßend und tuschelnd an ihnen vorbei. Der Reporter grüßte lächelnd zurück und wandte sich dann an Vuk: »Hör auf Babel, mein Junge. Der Mann verdient jeden Monat Geld genug für ein Haus an der Oberfläche.«

»Was für ein Haus«, fragte Vuk verärgert. »Kann man in mehreren Häusern leben? Ihr seid genauso verrückt wie die

Wurzelfresser. Ich will Chica und ich will zurück. Auf der Stelle.«

Sie blieben stehen. Der Reporter und Babel sahen sich an. Als würden sie wortlos darüber entscheiden, wer das Notwendige aussprechen sollte. Und keiner von beiden schien derjenige sein zu wollen. Schließlich sprach Luka.

»Es gibt kein Rein und kein Raus mehr. Das Getto genannte Gefängnis gibt es nicht mehr. Nach unserem, hm, ... Abenteuer, dem Scan deines Gehirns, meinen Berichten und den Aufzeichnungen der Tafel wurde auf Unionsebene ein Gesetz beschlossen. Wie alle Gesetze ist es zwanzig Jahre lang gültig und wird danach entweder bestätigt oder verworfen. Das Getto wurde zu einem Reservat für dort lebende Arten umgewandelt, heimische wie angesiedelte. Wer sich bereits darin befand, wird bis zu seinem Tod darin bleiben. Die Satelliten zeigen, dass nach deinem Krieg-Krieg nicht gerade viele übrig geblieben sind. Sodass ... Übrigens ist Chica nur wenige Minuten von uns entfernt. Wollen wir gehen?«

Vuks Kopf dröhnte wie unter den Trommelschlägen der Mondsicheln. Wut, Angst, Panik, Hass und Ohnmacht wirbelten durcheinander. Nur der Wunsch, das einzige Lebewesen zu sehen, an dem ihm noch etwas lag, hielt ihn davon ab, diesem Abschaum die Hälse umzudrehen.

»Hier sind wir«, verkündete der Reporter unvermittelt.

Sie gingen durch ein breites Türfeld, auf dem die Silhouette eines Hundekopfes prangte. Im Inneren brachte eine Scheibe sie nach oben, dieses Mal war die Bewegung nicht so gleichmäßig, es ruckelte unsanft. Oben angelangt befanden sie sich in einem Raum, der von Energiefeldern in viele kleinere Einzelräume unterteilt wurde. Diese kleineren Räume waren ungefähr zwanzig Fuß lang und zwischen fünf und zwanzig Fuß breit, abhängig von der Größe der Hunde, die sie beherbergten. Jeweils ein Hund hielt sich in jedem Raum auf. Man konnte sehen, dass einige der Hunde bellten, auch wenn man nichts hörte. Die Hunde unterschieden sich in Größe und Rasse, einige waren sogar größer als Chica.

»Guten Tag, Bürger. Was kann ich für euch tun?« Ein Mann war von irgendwoher aufgetaucht. Im Gegensatz zu Luka und Babel hatte Vuk sein Kommen gespürt, denn der Mann war echt, er roch nach Schweiß und Terpentin.

»Chica 33215, c-h-i-c-a«, buchstabierte der Reporter.

Der Mann blickte auf eine Tafel, wie sie jeder hier bei sich trug. Er tippte einige Male mit dem Zeigefinger darauf.

»Eine gelbe Hündin mit schwarzem Hals. Gewicht 62 kg. Regeneration von fünf lebensnotwendigen Organen, strukturelle Erneuerung der Klasse 5. Rechnung auf den Namen von Babel Zevi. Spitze Ohren mit silbrigem Fell. Drei Jahre, sieben Monate und zwanzig Tage alt. Medizinisch versorgt, geimpft. DNA-Analyse durchgeführt. Ein kräftiger Hund, kampflustig und lebendig.«

»Ausgezeichnet«, sagte Babel. »Und jetzt geben Sie einem Roboter den Befehl, das Tier zu holen.«

Der Mann kratzte sich hinter dem Ohr, dann klopfte er wieder auf seiner Tafel herum. Vuk konnte Chicas Bild auf der Tafel erkennen, dazu klein geschriebene Zahlen und Buchstaben. Schließlich schüttelte der Mann den Kopf.

»Ich fürchte, das wird nicht gehen.«

»Wieso?«, riefen Babel und der Reporter gleichzeitig.

»Der Hund kann keine Haltegenehmigung erhalten. Die DNA-Analyse zeigt, dass der Erbanteil eines Deutschen Schäferhunds weniger als 80 Prozent beträgt. Es sind genau 75. Daneben hat er Anteile einer dänischen Dogge und noch einiger anderer Rassen. Die Empfehlung lautet Einschläfern, also Elimination, wegen der ...«

Babel unterbrach ihn. »Hören Sie, ich verstehe nichts von Kynologie, aber wenn jemand in der Lage ist, einen Hund zu halten und bereit ist, die Steuern auf die Abweichung von der Rasse zu zahlen, dann unterliegt die Erlaubnis keinen staatlichen Bestimmungen.«

»Lassen Sie mich ausreden. Die Analyse hat gezeigt, dass der Organismus des Hundes Spuren von menschlicher DNA aufweist, und somit ...«

»Wie bitte?«, rief Luka. »Hören Sie, Angestellter, der Hund wurde in einer geschlossenen Umgebung geboren, weit entfernt von irgendeiner Möglichkeit der Genmanipulation. Es war schlicht unmöglich, dass ihm jemand irgendeinen genetischen Code einpflanzt, schon gar keinen menschlichen. Außerdem wurden alle Mittel zur genetischen Manipulation unwiderruflich zerstört und die genetische Manipulation als solche ist ...«

»Sie haben mich schon wieder unterbrochen. Ich will Sie doch nur darauf vorbereiten, was ich gleich sagen werde.«

»Dann sagen Sie's endlich. Wir sind doch keine Kinder«, forderte Babel.

»Es wird Ihnen nicht gefallen.«

»Es gefällt uns jetzt schon überhaupt nicht«, war Lukas Kommentar.

»Na gut. Ihr Hund hat menschliches Fleisch gefressen. Das Gesetz schreibt vor, dass der Hund in diesem Fall eingeschläfert werden muss. Es tut mir leid, Bürger.«

»Kann dieser junge Mann den Hund sehen und mit ihm spielen, bis wir die Sache geklärt haben?« fragte Babel und deutete mit dem Kinn auf Vuk.

Vuk blickte den Angestellten und dann seine beiden Begleiter fragend an. Dabei sprühten seine Augen Funken, von denen Luka, der ihn am besten kannte, der kalte Schweiß ausbrach.

Schließlich zog Babel seinen ledernen Gegenstand aus der Hosentasche und entnahm ihm einen bunten Zettel, den er dem Mann in die Hand drückte. Der blickte auf den Schein, dann zu Babel, der ihm daraufhin einen zweiten Schein zusteckte. Schließlich nickte der Angestellte. »Also gut. Aber nur, dass Sie es wissen, der Hund ist gefährlich. Vier Männer in Kampfausrüstung haben versucht, ihn zu überwältigen. Am Ende mussten wir einen Roboter reinschicken, und der ist auch beschädigt. Sie müssen unterschreiben, dass Sie das auf eigene Verantwortung tun.«

»Keine Sorge«, sagte Babel. »Wo muss ich unterschreiben? Ich bin der rechtliche Vertreter des Besitzers dieses Hundes.«

Der Angestellte reichte ihm eine kleine Tafel. Babel legte seine Hand darauf. Dann hielt er die Tafel vor sein Auge und zeichnete schließlich mit dem Finger eine Figur darauf.

»Sie sind Zevi?«, fragte der Mann.

»Ja.«

»Verwandt mit Shabby Zevi?«

»Shabbatai. Shabbatai Zevi ist mein Vater.«

Der Mann erbleichte.

»Verzeihen Sie, Bürger Zevi. Es wird keine Probleme geben. Hier ist Ihr Geld«, sagte er und reichte ihm die bunten Scheine zurück.

»Behalten Sie diese kleine Aufmerksamkeit«, antwortete Babel. »Aber wenn dieser junge Kahlkopf hierher kommt, dann helfen Sie ihm, wo Sie nur können. Was immer er benötigt.« Er reichte Vuk seine Tafel.

Der Reporter nahm Vuks Hand und drückte die Handfläche auf die glatte Oberfläche. Vuk spürte ein leichtes Kitzeln. Dann brachte der Reporter die Tafel ganz nah vor Vuks Auge und gab sie dann dem Mann wieder.

»Folgen Sie mir«, sagte der Mann. Im Gehen verstaute er die Tafel in seinem Anzug.

Sie gingen durch endlose Flure, an unzähligen Räumen mit Hunden vorbei. Sie konnten die Hunde gut sehen, wurden aber von diesen nicht wahrgenommen. Dann erinnerte sich Vuk daran, dass man nur von einer Seite durch die Energiefelder sehen konnte. Scheinbar hielten diese Felder auch Gerüche ab. Sonst hätten die Hunde sie bemerkt. Vor einem der Felder blieben sie stehen. Dahinter lag Chica.

»Hat sie uns gesehen?«, fragte der Reporter.

»Auf keinen Fall«, antwortete der Mann. »Nicht einmal ein Lichtphoton dringt da hinein. Am besten wäre es, nur der junge Mann geht mit dem Roboter hinein.«

»Kein Roboter, bitte«, sagte der Reporter.

Der Mann sah zu Babel, dann zum Reporter und warnte sie: »Der Hunde wurde auf der Gefahrenskala mit zehn bewertet. Es tut mir leid, aber ich kann diese Vorschrift nicht ignorieren.«

»Sie haben schon einige ignoriert«, sagte Babel und hob bedeutungsvoll die Augenbrauen.

Der Mann tippte einige Male auf seine Tafel. Es passierte nichts. Er deutete mit dem Kopf in Chicas Richtung. Der Reporter und Babel nickten. Vuk ging durch das Türfeld. Chica zog sich einen halben Meter zurück und sprang dann auf Vuk zu. Der Mann und das Tier wälzten sich am Boden, in einer Geschwindigkeit, dass ihre Körper manchmal nicht voneinander zu unterscheiden waren. Nur hören konnte man nichts.

Das Gesicht des Angestellten war bleich und angespannt. Babel beobachtete die Szene mit aufgerissenen Augen, nur der Reporter lächelte zufrieden und schnipste mit den Fingern.

Schließlich erlangte der Angestellte seine Fassung wieder und tippte hektisch auf seiner Tafel herum, woraufhin ein Metallwesen mit vier langen Greifern heranschwebte. Der Reporter hob seine Hand und bedeutete, dass die Anwesenheit des Roboters nicht benötigt wurde. Der Mann nahm wieder seine Tafel zu Hilfe und nun drangen auch endlich Laute aus Chicas Zelle nach draußen. Man hörte den Aufprall der Körper auf dem Boden, Winseln, Knurren und Bellen.

Als dem Angestellten bewusst wurde, dass die tierischen Laute nicht nur aus Chicas, sondern auch aus Vuks Kehle kamen, verließ der letzte Rest Farbe sein Gesicht. Der Reporter klopfte ihm auf die Schulter, drehte ihn dann zu sich herum, weg vom verstörenden Anblick in der Zelle und sagte: »Gibt es hier irgendwo eine Bar? Ein Drink würde Ihnen jetzt bestimmt guttun.«

»Wir gehen«, sagte Babel und nahm den Ärmsten am Arm. »Wir werden den besten Cabernet trinken, den man für Geld bekommen kann. Mein Vater zahlt, der edle Shabbatai Zevi. Und ich würde Sie bitten, dass Sie mich nicht mehr *Bürger* nennen.«

DAS VERFAHREN

Der achte Verhandlungstag war wie alle anderen zuvor. Vuk saß auf dem schwebenden Sessel. Babel sprach und fuchtelte mit den Armen. Vuk tippte auf der Tafel und sah sich zweidimensionale Natursendungen an. Am liebsten mochte er die Folgen von *Planet der Tiere*. Zwischendurch tippte er *time*, um zu sehen, wie spät es war. Die Zeitanzeige war keine Uhr mit Zeigern, sondern mit Ziffern. Das war viel leichter. Denn um drei durfte er Chica besuchen und das hieß, dass er um fünfzehn vor drei gehen konnte. Auf der Uhr musste dann 14:45 stehen. Das hatte ihm Babel erklärt, als er ihm außerdem zum wiederholten Male erklärte, dass er sein rechtlicher Vertreter sei.

In dem ovalen Raum schwebten auf verschiedenen Höhen Stühle ohne Lehne und eine große Tafel, die als Tisch diente. Auf einem der Stühle saß ein Mann, der Ankläger genannt wurde. Auf einem anderen wechselten sich sogenannte Zeugen oder manchmal Experten ab. Diese Leute waren in der Regel echt, sie hatten einen Geruch und betraten den Raum, wenn einer der zwölf Alten sie aufrief. Sie kamen immer einzeln herein und verließen den Raum wieder, wenn sie fertig waren. Diese Leute, der Ankläger, der Reporter, Babel und Vuk waren meist die einzig echten Menschen im Raum. Den zwölf Alten mit dem künstlichen Haar, die in der Regel schwiegen, schenkte Vuk keine Aufmerksamkeit. Eigentlich waren sie gar nicht wirklich hier. Der Ankläger und Babel wechselten sich mit Sitzen und

Stehen ab. Häufig fielen Wörter wie *schuldig, unschuldig, Einspruch, irrelevant*. Die unechten Alten verwendeten vor allem das Wort *stattgegeben* und ein anderes, das Vuk nicht verstand. Vuk wurde Angeklagter genannt.

Manchmal richtete der Ankläger eine Frage an Vuk. Dann antwortete Babel an seiner Stelle. Das gefiel Vuk.

Wenn die Uhr 14:45 zeigte, stand Vuk auf und ging, nachdem einer der unechten Alten verkündet hatte, dass die Verhandlung am nächsten Tag um zehn null null weitergeführt würde. Andernfalls hätte Vuk randaliert und gedroht, jemanden umzubringen, wie am ersten Verhandlungstag.

Die Verhandlungen fanden an den Tagen Montag, Dienstag, Mittwoch, Donnerstag und Freitag statt. Am Wochenende blieb Vuk in seinem Zimmer und schlief, rasierte sich Kinn und Kopf oder ging auf den Flur und unterhielt sich mit dem vierarmigen Wesen namens *Siemens*, das ihm immer Essen und Trinken brachte. Sie unterhielten sich vor allem über Technik, darüber wie die Stadt und die Energiefelder funktionierten, über die Vorteile eines Bogens gegenüber einer Armbrust. Über so technische Themen eben. Siemens verfügte über viele nützliche Informationen. Und er stand immer vor dem Türfeld bereit, um Vuks Wünsche zu erfüllen.

Es war schon der dritte Tag, an dem Vuk alleine zu dem Ort ging, der *Städtisches Hundeasyl* hieß und wo Chica lebte. Der Weg war leicht zu merken. Er fuhr auf die Plattform, wo die Haltestelle war, und wartete, dass einer der weichen Sitze mit der Nummer 11 anhielt, der dann über allen anderen durch die Stadt schwebte. An der Haltestelle Nummer 19 stieg er aus und fuhr hinunter zum Türfeld mit der Hundesilhouette. Er stellte sich auf die Scheibe und nannte sein Ziel. Oben angekommen wurde er von einem der vielen vierarmigen Wesen namens *Samsung* zu Chica geführt. Bevor er Chica dann sehen konnte, musste er nur noch seine Handfläche und sein Auge auf die glatte Oberfläche halten, die ihm Samsung hinhielt. Anschließend bedankte er sich sogar bei Vuk.

Vuk war zufrieden mit der Art, in der Samsung sich um Chica kümmerte. In Schüsseln brachte er Trockenfutter. Der Boden saugte Chicas Urin und Kot auf, sogar die Haare, die sie verlor. Ihre Zelle war makellos sauber.

Auf dem Rückweg nahm er einen Sessel mit der Nummer 22 und beobachtete von oben die Menschen unter sich. Einige trugen weiche eng anliegende Anzüge und rannten auf besonderen Bändern, die sich entgegen ihrer Laufrichtung bewegten, und so schien es, als kämen sie nicht von der Stelle. Es war offensichtlich, dass diese Menschen um einiges verrückter waren als selbst die Wurzelfresser. An der Haltestelle 20 stieg er aus und ging zu seinem Zimmer, wo er schlief, aß, trank und sich mit kleinen Kügelchen, die so schnell waren wie ein Blitz, wusch, was man hier *duschen* nannte.

Im Schlaf träumte er oft, dass er und Chica über Wiesen liefen, über felsige Abhänge entlang eines blauen Flusses, an dessen Namen er sich nicht mehr erinnern konnte. Roter Klatschmohn bog sich unter ihren Füßen und Pfoten und Chica winselte vor Vergnügen. Sie liefen durch ein würzig duftendes Tabakfeld, die grünen fleischigen Blätter schlugen gegen ihre Beine. Im Traum aßen sie manchmal Waben, aus denen der Honig tropfte. Dumos Apfelstrudel dampfte in der Nähe und Kuchenduft verbreitete sich über den Wiesen. Die Hirsche waren in Vuks Träumen langsam wie Schnecken, die schwarzen Panther vom Makljen machten Platz, wenn er und Chica kamen, so schnell und stark waren er und seine schwarzgoldene Freundin.

Am zwanzigsten Verhandlungstag verbrachte Vuk die Zeit damit, zu warten, dass es 14:45 wurde. Der einzige Unterschied war, dass nun er selbst Ankläger genannt wurde. Jemand anders und irgendeine Union waren die Angeklagten. Im Namen der Angeklagten sprach nun irgendein anderer Mann. Alle anderen waren wieder Zeugen und Experten, echte und unechte. Es waren nicht dieselben wie an den Tagen zuvor, Vuk konnte sich zwar keine Namen merken, Gesichter dafür aber umso besser.

Am zweiunddreißigsten Verhandlungstag starrte Vuk stumpf vor sich hin, während sich alle stritten.

Der Reporter war bedrückt und sehr nervös. Seine Exfrau machte ihm Schwierigkeiten und Vuk fragte sich, ob die Frau nun ein Mann war, wenn sie keine Frau mehr war. Er hatte gehört, dass selbst so etwas hier, außerhalb des Gettos, möglich war.

Am dreiunddreißigsten Tag verwendete Babel in der Verhandlung neue Wörter. Er sprach von *Faschismus, Nationalismus, Segregation* und *Apartheid*, Wörter, die den unechten Alten gar nicht zu gefallen schienen.

Am vierunddreißigsten Verhandlungstag starrte Vuk vor sich hin. Er schaute sich auch nicht mehr Filme aus der Reihe *Planet der Tiere* an.

Am fünfunddreißigsten Tag hatte Vuk bereits sichtbar abgenommen, völlig entkräftet fiel er von dem schwebenden Stuhl. Man stellte fest, dass er seit mehreren Tagen nichts gegessen hatte. Sie stachen eine Nadel in seinen Handrücken und ernährten ihn mit einer Flüssigkeit. Als er sich erholt hatte, fragten sie ihn, ob er gerne an die Oberfläche gehen wollte. Aber ohne Chica wollte er nirgendwohin gehen.

Am achtunddreißigsten Tag kamen Babel, der Reporter, ein Mann namens Ivan und ein Mann in Helm und Stiefeln und brachten Vuk an einen Ort, den sie Museum nannten. Dort gab es eine Art Fahrzeug, von dem bereits der Lack abblätterte und das fünfmal größer war als der Traktor des Jamaikaners und mindestens genauso hässlich. Vuks Begleiter gingen lebhaft diskutierend hinein und wieder hinaus. Die Auseinandersetzung dauerte lange. Vuk blickte in dieser Zeit abwesend ins Leere. Er hörte ihnen nicht zu. Er wollte es gar nicht hören. Ihn interessierte nur die Zeitanzeige auf der Tafel.

Obwohl nicht Wochenende war, würde am nächsten und auch am übernächsten Tag keine Verhandlung stattfinden.

DIE RÜCKKEHR

Dann begann ein weiteres Verfahren. Vuk aß nicht mehr, sie ernährten ihn weiter über ein Röhrchen, das in seiner Hand steckte.

An einem Verhandlungstag, Vuk wusste nicht dem wievielten in Folge, führten Luka und ein Mann mit Helm ihn zu einer der Scheiben, die nach oben und nach unten fuhren, man nannte sie *Lift*. Der Lift fuhr ewig nach oben. Die Hälfte der Strecke beschleunigte er stetig und die andere Hälfte wurde er immer langsamer. Die ganze Zeit schwiegen sie alle drei. Als die Scheibe stehenblieb, gingen sie eine alte, abgetretene Treppe hinauf. Oben angelangt spürte Vuk zum ersten Mal seit langer Zeit einen kühlen Wind auf der Haut und sah den grauen Himmel der Morgendämmerung über sich. Das verkümmerte mausgraue Gras sah aus, als sei es mit Benzin übergossen und angezündet worden. Drei Männer in nachtblauen Anzügen und ebenso dunklen aber glänzenden Helmen warteten dort mit Babel und dem Mann, der Ivan hieß. Neben ihnen stand das hässliche Fahrzeug, das Vuk im Museum gesehen hatte.

Alle schauten auf die Uhr. Vuk nicht. Es war noch lange nicht 14:45 Uhr.

Als der Himmel heller wurde, erschien ein Mond, der so dunkel war wie der Boden des Brunnens hinter Gérards Hütte, wie der Mond aus dem Traum, nach dessen Auftauchen er sich in der künstlichen Welt unter der Erde wiedergefunden hatte.

Der dunkle Mond sank zu Boden und plötzlich verschwand ein Teil der dunklen Fläche und eine Öffnung zeigte sich. Und im Inneren sah Vuk seine gute, kluge Chica. Zwei Schwarzhelme hielten sie an Stangen, als wäre Chica ein Höllenhund oder der Tiger des Jamaikaners.

Sie führten sie heraus zu Vuk. Genauer gesagt hielten sie sie nur mit Mühe zurück, während sie ihre Krallen in die Erde grub und das vertrocknete Gras in Büscheln herausriss. Als Vuk sie umarmte und sich sicher war, dass er nicht träumte, kehrten seine Sinne, sein Denkvermögen und auch sein Wille zurück. Aus dem Augenwinkel spähte er nach einer Möglichkeit den Schwarzhelmen die Stangen zu entreißen und suchte nach einem geeigneten Fluchtweg durch das versengte Tal. Dabei konnte er sich kaum auf den Beinen halten.

»Du musst nicht fliehen, Vuk«, sagte der Reporter, als hätte er seine Gedanken gelesen. »Wir haben gewonnen. Wir bringen dich zurück ins Getto. In deine Welt, aber nicht in deine Zeit. Zum Glück oder leider werden deine Rotweißen, Adler und Mondsicheln dort sein. Wir gehen zuerst noch an einen anderen Ort und danach dorthin. Ich werde dich begleiten.«

Vuk wollte sagen, dass es für den Reporter besser wäre, hier zu bleiben. Doch er schwieg. Er befürchtete, dass sie auch ihn zurückhalten würden und er in dieser künstlichen Welt bleiben müsste, und Chica in dem Asyl.

»Luka, es gibt kein Zurück. Ich weiß auch nicht, wie du auf die Idee kommst, dich um jemanden kümmern zu können, du kannst doch nicht einmal für dich selbst sorgen«, sagte Babel.

»Das weiß ich sehr gut. Und es ist auch besser so. Diese Hexe hat mir alles genommen, was ich besaß. Und wenn ich noch mehr verdiene, nimmst sie mir auch das. Geschieht ihr recht. Ich gehe, sonst treibt sie mich noch in den Wahnsinn.«

»Wie du willst. Ivan, ist der Fusionsreaktor drin?«, fragte Babel.

»Ja, sobald Energie übertragen wird, wird es im Kern zu einer unkontrollierten thermonuklearen Reaktion kommen«, sagte Ivan und Vuk erkannte überrascht Tränen in seinen Augen.

»Auch egal«, sagte der Reporter. »Es gibt eh nichts, was kaputt gehen könnte. Und jetzt lasst euch umarmen.«

Babel weinte, als er den Reporter umarmte. Dadurch sah er noch hässlicher aus als sonst. Mit der Hand wischte er seine Tränen fort. Auch Ivan senkte den Blick. Babel reichte Vuk seine tränenfeuchte Hand. Vuk schüttelte sie kurz und emotionslos. Dann bückte sich Babel, um Chica zu streicheln, doch im letzten Moment nahm er Abstand davon, weil sie leise knurrte.

Als sie die Metalltür des Fahrzeugs aus dem Museum öffneten, war Vuk überrascht. Das Ding hatte keine Türfelder, wie alle anderen Räume, die er in den letzten Wochen betreten hatte.

Zwei Männer in Anzügen, die die Farbe von Regenwolken hatten, durchsuchten Vuk und den Reporter. Sie nahmen ihnen die Tafeln ab. Dem Reporter nahmen sie alles weg; noch mehr Tafeln, zu Kügelchen zerdrückte Papierfetzen, Schreibstäbchen, Kristalle. Einige Papierkügelchen zogen sie sogar unter der Zunge des Reporters heraus. Dann führte einer der Männer den Reporter in den schwarzen Mond. Nach einiger Zeit kamen sie wieder heraus, der Reporter schimpfte wütend, während er sich noch die Hose zuknöpfte.

Vuk und der Reporter bekamen jeweils einen kleinen aber ungewöhnlich schweren Ziegelstein aus glänzendem Metall, das Gold hieß. Dem Reporter gaben sie noch drei kleine dunkelblaue Büchlein, auf zweien prangte das Wappen der Rotweißen und auf der ersten Seite befanden sich je ein Bild von Vuk und Luka. Das dritte Büchlein sah etwas anders aus, innen waren ein Bild von Chica und verschiedene Papiere. Einer der Männer in den nachtblauen Anzügen reichte dem Reporter eine Tafel und dieser legte seine Handfläche darauf, hielt dann sein Auge davor und unterschrieb schließlich mit dem Zeigefinger darauf.

Der Reporter schlug mit den kleinen Büchern in seine Handfläche und sah Vuk auffordernd an. Dann drehte er sich um und betrat das Fahrzeug. Nach kurzem Zögern folgte ihm Vuk, das schienen alle von ihm zu erwarten. Chica lief so nah bei ihm, dass ihr Kopf seinen Oberschenkel berührte, als hätte sie Angst, ihn wieder zu verlieren. Sie setzten sich auf die blutroten Sitze und der Reporter half Vuk, die Gurte um Hüfte und Brust zu schließen. Chica legte sich zu Vuks Füßen und legte die schwarze Schnauze auf ihre Pfoten. Unter Getöse schloss sich die Metalltür.

Sie warteten. Es geschah nichts.

Dann spürte Vuk ein leichtes Kitzeln und kurz darauf hatte er das Gefühl, als würde seine Haut in alle Richtungen gezogen. Er bekam Angst, sein Fleisch könnte sich von den Knochen lösen und an die Metallwände des Fahrzeugs klatschen. Dann war plötzlich nichts mehr da, kein Laut, kein Gefühl, bis es krachte. Es krachte, wie als er mit bloßer Hand an die Spule von Dumos Radiokonstruktion gefasst hatte. Oder wie wenn aus einem hohlen Rohr eine Rakete der Adler flog und zehn Yards weiter einschlug.

SELTSAME GESTALTEN

Vuk erwachte mit Kopfschmerzen. Chica bellte und Dutzende Nadeln stachen in sein Gesicht. Er drückte sich mit den Händen aus dem kurz geschnittenen Gras hoch und schaffte es nur mit Mühe auf die Knie. Chica bellte wie damals, als sie auf *Allahs Faust*, dem heiligen Baum der Mondsicheln, den Leoparden entdeckt hatte.

Um sich herum sah Vuk viele sonderbare Dinge, doch nichts erschien ihm gefährlich, weder Luka, der bewusstlos neben ihm lag, noch die Mütter mit Kinderwagen, nicht das Gras und die sandigen Wege und auch nicht die zerborstenen roten Sitze oder zerrissenen Gurte – offensichtlich die Überreste der Maschine, in die sie gestiegen waren. Einige Kinder sprangen von den Schaukeln und kamen auf sie zu gerannt. Ihre Mütter schüttelten verwundert den Kopf und sprachen in einer Sprache, die im Getto *Doytch* genannt wurde. Als Chica wieder bellte, versteckten sich die Kinder hinter ihren Müttern. Von Chicas Bellen geweckt, fingen auch die Babys an zu schreien. Es war ein unbeschreiblicher Lärm. Dann kam ein zerlumpter und schmutziger Wurzelfresser auf Vuk zu und sagte etwas auf Doytch. Er stank wie einer von Dumos versifften Kesseln, in denen der immer dieses furchtbare Zeug gebraut hatte. Dann fragte ihn der Wurzelfresser auf Englisch, ob er eine seiner glitzernden *Rolex*-Uhren kaufen wolle. Ein Junge, der wohl nicht mehr ganz bei Trost war, ging zu Chica und legte seine Hand auf ihren Hals. Zu Vuks Erstaunen setzte Chica sich friedlich auf die Hinterläufe und richtete die angelegten Ohren wieder auf. Dann leckte sie die Hand des Kleinen. Eine dicke Frau zog den Jungen grob von Chica weg und er fing an zu weinen. Dann bellte Chica wieder und schaute zu Vuk, als wolle sie ihn fragen, ob sie der Frau an die Kehle springen solle.

Über den knirschenden Sand kam ein Mann in Uniform auf sie zu gerannt und rief: »Warum hat dieser Hund keinen Maulkorb? Ihren Ausweis bitte. Für den Hund auch. Sofort!«

Der Wurzelfresser ergriff stolpernd die Flucht. Vuk war ratlos. Sollte er dem Wurzelfresser folgen? Wurzelfresser kannten immer den besten Fluchtweg, nur so überlebten sie unter Mondsicheln, Adlern und Rotweißen. Der Mann in Uniform war mit Sicherheit bewaffnet und in der Nähe waren bestimmt noch mehr von der Sorte. Vuk hatte nicht verstanden, was der Uniformierte gesagt hatte, aber er erkannte deutlich, dass der Mann wütend war und dass er und Chica in der Klemme steckten. Sie mussten so schnell wie möglich von hier verschwinden. Doch nach einem Tag in der Maschine und in dieser seltsamen Zwischenwelt, ohne Essen und Trinken, würde er nicht einmal hundert Meter weit kommen.

»Chica, verschwinde. Verschwinde!«, rief er streng. Und dann machte er das Geräusch für höchste Gefahr. Ein Schrei, wie er ihn bereits im Zjenica-Rudel gelernt hatte und auf den hin das Rudel sich ohne zu zögern in alle Richtungen zerstreute.

Doch Chica blieb mit eingezogenem Schwanz sitzen, verwirrt eher von Vuks Ohnmacht als durch die Umgebung. Dann sprang sie auf, drückte sich an Vuk, fletschte die Zähne und bellte den Uniformierten an, wie immer bereit, Vuk zu verteidigen.

Erleichtert sah Vuk, dass Luka aus seiner Bewusstlosigkeit erwachte. An Lukas Lächeln erkannte er, dass dieser bei den Adlern so nutzlose Mann sie hier vielleicht würde retten können.

Luka setzte sich im Gras auf und kam dann mit Mühe auf die Beine. Aus seiner Jackentasche holte er die Papiere, die man ihnen gegeben hatte, bevor sie im Museum in die Maschine gestiegen waren. Während der Uniformierte die Ausweise prüfte, zwinkerte Luka Vuk zu und klopfte sich Gras und Erde von der Hose.

DER FLUSS

Er kam in mein Büro, ein Typ um die fünfzig, mit eigentümlich geschnittener Kleidung, er roch nach Pfeifentabak, vermischt mit Alkohol. Er wollte mit mir reden, nur mit mir wollte er reden. Seltsam und nervös, doch gefährlich erschien er mir nicht. Zumindest nicht für einen Mann von meiner Größe und Statur.

Ich dachte zunächst, er wäre einer der verwirrten Stadtstreicher, denen der Krieg alles genommen hatte, unter anderem die Würde, einer von denen, die durch die Stadt taumelten, auf der Suche nach jemandem, dem sie ihre traurige Geschichte erzählen konnten, um sich so einer Last zu entledigen, indem sie sie jemand anderem aufluden. Und nebenbei natürlich, um ein paar Münzen zu schnorren. Ich arbeitete in der Organisation für internationale Gehaltszahlungen. Krank und naiv wie ich war, war ich das ideale Opfer.

Ich wollte ihn mit Geld loswerden, ich hatte meine eigenen Probleme, viele Probleme und nur wenig Zeit. Und Geld hatte ich sogar übrig für solche wie ihn. Doch der Penner ließ sich nicht so einfach kaufen. Zu meinem Entsetzen sprach er mich mit Namen an, noch bevor ich mich vorstellen konnte.

Er bestand darauf, dass ich ihn begleitete. Am Ende gab ich natürlich nach und erklärte mich mit einem Kaffee in der Altstadt einverstanden. Wissen Sie, Neugier ist Gottes Strafe für meinen schwachen Glauben. Ich blieb den ganzen

Tag bei dem Alten und ging nicht mehr zur Arbeit zurück. Auch den nächsten Tag verbrachte ich mit ihm.

Der Alte trank, entzündete seine immer wieder ausgehende Pfeife neu und redete wie ein Wasserfall. Er trank verschiedene Schnäpse, immer auf ex, als wäre jeder einzelne sein letzter und als wollte er vor seinem Tod noch alle Sorten durchprobieren. So ging das tagelang.

Ich weiß nicht mehr, an welchem Tag genau, aber meine Chefin rief an und drohte mir mit Kündigung, sollte ich am nächsten Tag nicht im Büro erscheinen und meine Arbeit wieder aufnehmen. Dann drohte meine Frau mit Scheidung, wenn ich den alten Taugenichts nicht sofort sich selbst überließ und zu meiner Arbeit zurückkehrte.

Am Ende verlor ich meine Arbeit, meine Frau zum Glück nicht. Liebe macht wirklich blind.

Nach allem, was der Fremde mir erzählt hatte, war es mir egal. Genau genommen war mir alles egal, nachdem ich erfahren hatte, was der Alte erlebt hatte.

Am Ende seiner Geschichte, die ich Ihnen größtenteils nacherzählt habe, trank der Alte noch einen herzegowinischen Trester und ließ sich eine Flasche zum Mitnehmen geben. Dann schüttelte er sich und sagte, er müsse gehen, zurück in die Schweiz, um Lotto zu spielen. Er kenne den Monat, die Woche und die Gewinnkombination. Soweit ich mich entsinne, war es die dritte Woche im März. Oder war es eine andere gewesen? Das Jahr hatte er allerdings vergessen.

Er hatte einen Haufen Geld, wahrscheinlich beim Glücksspiel gewonnen oder bei irgendwelchen zwielichtigen Geschäften verdient. Bevor er ging, fragte er, ob ich Geld brauche, jetzt wo ich arbeitslos sei. Meine Antwort, ich sei jederzeit in der Lage, so viel zu verdienen wie nötig, schien ihm zu gefallen. Wissen Sie, auch ein Arbeitsloser kann seinen Stolz haben.

Dann sagte er, in einigen Tagen würde ein junger Mann mit einem großen Hund zu mir kommen. Er sei in der Wildnis aufgewachsen und wenig sozialisiert. Er bat mich, dem Mann zu helfen, darauf zu achten, dass er nicht in eine Notlage gerate. Ich solle ihm alles erklären, was er vielleicht nicht verstehe. Er gab mir seine E-Mail-Adresse und die des Mannes, der kommen würde. Der Mann heiße Vuk Lukic, er wisse, wie man ein Handy bedient und E-Mails schreibt, er besitze viele Kreditkarten und könne damit umgehen. Ich solle ihm helfen, einen neuen Reisepass zu beantragen, wenn das Land, dessen Staatsbürger er war, in die EU aufgenommen würde. Ich solle ab und zu mit ihm in die Kirche gehen, in eine katholische, aber nicht zur Messe und auch nicht zur Beichte, sondern einfach so, damit er zu Gott beten könne. Er bat mich auch noch, darauf zu achten, dass man Vuks Tätowierung der Mondsicheln nicht sah, wenn er im Land der Adler oder der Rotweißen war, und dass er sein Kruzifix abnahm oder unter der Kleidung versteckte, wenn wir uns auf dem Gebiet der Mondsicheln befänden.

Ohne dass ich es merkte, steckte er mir bei der Verabschiedung ein dickes Bündel Geldscheine in die Tasche und dazu einen Zettel, auf dem stand, ich solle für dieses Geld einen weiblichen Schäferhundwelpen kaufen. Aber erst, wenn Vuks großer Hund gestorben wäre, auf keinen Fall früher. Ich solle Vuk nichts fragen, sondern ihm den Welpen mit ordentlichen Papieren nur bringen und in die Arme legen. Außerdem solle ich eine große Hundehütte kaufen und mich um den Hund kümmern, wenn Vuk etwas erledigen müsse, wie zum Beispiel zur Bank gehen, oder andere Dinge, bei denen er den Hund nicht mitnehmen könne.

Für das Geld hätte ich einen ganzen Wurf Welpen kaufen können, mit preisgekrönten Vorfahren. Und der Verkäufer hätte mir für den Preis noch die Hand geküsst.

Verzeihen Sie mir, dass ich die Geschichte des Alten nicht detaillierter erzählt habe. Zum Beispiel habe ich ausgelassen, wie ich mit meinem Freund Vuk und seinem Hund aus reiner Neugier die Stelle besucht habe, an der einmal Dumos Hütte stehen würde, wie wir eiskaltes Wasser aus der Quelle tranken, mit deren Wasser Dumo eines Tages Vuk taufen würde. Ich habe auch nicht erzählt, wie Vuk Germain Williams und die Wilde Olena tötete, wie er dem Tiger des Jamaikaners und den Adlern entwischte und sich und den halbtoten Hund rettete. Und auch nicht, warum der Alte in dem seltsamen Aufzug sich ausgerechnet an mich wandte. Und noch vieles andere habe ich nicht erzählt.

Aber was ich erzählt habe, genügt auch so. Vor allem, wenn man berücksichtigt, wer es erzählt.

Im Sommer können Sie mich manchmal mit einem jungen Mann mit kahlrasiertem Schädel und rechteckigem Bärtchen in einer der Kneipen am Flussufer sitzen sehen. Zu seinen Füßen liegt gewöhnlich eine riesige alte Schäferhündin. Dann könnten Sie Vuk auch selber nach den Lücken in meiner Geschichte fragen.

Oder besser nicht. Ich weiß selbst nicht mehr so genau, was ich erzählen darf und was nicht. Aber eigentlich interessiert es mich auch nicht, jetzt, wo die ganze Welt langsam aber sicher zum Teufel geht.

Ich muss Sie warnen, es könnte sein, dass mein Freund Sie sehr unhöflich verscheucht. Oder dass die große Hündin Sie mit seinem Knurren und gefletschten Zähnen erschreckt. Auch friedlich ist sie furchteinflößend, glauben Sie mir.

Das mit dem Hund ist wirklich interessant. Häufig kommen Leute, die mich kennen und wollen sich zu uns setzen und ein wenig plaufern. Und regelmäßig vertreibt sie der Hund auf ein unmerkliches Zeichen von Vuk hin. Meistens starren wir auf den Fluss, dessen Namen Vuk eines Tages vergessen wird, dessen Wasser manchmal grün und manchmal blau ist. Wir sehen Mondsicheln in Uniformen aus dem letzten Krieg, die darauf warten, dass eine unvorsichtige Forelle nach dem künstlichen Köder schnappt und zur Mahlzeit für jemanden wird, der klüger war als sie.

Ich trinke Bier, Vuk trinkt stilles Wasser. Der Hund legt seinen Kopf auf seine gelben Pfoten und seine gespitzten Ohren fangen das Gemurmel des Wassers und die Geräusche um uns herum ein.

Unsere Blicke wandern über die Türme der Brücke, die Äste von Granatapfel- und Feigenbäumen und zu den Wolken, die wie graue Hirtenhunde und weiße Schafe auf einer blauen Weide über dem restaurierten Brückenbogen verweilen. Dann senken sich unsere Blicke wieder auf das Wasser, dessen Farbe sich nicht bestimmen lässt. Für mich ist es blaugrün, für meinen Freund hat es die Farbe der Rückseite eines Feigenblattes.

Während unsere drei sündigen Seelen sich zaghaft in die Luft erheben und schon bald an den dornigen Ästen eines Granatapfelbaums hängen bleiben, gilt unser größtes Interesse dem Fluss. Der Fluss ist grün und dunkel, wild und schnell, kalt und klar. Voller Strudel und Wirbel strömt er zwischen steilen Felswänden durch Schluchten und Felsspalten. Wir blicken hinunter und warten, dass er den toten Körper bringt.

ÜBER DEN AUTOR

Veselin Gatalo wurde 1967 in Mostar geboren, wo er die literarische und kulturelle Szene belebt und prägt. Aufmerksamkeit bis ins Ausland erregte die Errichtung einer Bruce-Lee-Statue in Mostar, in Gedenken an die Popularität des Schauspielers bei Jugendlichen aller jugoslawischen Ethnien. Gatalo schreibt für in- und ausländische Medien und ist Autor zahlreicher Romane, Erzähl- und Gedichtbände.

Mehr aus Südosteuropa

**Jurica Pavičić:
Ein Tod für ein Leben**

Roman

ISBN: 978-3-944359-23-6
Seiten: 220
Preis: 11,50 EUR
Format: TB, epub und mobi

**Anela Borčić:
Garbin. Wind der blauen Schatten**

Roman

ISBN: 978-3-944359-07-6
Seiten: 130
Preis: 9,90 EUR
Format: TB, epub und mobi

www.shop.schruf−stipetic.de